www.mayabook.co.kr

프로젝트
오벨리스크

프로젝트 오벨리스크 ❺

지은이 | AKARU
펴낸이 | 권순남
펴낸곳 | (주)마야 · 마루출판사

등록 | 2008. 1. 7(제310-2008-00001호)

초판 인쇄 | 2015. 10. 12
초판 발행 | 2015. 10. 14

주소 | 서울시 노원구 상계 1동 1049-25 신영산업 BD 602호
대표전화 | 02-2091-0291
팩스 | 02-2091-0290
이메일 | marubooks@hanmail.net

ISBN | 978-89-280-6167-9(세트) / 978-89-280-6429-8
정가 | 8,000원

잘못된 책은 교환하여 드립니다.
저자와 협의하여 인지를 붙이지 않습니다.

「이 도서의 국립중앙도서관 출판시도서목록(CIP)은 서지정보유통지원시스템 홈페이지(http://seoji.nl.go.kr)와 국가자료공동목록시스템(http://www.nl.go.kr/kolisnet)에서 이용하실 수 있습니다.」
(CIP제어번호:CIP2015027170)

프로젝트 오벨리스크

5

AKARU 퓨전 판타지 장편소설

MAYA & MARU FUSION FANTASY STORY

마루&마야

▲목차▲

페이즈 9-1. 결국 우린 모두 자연의 섭리 속에 사는 거야 …007

페이즈 9-2. 이게 탱커야? 개그맨이야? …053

페이즈 9-3. 목숨 건 정찰, 그리고 굴욕과 결심 …071

페이즈 9-4. 사냥 개시 …113

페이즈 9-5. 필요한 잔혹함 …147

페이즈 10-1. 평화의 담뱃대를 돌리게나(Pass the peace pipe) …191

페이즈 10-2. 탱커의 싸움법 (1) …255

페이즈 10-3. 탱커의 싸움법 (2) …279

Project Obelisk

프로젝트
오벨리스크

페이즈 9-1

결국 우린 모두
자연의 섭리 속에 사는 거야

"하하하하하하하하하하하하하하하! 이얏호우!"

콰직! 쿵! 타타타타!

포화 속, 레이저에 살과 쇠가 녹는 냄새.

눈앞에 존재하는 깡통 덩어리들을 넘나들면서 프랜들리 파이어를 유도하며, 맹수처럼 쇳덩어리 속을 누빈다.

민첩하게, 그리고 강하게! 후려치고, 깡통의 센서 렌즈, 머리 위에 달린 안테나만을 집요하게 부수고, 반파된 드론을 방패 삼아 던지며 수백의 드론들을 몰고 다닌다. 그동안의 스트레스가 확 풀리는구먼!

"어이! 빨리 쏴 버려! 하하하! 블레이드 라이저! 넌 쫄 새는 거 상대하면서 내가 다시 도발 걸기 쉽게 그 광선검 잘

결국 우린 모두 자연의 섭리 속에 사는 거야 • 9

흔들라고!"

"옙!"

그동안 방송이다 뭐다 일상에서 짜증 나는 일밖에 없어서 그런지 오랜만에 던전 오니 스트레스가 풀렸다.

지금 나는 방패를 착용하지 않은 저거노트의 *가칭:스탯 개방 상태.

지금 온 던전은 30레벨대 공학계 던전으로 지하 기지였다. 온통 금속으로 만들어진 이 던전 내부에서 난 눈앞에 튀어나온 드론, 사이보그들을 메치고, 후려치고 던지면서 어그로를 잡은 채 계속 몰고 다니고 있었다.

"우와… 지부장님 개 쩐다. 몇 마리 몰고 다니는 거야?"

"대부분 센서랑 레이더 부분, 즉 감각기관을 다 부숴 놔서 진짜 그냥 깡통이네요."

"근데 지부장님 뭔 일 있으신가? 엄청 열 받으셨나 보네."

"마치 무슨 초원에 풀어놓은 사자 같네요."

등신들아, 수 사자는 사냥 거의 안 해. 아, 물론 무리를 가지지 못한 독신은 얄짤 없지만. 근데 이 자식들 하라는 딜, 힐은 안 하고 왜 자꾸 주둥이만 놀리는 거야?

[무슨 일 있으셨습니까?]

"일이야 늘 있지. 씨발!"

삐지지직… 가동… 정지.

쿠웅!

드론 하나를 들어서 거꾸로 땅에 꽂아 버린 나는 같이 탱킹하는 상연이와 이야기를 나누고 있었다.

나도 45레벨, 이 녀석도 43레벨이고, 둘 다 3년 내내 탱킹만 하던 베테랑들이라서 적정 레벨 30짜리 던전쯤이야 코 파면서 해도 될 정도였다.

[근데 방패는 이제 안 쓰십니까?]

"원래 내 클래스가 방패가 필요 없던 클래스 였… 더라고!"

[그때 메두사 퀸 잡을 때 같은 모습 말입니까?]

"그건 뭐라 해야 하나? 버그 같은 게 터진 셈! 이지! 아따따따, 따가워!"

드론의 기관총 공격을 팔을 들어 막으며 뛰어가서 그 드론 놈 머리에 달린 기관총 부분을 발로 차 버린다.

아, 원래 난 여기 올 필요가 없었는데 말이지. 이상한 놈 전화 같은 걸 괜히 들어줘 가지고 이 고생을 하냐?

"아, 그러고 보니 너 아직 신입 탱커 안 뽑았지?"

[면접같이 보실 건데 그럼 멋대로 뽑겠습니까?]

"아차, 내 정신 좀 봐. 나 무지 바빠서 깜빡했어. 근데 그걸 그렇게 갈구냐? 그 있잖아. 일단 조금 면접 시기 미뤄 놔라. 청소 좀 한번 하게 말이야."

[청소요? 저희 길드가 말입니까? 저희 길드 지부 건물은 엄연히 신서울 중심부인데 굳이 할 필요가…….]

"1팀은 죄다 신입이고, 2팀은 죄다 공학계라서 스캐빈저 조우 경험이 없잖아. 갑작스럽게 스캐빈저에게 습격당해서 어버버하다가 다치는 거보다는 낫지."

살아남기 위해서라면 무슨 짓이든 해야 하는 게 적합자의 삶이다.

던전 내부뿐만 아니라 사회에서 살아갈 때도 우리는 '스캐빈저'라는 적을 두고 있다. 놈들은 보통 탱커들을 노리지만 경우에 따라서는 여성, 저레벨 적합자들도 노린다.

탱커를 노리는 가장 큰 이유는 바로 공격 능력의 부재 때문. 즉, 놈들은 약자들만 집요하게 노리고, 그들의 생명까지 빼앗는 쓰레기 중의 상쓰레기였다.

[그래도 드래고닉 레기온이라는 간판이 있는데 안전하지 않을까요?]

"세상엔 멍청이들이 많아. 그리고 한국 지부는 어디까지나 간판만 걸고 있지. 실질적으로 강한지 확인도 안 되었고, 1팀 애들 평균 레벨도 많이 올랐으니 슬슬 청소 경험도 시켜 놔야지. 너 혹시 안 해 봤냐?"

[…후, 죄송하지만 예, 저도 한 적 없습니다.]

아, 맞다. 상연이 녀석은 엄연히 H그룹의 손자로 이른바 도련님이다. 돈도 많아서 공학계 탱커트리를 타는 데 길드나 어디 소속될 필요도 없었고, 경우에 따라서는 던전 팀을 자비로 꾸릴 수 있는 놈이었지. 이런 놈이니 적합자 세계의 암흑이라고 할 수 있는 스캐빈저와의 분쟁도 못 경험한 것 같다.

'하아~ 그럼 나뿐인가?'

경험이 있다고 하면 엘로이스 씨나 진서 형님 정도? 근데 진서 형님도 사실 로직 게인 길드 에이스로 뛰고 있었으니까 암부와 만날 일도 없었을 테고, 이 세상이 엿 같은 걸 아는 놈은 그럼 나뿐이겠군.

놈들을 어떻게 납득시켜야 할지 모르겠지만 어쨌든 할 수 있는 일을 해 나갈 뿐이라고 생각하며 난 탱커 임무에 집중한다.

일주일 뒤.

드래고닉 레기온 한국 지부, 대회의실.

대회의실은 레이드, 그랜드 퀘스트 때 1, 2팀 전부가 모여서 회의를 할 수 있게 만든 특별 공간이다.

1팀의 휴식 기간이 끝나고, 난 특별한 교육을 하기 위해서 사람들을 모았다. 교육이란 바로 얼마 전 2팀과 던전에서 이야기했던 내용인 스캐빈저 문제였다.

"자, 오늘은 스캐빈저에 대해 이야기하겠다. 사실 현존 인류의 적은 오벨리스크에서 나타난 몬스터이고, 그에 대응하기 위해 적합자들이 대재앙부터 싸워 온 역사는 다들 알고 있지?"

"예."

"그래, 스캐빈저 그 엿 같은 새끼들에 대해서 오늘 말하겠다."

난 화이트보드에 놈들의 주 행적에 대해 적는다.

청부 살인, 인신매매, 장기 매매, 강도, 강간, 사기죄, 협박, 폭행 등등……. 진짜 범죄란 범죄는 다 모아 놓은 암 덩어리 같은 존재들이다.

더불어 놈들은 비단 한국에만 있는 게 아니다. 드래고닉 레기온이 있는 영국에도 스캐빈저는 존재한다. 그리고 녀석들은 밴드나 길드를 위장해서 뻔뻔하게 활동하면서 다른 적합자들을 노리고, 쉽게 쉽게 살려고 한다.

"적합자들에겐 여러 가지 격언이 존재하지. 그중에 스캐빈저에 대해서는 가장 중요한 격언이다. '스캐빈저는 몬스터와 똑같이 취급해라.'라는 말이다."

"그 말은 살인하라는 건가요?"

"흠, 뭐 설명 다 빼고 이야기하면 그렇게 되긴 하는데? 일단 설명 좀 끝까지 들으렴."

성아가 놀라면서 반문하는 걸 난 일단 진정시키고 설명을 계속한다.

"일단 스캐빈저 놈들도 결국 적합자. 크로니클에 인적을 등록시키고, 길드나 밴드로 조직을 꾸리고 던전도 다니며 레벨 업을 하며 위장을 하지. 뭐, 그렇긴 해도 이미 유명한 스캐빈저 길드는 다 소문났지만 말이야."

공식적으로 적합자 활동을 위장하며, 다른 적합자들의 아이템, 돈을 갈취하고 인신매매를 한다. 결국 아이템과 돈은 던전의 수익으로 위장하기 쉽고, 인신매매는 내가 몰랐던 사실을 드래고닉 레기온의 자료를 통해 알게 되었는데 힐러들 때문에 이식용 장기 같은 의료용으로 매입하는 게 아니라 적합자의 신체 안에 있는 나노머신 인터페이스를 연구용으로 공학계를 통해서 갈무리해서 얻기 위함이라는 충격적인 사실이었다. 그래서인지 적합자의 시체는 비싸게 팔린다고 한다.

"한국에 대표적인 스캐빈저 길드는 전국구로 유명한 '워스트 데이'다. 사실상 한국 스캐빈저 길드의 총 우두머리라고 할 수 있지. 하위 길드까지 운영해서 크로니클에서도 골치를 앓고 있다고 한다. 거기다 악조직의 장점인데, 나쁜 짓을 할 때는 수단과 방법을 서로 교류한다는 점으로……."

대재앙 이후 교세를 회복하느라 온갖 수단 안 가리는 종교계는 결속력과 조직력을 전파했고, 몬스터들 때문에 거의 궤멸 직전까지 간 한국 조직폭력배들의 잔당은 이놈들에게 공갈, 협박, 사기 등등 온갖 범죄 노하우를 전수했다.

또한 마지막으로 새로운 정치 자금 수익을 찾는 정치인

들까지 이들과 손을 잡게 되면서 역사상 최고로 악질 같은 병균만 모은 신종 바이러스 느낌이다.

"즉, 탄저균+사스+메르스 같은 느낌이라고 해야 하나? 어쨌든 살아 있는 쓰레기, 적합자 세상의 암세포 같은 놈들이다. 약자만 노리고, 온갖 범죄를 저지르는 데 거침없는 놈들이지."

그래서인지 크로니클의 요원들이 아무리 잡아서 재판에 보내도 하나를 징역 보내면 둘이 생기고, 그놈들은 형기 채우고 나와서 또 스캐빈저 짓을 할 테니 답이 없다. 그래서 크로니클도, 적합자 길드에서도 스캐빈저는 그냥 죽이는 게 답이라고 서로 암묵적으로 합의할 정도였다.

"암만 잡아넣고 재판을 해도 사형까지 가는 길도 오래 걸리고, 적합자인 만큼 관리하기도 빡세고, 툭하면 탈옥해 대는 놈들이니까 그냥 죽여. 모조리 죽이는 게 답이야. 또 형기를 채워 나와도 스캐빈저 길드에 돌아가서 또다시 범죄를 저지르는, 모습만 인간인 몬스터라고 생각하면 편하다."

"…그렇군요."

음… 다들 표정이 진지하군. 하긴 이때까지 배웠던 도덕관념이 모두 무너지는 이야기였으니까 말이다.

던전의 몬스터와 달리 스캐빈저는 일단 태어나서 자라는 데까지는 '인간'이었던 놈들이다. 당연히 거부감이 들 수밖에 없다. 하지만 적합자로서 '살아'가려면 이 단계는 확실히 뛰어넘어야 하고, 비정함을 가져야 한다. 먹지 않으면 먹힌다. 그게 적합자의 세상이다.

"평화 좋지. 대화도 좋고, 법과 질서도 좋긴 하지만 지금 세상은 그 수단으로 해결이 될 만큼 좋지 않아. 대재앙으로 한 번 무너지고, 가까스로 탱커라든가 여러 사람들을 희생해서 다시 쌓아 복구했지만 알다시피 아직 3년밖에 지나지 않았어."

군, 경찰은 적합자를 상대하기 힘들었고, 크로니클에서 헌터들이 나서긴 하지만 그들의 조직력보다 스캐빈저들의 조직 구성 속도가 훨씬 더 빨랐다.

인류가 지성과 이성을 가지고 발전하고, 문명을 이루었지만 그 안에 든 동물적 본능은 감출 수 없다고 생각할 정도로 먹고 먹히는 생태계로 돌아가고 있었다.

"다들 정신 차려. 적어도 이제는 '여러분, 이런 나쁜 짓은 더 이상 하면 안 돼요~'라던가? '법과 정의의 심판을 받아랏!'이나 '인권이 중요합니다!'라고 주둥아리 놀리면 녀석들에게 잡아먹힌다. 고로, 녀석들의 세력이 커지기 전에 자기 길드의 신입 적합자들의 안전을 위해서 대형 던전 길드들은 주기적으로 스캐빈저 토벌을 한다."

"저 말 진짜인가요? 엘로이스 님?"

"예. 드래고닉 레기온도 정기적으로 슬럼을 뒤져서 스캐빈저 토벌을 하고 있습니다."

길드들은 결국 이렇게 성장하는 스캐빈저들을 막기 위해, 자신의 목숨과 재산을 지키기 위해 적합자끼리 토벌 전쟁을 벌이고 있었다.

현대사회, 세간의 이목이 집중되지 않은 곳에서 지금도 스캐빈저와 길드가 서로 싸워 가며 죽여 대고 있으리라.

탐욕스러운 스캐빈저와 자신의 안전을 확보하기 위한 싸움은 계속된다.

하지만 던전 길드는 기술과 수익 때문에 기업과 연줄을 가지고 있고, 스캐빈저들은 비리와 뇌물, 폭력 수단 덕에 정치인들과 연줄을 가지고 있어서 이들의 전쟁은 표면적으로 드러나지 않을 수 있었다.

"특히 이 스캐빈저와 던전 길드의 전쟁은 대부분 본 세력끼리 부딪치는 것보다는 서로의 약체 세력부터 공략하는 면이 있지. 즉, 서로 저레벨을 노려서 미래의 싹을 잘라 버리는 방식이 대부분이다. 물론 전면전도 많이 하지. 서로 세력이 크는 걸 막기 위해서 길드도 연합해서 하나씩 제압하는 등, 어쨌든 치열해."

평균 레벨은 던전 길드가 더 높지만 스킬의 투자가 전부 던전 몬스터에 대응하기 위해서였던 반면 스캐빈저들은 스킬, 클래스 투자도가 전부 PVP에 맞추어진 특화 클래스들이었다.

장비 또한 던전 길드들은 모조리 던전 레이드에 효율화된 것들을 장착하고 있지만, 스캐빈저들은 죄다 PVP 특화 장비만을 구해서 착용한다. 그래서 서로 백중세였지만…….

"그래서? 우리 드래고닉 레기온 한국 지부도! 이번에 던전 플레이 덕에 평균 레벨이 상승한 만큼! 스캐빈저에 대응력을 키우기 위한! 스캐빈저 토벌을 하기로 결정했다."

"스캐빈저… 토벌이라니?"

웅성웅성.

예상했던 반응이다.

던전의 몬스터야 토벌하는 게 사람들을 위하는 일이라고 생각하고 있으니 저항감이 없겠지만, 갑자기 같은 적합자끼리 죽고 죽여야 하는 마당이 되어 버렸으니 당황하는 게 당연했다.

하지만 나중에 레이드나 그랜드 퀘스트를 깨고 난 이후 우리의 안전을 위해서라도 이 과정은 필요하다. 그 점을 이해시키자.

"저기, 토벌을 꼭 저희가 해야 하나요?"

"지금은 모르지만… 우린 드래고닉 레기온이라는 대형 길드에 속해 있으니까 장래에는 레이드, 그랜드 퀘스트에도 필히 참여하게 되고, 클리어할 경우 막대한 이익이 생기지. 더구나 우리는 외국계 길드라서 한국 길드에게 눈엣가시 같은 존재지. 지금은 한국 3대 길드가 소송 걸려서 못 움직이지만 몇 달 뒤면 놈들은 한국 법조계와 정부의 협조 덕에 다시 정상 영업하게 될 거야."

더불어 드래고닉 레기온에 엄청난 배상금까지 물고 나면 우리는 완전히 미운털 박히게 될 테고, 분명 스캐빈저들을 이용해서 우리를 노릴 건 안 봐도 비디오였다.

그럼 그 전에 해 둬야 할게 뭐냐? 최대한 레벨 업을 해서 무력을 기르고, 적합자끼리의 싸움에도 익숙해져야 한다는 소리다.

"멍청하게 있다가 일 터지고 나서 후회하면 늦어. 난 우리 지부원들 그 누구도 스캐빈저와 몬스터에게만큼은 죽지 않게 하고 싶다! 그 말도 있잖아. 싸우지 않으면 살아남을 수 없어! 라고 말이야!"

"명언을 고르려면 좀 좋은 걸 고르지. 웬 가면라이더입니까? 아예 적합자는 모두 라이더다! 까지 하시겠네요."

"어쩌라고! 나 고등학교 중퇴야! 너무 큰 걸 바라지 마! 어쨌든 우리가 살아남기 위해서 스캐빈저를 죽여야 한다는 게 오늘 교육의 한 줄 요약이다! 그리고 우리 드래고닉 레기온 한국 지부 전원! 그 싸움에 대비하기 위해서 먼저 스캐빈저 토벌을 진행한다!"

스캐빈저 놈들이 하루아침에 개과천선해서 적합자 업계로 들어온다는 건 불가능한 일.

하다못해 정부가 생각이 있어서 스캐빈저의 토벌을 공식화하고 군경, 헌터, 길드를 동원해 나서는 게 제일 합리적이긴 했지만 그 스캐빈저 놈들도 엄연히 적합자고, 최소한의 레벨 업을 위해 던전 활동도 하기에 다 토벌해 버리면 남은 길드들은 피를 토하는 업무량을 갖게 되므로 그냥 적정선에서 눈치를 보는 정부였다.

"물론 전부 다 갈 건 아니야. 지원자만 받을 건데… 스캐빈저의 토벌도 당연히 토벌 수당 나오고, 토벌 신청하면 토벌 전용 PVP 아이템 다 맞춰 줄 거다. 근데 웬만하면 참여하는 게 좋아. 좋든 싫든… 적합자로서 살면 분명히 언젠가는 마주치고, 싸워야 할 때가 올 거다. 3년간 밑바닥 탱커로 굴러온 내 전 재산+손모가지 다 걸어도 좋아. 그럼 회의는 이상. 업무들 보고, 스캐빈저 토벌은 계획 잡히면 알려 줄 테니 일단 토벌 참여할지 안 할지 의견부터 모아. 아, 그렇다고 강제하지는 마라. 오늘만 기회인 것도 아니고, 싸우기 싫으면 안 싸워도 되니까 말이지."

금방 받아들이지는 못하겠지. 갑자기 살육전을 해야 할 처지가 되어 버렸으니 갈등하는 게 당연하리라. 그리고 살육전이라는 개념을 그냥 태연히 받아들이는 놈이 있다면 그놈은 그놈대로 문제지. 인간의 양심이라는 게 작동 안 하는 걸 텐데…….

"아저씨, 그럼 PVP 세팅 예산 잡고, 내 건 먼저 해 둘게."

"…어, 그래라."

세연이는 태연히 말하며 사무실로 돌아간다.

그러고 보니 세연이 쟤는 데스 나이트지. '〈패시브-죽은 자〉'로 이미 죽어 있다고 볼 수 있었다. 그런 의미에서 쟤한테는 인간을 죽이는 거랑 몬스터를 죽이는 거랑 큰 차이가 없다고 볼 수도 있지만, 솔직히 말해서 무서웠다. 상담을 해 봐야 하나? 싶었는데 마침 엘로이스 씨가 나에게 상담을 요청한다.

"휴우, 그래서 세연이 문제라고?"

"예."

세연이 문제라니? 이번 데미지 리포트를 보면 받은 피해량 면에서도 좋은 활약을 보였고, 다른 이들에게 피해를 한 점도 허락하지 않는 탱커의 귀감을 보여 주었다. 게다가 데스 나이트라는 포텐셜도 점점 오르고 있었고, 뭐가 문제인 걸까?

"이번 레이드 영상 검토하셨습니까?"

"아직. 아! 그것도 빨리 보고 난 다음 정리해서 보내 줘야 하는데 미쳐 버리겠네."

"그럼 같이 보면서 이야기하면 되겠네요. 제가 하고 싶은 말도 그 던전 플레이 안에 있으니 말입니다."

엘로이스 씨의 말에 난 이번 던전 영상을 틀어 본다. 어디 보자. 촬영 시간이 자그마치 40시간이 넘는군.

이거 언제 다 검토 하냐 싶었지만, 적당히 상태 확인하는 동시에 10분 단위로 스킵해 가면서 확인한다. 무엇보다도 눈에 띄는 건 성아의 아틸러라이저의 포격 딜이었는데, 하늘에서 탄이 폭발하더니 물이 비처럼 흩뿌려져서 언데드들을 적신다.

"이거 소화탄(消火彈) 아냐?"

"예. 재료로 물이 들어가기에 성수를 넣어서 뿌리는 걸로, 지속적인 DOT 데미지와 방어력 감소를 걸어서 상대하기 수월하게 했습니다."

"그래서 성아의 딜량이 미쳤었구나……."

성아의 총 딜량은 약 3,000만. 은랑의 총 딜량 105만과 엄청 대비되는 수치였다. 난 리포트를 보고 어이가 없어서 이걸 정말로 올려야 하나 싶었는데… 이제야 이해가 된다.

방어 진형을 구축하고, 원거리에서 포격 딜링. 아틸러라이저가 사기스럽게 느껴지는 모습이었다. 아니, 솔직히 이거 사기 맞지!

'보통 광역 마법을 쓰려면 엄청난 마나량이 드는 데 반해 얘는 탄 제작 스킬 중 가장 기초적이고, 재료도 적게 드는 소화탄을 가지고 이런 미친 딜량을 뽑으니까 말이야.'

물론 성수가 필요하다는 제반 조건이 있지만 성수의 획득 난이도를 생각하면 이 조합의 효율성은 앞으로 언데드가 포함된 던전에서 엄청난 힘이 될 게 분명했다.

"그에 반면 세연이는 뭐, 평범하게 싸우네."

"그 후반부로 넘어가 주시죠. 어차피 이 패턴 그대로 넘어

가니까… 아마 39시간쯤부터 보면 될 겁니다."

"음… 뭐, 엘로이스 씨가 그렇다면 믿겠지만. 보자……."

확실히 전투는 계속해서 성아가 포탄을 쏘고, 성학 할배는 마법으로 지원, 전열의 탱커 둘이서 때려잡는 패턴의 계속이었다.

가끔 시체가 쌓여서 지형적 우월함이 위협받을 때는 성아가 고폭탄으로 그걸 뚫어 버리는 장면을 제외하고는 진짜 별거 없네.

"오, 세연이가 잠깐 물러났네. 그러고는… 아, 스킬 찍는구나. 레벨 업했으니까……."

"이제부터가 중요합니다."

"어디어디. 오오오!"

〈액티브-일어나라! 죽음의 군세여!〉라? 이거 개쩐다. 역시 데스 나이트야! 모 게임에서 나오던 기술이랑 같은 걸 쓰네. 레벨 업하니까 저게 개방이 되었구나. 역시나! 어라? 근데 좀비와 구울들이 이상한데?

"그녀만이 가지고 있는 유니크 패시브 〈패시브-죽음의 군주〉의 효과입니다. 같은 사령술이라도 네크로맨서가 쓰는 것과는 차원이 다른 기술이지요. 그녀가 소환하는 언데드는 이제 소재보다 한 단계 업그레이드돼서 나오는 겁니다."

"그래서 좀비들이 무기를 지니고, 저 구울들은 무슨 짐승처럼 크고, 흉폭한 모습이 되었다는 거군."

소환 개체 수는 50마리. 마치 하나의 군대를 이끄는 것 같은 세연의 모습. 멋지잖아?

난 눈을 반짝이고, 흥분하면서 세연의 위풍당당한 모습을 바라보고 있었다.

"개쩐다. 부럽다. 멋지다. 하악하악!"

"…저, 저런 게 멋지단 말씀이신가요?"

"한국인 종특이라고! 다크! 갑주! 대검! 거기에 소환되는 왕의 군세! ALALALALLALALALALALlalier!"

"……."

그, 그런 눈으로 보지 마! 남자의 로망이라고! 저거 봐! 세연의 지휘에 망설임 없이 싸우는 언데드의 군세! 우와아앙! 리X왕 같아서 개 멋있다. 게다가 사용하는 숙주를 언데드로 만드는 것보다 한 단계 업그레이드된다는 건?

"상위 언데드를 만들수록 더 상위 언데드가 된다는 거네. 잠깐만 그러면… 보자, 개한테 분명히 해골 소환 같은 게 있으니까 사령술 트리로 올라가면 갈수록 더 무시무시하다는 거잖아?"

나는 상상했다. 세연이 최상위 언데드인 리치, 용아병, 용종의 시체로 만드는 본 드래곤, 거기에 데스 나이트의 군세까지 소환이 가능하다면? 던전이든 레이드든 모조리 씹어 먹을 것이 분명했다.

하지만 그런 즐거운 상상을 하고 있는 나에게 엘로이스 씨가 찬물을 끼얹었다.

"하지만 주인님, 그녀는 원래 탱커입니다. 이런 스킬 트리를 타는 건 분명 탱커로서 안 좋지 않을까요?"

"에이, 스킬 트리야 자기 마음이고, 더불어 세연이의 리포트를 보면 이 사령술은 〈패시브-소울 드레인〉과 연계가 되어서 아예 탱킹에 관련 없는 스킬도 아니야. 영상에서도 보다시피 저렇게 많은 양의 소환수를 사용해서 탱하는 것도 효율이 나쁘지 않고 말이야. 더구나 탱+사령술은 오직 데스 나이트만이 가능한 기술 체계지."

적합자로서 강한 아군이 생기는 건 좋은 일이다. 더구나 세연이는 지금 레어 클래스다운 포텐셜을 증명했으니 더욱 기대가 되는 데다가 확실히 믿음을 줄 수 있기에 더욱 좋다.

하지만 내가 기뻐하는 것과 달리 엘로이스 씨는 어두운 얼굴이었다.

"주인님, 이건 걱정해야 할 부분입니다. 세연 양은 확실히 데스 나이트에 어울리는 포텐셜과 강한 능력을 가지고 있었지만, 이런 식으로 강해지면 그녀를 통제할 방법이 없습니다. 큰 힘은 큰 책임이 필요합니다. 주인님도 그건 알고 계시지 않습니까?"

"…뭐, 그렇긴 하지."

내 경우는 이때까지 귀찮게 한 일종의 스탯 버그인 방패

착용을 계속 지속함으로써 능력치 제한을 하고 있다.

사실 너무 갭이 커서 힘이라던가! 민첩성에 적응이 덜 돼서 그런 면이었지만 엘로이스에게는 강한 힘을 지녀도 스스로 제어하는 걸로 보였나 보다. 또, 정기적으로 영국에 소환당해서 검사도 받고 있으니 말이지. 세연에게는 나 같은 제어 수단이 없는 것이 우려되나 보군.

"하지만 딱히 세연이는 그리 성격도 안 나쁘고, 침착하잖아. 우려할 거라곤 없어 보이는데?"

"그야, 주인님에게는 맹목적입니다만 그 이외의 것에는 아무런 우려도, 가치도 두지 않고 가차 없는 게 그녀입니다."

음, 엘로이스 씨의 이야기도 일리가 있다.

세연이 녀석의 가치 판단 기준은 오로지 나를 중심으로 돌아간다. 내가 악을 정의라고 해도 세연은 그것을 정의라고 판단할 만큼 맹목적이었다. 하지만 그러면 그건 내가 정신만 차리면 되지 않나?

"잊으셨습니까? 주인님. 그녀는 이미 죽은 자. 더 이상 늙지 않습니다."

"흠… 그런 건가? 내가 만약 죽거나 사라진다면 삶의 의미를 잃어서 폭주라던가 예상이 된다는 거군."

"예."

대재앙 이후 3년밖에 되지 않았지만, 앞으로 나와 세연이는 오랫동안 인연이 계속될 것이다. 그러면 분명 나도 그녀도 레벨도 오를 대로 오를 테고, 강해질 대로 강해진 그녀가 날 잃고 나서 통제 불능이 되는 사태를 우려한 건가? 일리 있긴 하지만 내가 그거까지 대비해야 하나 싶기도 하다.

"흠… 그래서 뭘 어떻게 해야한다는 거야? 스킬 트리에 간섭? 어차피 걔는 딜탱이고, 모든 딜링 능력과 탱킹 능력이 서로 순환되는 구조라서 딱히 사령술을 쓰지 못하게 해도 강해지면 막강하다고. 데스 나이트라는 이름값은 한다는 거지. 강제로 묶을 수단이라도 찾아야 한다는 거냐?"

"아뇨. 그렇게까지는 할 필요 없습니다. 그저 혈연인 후계자만 확실히 만들어 두시면 됩니다."

"뭐?"

"다행히 세연 양도 여성이라는 카테고리와 그 감성은 가지고 있습니다. 즉, 당신의 분신, 자식을 보면 당신을 섬기는 맹약이 이어지게 되겠지요."

어이없는 해답이었다. 그리고 남성인 나로서는 이해 못할 감정 이전에 세연이는 데스 나이트라서 아이를 가질 수 없는 몸이다. 그게 아마 그녀의 유일한 단점이었지.

잠깐만, 그런데 자식을 가진다는 건 결혼해야 한다는 건데 나 탱커고 언제 죽을지 모르는 위험한 일을 하고 있는 직업인데… 미치겠구먼! 또, 짝은 어디서 찾아?

"그 말인즉슨 하루빨리 결혼하라는 거냐? 어디 다치거나

불구가 되기 전에 결혼해서 자식을 만들라는 건가? 나 아직 21살인데 너무 급한 이야기 천지구만!"

"후훗, 물론 강요는 아닙니다. 선택은 모두 주인님이 하실 뿐입니다. 저는 그저 모시고, 도움이 될 조언을 드릴 뿐."

후우··· 능청스럽게 웃긴 하지만 결국 나에게 걱정거리 하나 더 안겨 준 셈이군. 하지만 이 건은 다소 미뤄 놔도 상관없겠지. 지금 당면한 문제는 바로 '그랜드 퀘스트-천지호'였다. 그리고 모든 준비는 그에 맞춰야 하니, 세연이 문제는 연도가 지나고 해결해도 될 터였다.

'하아~ 할 일 참 많네. 차라리 예전처럼 던전만 돌고 집에서 뒹굴거리던 때가 그립네.'

던전을 안 돌면 즐겁게 놀던 인생이었는데······. 이제는 책임질 것도 많고, 짊어진 게 너무 많았다. 게다가 사생활 하나하나까지 세상사와 관련되어 버리고 말이지.

이야기를 끝낸 엘로이스 씨가 남은 서류를 처리하던 중 기묘한 걸 보았는지 나에게 묻는다.

"그런데 주인님, 이 서류는? 잡무직 아르바이트생인가요? 어디에 쓰시려고 고용하시는 선지?"

"그냥 2팀 거 잡일. 미래 녀석이 안 오면 그대로 사무 보조로 처넣을 거고, 미래가 오면 뭐 미래 밑에서 굴릴 거. 사정이 있어서 고용하게 됐어."

"뭐, 주인님의 뜻이니 생각이 있으시겠지요. 그리고 스캐빈저 토벌은⋯⋯."

"이번 주엔 안 돼. 무제한도전 촬영 있어. 그거 끝나면 바로 할 거야. 이미 타깃은 잡아 놨어."

스캐빈저는 일반 길드나 적합자 생활을 하는 이들보다 훨씬 많다. 던전을 가려면 무조건 탱, 딜, 힐의 조합과 던전 내의 공략에 적절한 택틱 같은 게 있어야 하지만, 사람이나 적합자를 상대로 싸우는 스캐빈저는 그런 거 일절 필요 없이 강하면 장땡이고, 조합도 생각할 필요 없어서 숫자만 맞으면 충분했다.

"우선 14번 구역의 권성 문서가 이끄는 락킹 피스트 길드다."

총인원 29명, 길드 마스터는 무투가 계열인 레벨 39의 권성(拳星), 코드 네임은 문서(文書). 팔극권의 대가, 신창 이서문의 이름을 뒤집어서 코드 네임 삼은 놈이었다.

난 미리 조사해서 찾아 둔 녀석의 프로필을 보여 준다. 길드원들도 대부분 무투가 계열로, 그의 적합자로서의 전투법을 배우기 위해서 모인 놈들이 대다수이다.

"권성 클래스는 말 그대로 순수 딜링형 무투가. 주로 타격계 권법 스킬들을 다양하게 구사해서, 인간형 대상으로 막강한 딜을 자랑한다더군. 14번 구역에서는 거의 왕이라던데."

하나, 던전의 몬스터들이 어디 인간형뿐이겠는가? 언데

드, 정령 등등 다양한 타입들이 존재해서 던전 공략에 제약을 받는 클래스다. 다만 인간형 대상으로는 막강하기에 대(對) 적합자전에서는 막강한 위력을 자랑한다. 그래서 같은 클래스가 다양하게 모인 이 락킹 피스트 길드는 스캐빈저들 가운데서도 가장 전투력이 높아서 헌터들도 쉽게 건드리지 못한다고 한다.

"무투가 클래스답게 기본 회피력도 높고, 특히 길드 마스터인 '문서'는 전설 스킬을 익혔다는 소문도 있지. 어쨌든 그만큼 스캐빈저 주제에 적합자전에서 상당히 거물이지."

조사한 바에 의하면 문서는 대 적합자전에서 단 한 번도 지지 않은 놈이라고 한다. 이 녀석의 손에 죽은 헌터만도 수십이나 될 정도라서 헌터들도 솔직히 손을 떼고, 그저 범죄의 확산만을 막는 데 급급할 정도다.

더 무서운 건 놈은 클래스 특성상 무장을 하지 않아도 딜이 나온다는 거다.

"레벨도 PVP로 경험치 얻은 덕에 39라는 중위권 레벨이지만, 전적 중에는 60레벨대의 헌터의 딜러와 일대일로 싸워 이긴 적도 있다. 그만큼 PVP 특화가 얼마나 무서운지를 나타나는 놈이지."

"그런 길드를 타깃으로 잡은 이유가……."

"뭐긴? 상성상 우리가 우위라서 가는 거야."

놈들은 인간형 상대에 특화. 하나, 우리 길드의 적합자들은 나만 해도 〈패시브-몬스트러스 크리처〉를 통한 괴수&드래곤 방어 타입, 세연은 〈패시브-죽은 자〉를 통한 언데드 방어 타입, 진서 형님은 〈패시브-어둠의 사도〉를 통한 데몬형 방어 타입.

은랑은 변신하고 난 이후엔 드루이드답게 야수 방어 타입, 더불어 메카닉 갑주를 입는 아틸러라이저 및 공학계들은 기계 방어 타입이고, 인간형이라고 해 봐야 4명(위저드, 크루세이더, 거너, 플라즈마런처)뿐이다.

"뭐, 상성상으로도 우위에 있지만 이놈들은 적합자전에 경험이 많아. 그래서 조심해야 하고, 위험하긴 해. 하지만 그래도 내가 이놈들부터 노리는 이유는 바로, 살인을 즐기는 놈들이라서야."

무투가 클래스들의 모임답게 놈들은 호전적이고, 자신의 무용을 자랑하고 싶어 한다. 하지만 던전에서는 활약하기 힘든 인간형 특화의 성질. 탱커나 힐러로는 자랑할 만큼 멋진 무용이 없다. 그러면 적합자에게서 남에게 자랑할 만한 건 업적, 칭호, 그리고…

"KDA(Kill, Death, Assist). 물론 한 번 죽으면 끝인 적합자니까 바꿔서 말하면 킬 카운트겠군. 뭐, 이건 비단 한국만이 아니라 중국, 일본에서도 나타나는 현상이야. 힘자랑하고 싶고, 또 더 강한 힘을 갖기 위해서 스킬 북을 사는 데 혈안이 된 놈들이지."

"그렇군요. 하지만 그만큼 강한 상대를 초전으로 하는 건 위험합니다. 다른 상대부터 싸워 보고……."

"그랬으면 좋겠지만 스캐빈저 놈들은 비열하고 영악해. 초전을 치르면 분명 상대에 대해서 알아보고 조사하려고 들겠지만, 어느 날 규모가 상당하고, 헌터들도 못 건드리는 스캐빈저 길드가 한순간에 절멸했다고 한다면?"

인간은 합리성의 동물이다. 단 하룻밤 만에 헌터들도 함부로 못하는 길드 하나가 멸망당하면 놈들은 상식선에서 답을 찾으려 할 거다.

그러면 자연히 사람 수가 적고 2개의 팀을 운영하는 우리 드래고닉 레기온 길드 한국 지부는 그 안의 적합자들의 실체를 알아보기 전까지는 계산이 가능하지 않다. 그런 식으로 스캐빈저 토벌을 몇 개월에 한 번씩 하면 놈들은 미칠 듯한 공포에 떨 것이다.

"과연 그런 노림수이시군요. 하지만 저희가 하룻밤만에 그 길드를 없애는 게 가능할까요?"

"일반 적합자들이라면 불가능하겠지만 여기엔 사기 클래스라고 할 수 있는 레어 클래스가 많이 모여 있으니까 말이야. 어쨌든… 스캐빈저 자식들은 모두 죽어야지. 죽여야 돼."

탱커라면 스캐빈저에게 이를 간다. 그것은 이미 생리적인 현상이다.

3년간 놈들은 수많은 탱커를 제물로 삼아 사리사욕을 채웠다. 나도 탱커다. 스캐빈저라면 진짜 싫다. 다 죽이고 싶을 정도로 증오스럽다.

이건 이제 거부할 수 없는 본능이다. 3년간 탱커 생활하면서 각인된 두려움과 공포, 증오가 있으니 말이다.

그래, 한 1년 전이었을 것이다. 14번 구역 근처에 던전을 다 돌고 돌아가는 길 놈들에게 붙잡혔던 기억이 살아난다.

'야, 씨발 놈아, 이게 침투경이라는 거야. 낄낄, 너네 탱커 새끼들… 방어력 높다고 안심했냐?'

아직도 잊을 수 없다. 그 무투가 놈.

〈액티브-침투경, 설명 : 상대의 방어력에 비례해서, 방어 무시 데미지를 준다.〉라는 개 같은 스킬을 나에게 갈겨 대며 협박하던 기억.

그때는 스킬도 많이 찍지 못했고, 저레벨이라서 진짜 아파 죽을 것 같았다.

개 같은 새끼들, 생존기 올리니까 데미지가 더 박히는 스킬이라니…….

'좋은 말로 할 때 있는 거 다 내놨으면 속 편했잖아. 히히, 야, 어떡할까? 이제 이 새끼 죽여?'

'에이, 대장이 탱커는 냅두래잖아. 얘네 있어야 던전 길드들이 돈 번다고, 살려는 두란다. 죽이면 우리 구역에 던전 뜨는 거 누가 처리 하냐?'

'쩝, 킬 카운트 하나 올리나 했는데… 너 운 좋았어.'

가뜩이나 빚에 허덕이는데 그날 수입이었던 83만 원을 전부 털리고, 내장에 문제가 생겨서 재생 치료비도 102만 원 정확히 나온 거 아직도 기억하고 있다.

그날 이후 난 스캐빈저 놈들을 인간으로 취급 안 한다. 사냥꾼을 고용하고, 모조리 잡으면 죽인다.

그래, 이건 하나의 생태계다. 사자가 하이에나 새끼를 죽이는 일이나, 하이에나가 사자 새끼를 죽이는 일. 마치 당연한 순리와 같은 그런 관계라는 것이다.

'후……'

살려면 죽여야 한다. 법과 질서는 적합자들 사이의 이런 분쟁을 해결해 주지 않는다.

힘을 가진 자가 약한 자를 먹는다. 또, 살아남기 위해 강자가 되기 전의 어린 맹수를 죽이는 것도 당연한 일이다.

"어쨌든 그건 토벌 명단 생기면 진행하는 거고. 후… 내일 방송 나가기 전에 지하에 있는 트레이닝 룸 좀 쓸게."

"동행하겠습니다."

"저기, 적합자로서 스킬을 숨기고 싶다고 하면?"

"…히잉."

아니, 갑자기 거기서 애교 섞인 목소리를 내면서 시무룩해지면 나도 깜짝 놀라잖아!

여자란 진짜 무서운 동물이다. 한순간에 당찬 메이드에서 남동생이 놀아 주지 않아서 시무룩해진 누님 같은 모습이라니!

왠지 미안하잖아. 젠장할…….

"그러면 좋아. 따라와. 이건 비밀로 하려 했는데 어쩔 수 없지."

"아, 감사합니다."

한순간에 메이드로 돌아와 버리는 엘로이스 씨.

시중들어 주는 건 고맙지만 아직까지도 난 부담감이 남아 있었다.

뭐랄까? 분에 넘치는 영광 같은 거라고 해야 하나?

세연이에 엘로이스. 능력 있고, 똑똑한 여성들이 날 도와주는 이 상황이 싫지는 않지만, 너무 그녀들에게 의존해서 좀 허수아비 같아지는 걸 우려할 뿐이다.

"그런데 트레이닝 룸에는 어쩐 일로?"

트레이닝 룸.

말 그대로 트레이닝을 하는 곳으로, 보통은 운동기구가 준비되어 있는 헬스장 같은 이미지를 상상하기 쉽지만 적합자용으로 만들어진 내진 설계, 강화유리와 금속, 마법 아아이템으로 강화한 체육관이라고 보는 게 맞았다.

안에서 자신의 스킬 테스트라던가 콤보 연구 등을 할 수 있는 곳이다.

"뭐긴? 스킬 연구지. 마스터 효과를 하나씩 써 보려는 거야. 던전이야 생존기만 알고 있으면 충분했지만… 적합자 상대로는 그게 아니거든~"

"진심으로 스캐빈저들을 죽일 생각이시군요."

"물론이지. 아주 그냥 다 씹어 먹어 버릴 거야."

세르베루아 님에게서 스킬을 해독해서 알아낸 7개의 스킬.

용족과 관련되어 드래곤들과 이야기할 수 있는 로드 오브 드래곤에게서 해석 받은 스킬이다.

〈패시브-우로보로스의 끈질김〉

설명 : 체력 재생력 상승

〈액티브-티아메트의 본능〉

설명 : 체력 증가 물리 방어 증가

〈액티브-바하무트의 정의〉

설명 : 마법 흡수 및 체력 회복

〈액티브-용의 비늘 1/3〉

설명 : 마법 방어력 증가

〈패시브-파프니르의 저주 2/3〉

> 설명 : 자금 획득 증가
> 〈패시브-레비아탄의 절대적임〉
> 설명 : 상태 이상 해제 및 리턴
> 〈액티브-타일런트 대시 1/3〉
> 설명 : 돌진

 이 7개 중에서 마스터 부가 효과를 알고 있는 스킬은 총 네 가지.

 각기 '체력을 소모해서 장비를 한다.'라는 똑같은 메커니즘을 지니고 있었는데, 이때까지 단 한 번도 써 본 적이 없다. 어떤 위험부담이 있을지도 몰랐고, 레이드에서도 굳이 필요 없어서였다.

 그걸 오늘 굳이 쓰는 이유라면 가슴에 증오가 끓어올라서 라고 해야 하나?

 '야, 야! 가드 올려 봐. 신기술 시험해 보게. 낄낄.'
 '이 새끼, 오늘 돈 왜 이렇게 없어? 아, 통장으로 꽂아 놨네. 이 십새끼, 아! 도망간다!'

 정정한다. 안 좋은 기억을 떠올렸더니 화가 나서 분통 터질 것 같았다.

마음 같아서는 지금 방패를 대신해서 착용되어 내 능력치를 낮추고 있는 이 아대 빼 버리고 14번 구역 가서 다 엎어 버리고 싶었다.

하지만 참는다. 확실한 계획을 짜서 순식간에 도망치는 쥐새끼가 없게 모조리 죽여 버려야 한다.

"엘로이스 씨는 밖에 계세요."

"예. 알겠습니다, 주인님."

요 근래 미연시 게임도 할 틈도 없어 가지고 스트레스도 쌓인 채였다. 얼마 전 던전에서 마구 날뛰긴 했지만 스트레스 풀기엔 부족했다.

자, 그러면 본격적으로 시험해 보자.

먼저 난 방패를 빼고, 사룡의 저주 갑옷 세트를 착용하고, 인터페이스를 바라본다.

"그러니까… 보자, '레비아탄의 발톱'부터 해 볼까?"

〈패시브-레비아탄의 절대적임〉

설명 : 사용자가 상태 이상에 길렸을 때 해제의 의시를 표현 시 모든 상태 이상을 해제하고, 주변 범위에 있는 상대에게 상태 이상을 되돌린다. 스킬 마스터 부가 효과는 '레비아탄의 발톱'을 소환해서 장비 가능

정확한 스킬 구문을 읽고, 난 마음의 준비를 한다.

소환 조건은 오로지 체력 소모. 얼마나 소비가 되는지 아직 제대로 보진 못했지만 심호흡을 하고, 외친다.

"소환! 레비아탄의 발톱!"

쿵!

심장에 무언가를 올려놓은 듯한 충격과 체력이 빠져나가는 격통이 느껴진다. 체력창을 보니 4만이라는 엄청난 체력이 소모되어 있었다.

그리고 느껴지는 다리 부분의 무게감.

사룡의 저주 갑옷 신발의 위쪽, 무릎 아래로 무언가 괴수의 다리 같은 게 흐릿한 유령 같은 형상으로 붙어 있었다.

앞으로 긴 발톱이 3개, 발뒤꿈치 쪽에 1개.

자세한 내용을 확인하기 위해 인터페이스를 열자, 나에겐 새로운 버프가 걸려 있었다.

〈레비아탄의 발톱〉
설명 : 공격력 증가, 방어력 증가, 민첩 상승,
외부 운동 작용 마법 무시

'음… 추가 장비 버프 같은 건가? 그래도 메즈 중 하나 무

시까지 달려 있는 건 좋은데……. 어? 이거 살아 있나? 흐릿한 게 무슨 영혼이 붙은 것 같은데?'

발을 들어서 발가락을 움직인다는 감각으로 움직여 본다. 그러자 내 발에 달린 그 흐릿한 괴수 다리의 발톱이 움직이는 게 아닌가?

숫자도 안 맞지만 대충 1번, 2번, 3번 발톱을 기준으로 해서 1번을 엄지, 2번을 중지, 3번을 새끼발가락을 움직이는 감각으로 움직이니까 움직이는 게 보인다.

"부가 효과 이외에도 마치 신체가 늘어난 기분이구나… 어디 이 다리, 보자."

끼이이이익!

만져 보니 반투명이면서도 물리력은 작용하는 것 같았다. 그리고 발톱은 매우 날카로워서 이거 무기로 써도 될 것 같은 느낌이다.

강화 합금판으로 한 번 덮인 바닥이 긁혀서 홈이 깊게 나 있는 걸 보면 충분히 인간의 살용으로 충분한 것 같았다.

"부가 효과에 얹어 주는 장비 같은 느낌인가? 죽이네. 그럼 다른 소환 장비도 같은 비슷한 능력을 지닌다는 거군."

아이템+ 로 착용할 수 있는 소환 장비. 능력치 증가폭도 높은 저거노트 클래스의 괴수 같음이 더욱 부각이 되는 모습이다.

말 그대로 괴수와 같은 능력치와 상태 이상 무시를 하나

결국 우린 모두 자연의 섭리 속에 사는 거야

하나 올려 가면서 거침없어지고, 결코 쓰러지지 않는 괴물이 되는 게 이 클래스가 가진 포텐셜인 것 같다.

"음, 탱커로서도 이상적이군. 민첩, 완력 어디 하나 부족한 게 없고 말이야."

부웅! 쿵! 쾅!

그 상태로 움직이고 뛰어 보면서 몸에 익숙해지나 확인해 본다. 그리고 상당히 괜찮다는 생각을 하면서도 다른 스킬의 무장들도 이런 방식일 거라고 파악한다.

즉, 몸에 전승이나 신화에 나오는 괴수들의 신체를 빙의 비슷하게 해서 다룰 수 있다는 것이 이 저거노트 클래스의 효과인 듯했다.

하지만 단점도 명확하게 있다.

이런 방식의 경우 스탠더드적인 기본 스테이터스에 충실하고, 상태 이상을 저항하는 능력치들 위주로 올라가서 기본적인 육체적, 즉 원시적인 능력치의 강함은 매우 좋지만 특화 능력치가 매우 부족하다.

각자 클래스의 강점을 끌어올려 주는 특화성 강화 스킬.

가장 큰 예시를 들자면 거너 계열 클래스가 가진 크리티컬 피해량 증가와 같은 특화성 강화가 없다는 거다.

'즉, 몸만 좋은 괴수라는 느낌인데……. 게다가 이 장비 소환은 좋긴 한데 체력 소모도 크고, 소환 시간은 다행히 제한이 없군.'

공격 스킬도 광역 어글을 잡기 위한 〈액티브-휩쓸기〉가 전부다. 나머진 모조리 평타. 이 막강한 능력치를 살릴 공격 스킬이 필요했다.

하지만 문제가 있다면 바로 난 마력 수치도 없고, 지능도 E등급이다.

그래서, 이걸 말한 이유가 뭐냐고?

'마법, 기공술, 스킬 북은 못 배우지. 하아~'

마력=기(氣)로 같은 코스트 취급이라는 것을 기억하는 동시에, '마력 없음'이라는 내 능력치를 보며 한숨을 한 번 더 쉰다.

일단 난 주저앉아 인터페이스를 보며 혼자 계속해서 생각에 잠겼다.

스킬 북으로 배울 수 있는 스킬은 대부분 마력을 사용하는 것들로 체력 코스트인 스킬이다.

"주로 버서커, 블러드 나이트, 흑마법사 등등 찾으면 많긴 하지만……."

그다음으로 걸리는 게 바로 내 지능 13.5(E+). 체력 코스트에 지능 제한까지 걸리면 익힐 수 있는 스킬 북이 더욱 제한된다.

무식하니 이래서 고생이군.

"흠… 뭘 그리 고민하세요?"

"야, 멋대로 들어오지 말라니까. 고민이라면, 내 장래성이라고 해야 하나?"

"한계요?"

"밑의 애들도 각자 자신의 클래스 개성이 드러나서 그걸 강화하고 있는 걸 보니 나도 몸이 근질거려서 말이야. 그래서 안 써 본 스킬도 써 보고, 내 클래스에 대해서 알아보고 있는데……."

괴수라곤 해도 무언가 막연하다. 막강한 생명력과 힘과 민첩 쪽으로 과다할 정도의 능력치를 지니고 있지만, 그걸 개성이라고 하기엔 좀 이상했기 때문이다.

'게다가 방패도 못 끼면 맨손으로 방어해야 하는데… 그러면 방어 패턴도 회피 하나로 고정이 된다.'

결국 그러면 곰으로 변신해서 탱킹하는 베어 드루이드와 다를 게 없지 않은가?

더구나 4족 보행을 하는 곰의 형태가 인간의 모습보다도 안정적이다. 인간은 도구와 장비를 사용해서 방어 패턴을 늘리는 탱커가 맞는 거다. 무기 막기, 방패 막기, 회피처럼 말이다.

"즉, 저거노트는 능력치는 좋아도, 인간형이면서 방어 패턴은 회피밖에 없는 기형적인 탱커가 된단 말이지."

"하지만 무투가 계열에선 금강역사도 회피밖에 없잖아요."

"걔는 아예 〈패시브-운체풍신(雲體風身)〉이라고, 회피 이외의 기술로 받은 피해를 흘려주는 기술이 있어. 난 그런 거 일절 없이 깡으로 맞아야 한다고!"

방어 패턴이 적다는 건 곧 상태 이상을 겪을 수 있는 부상을 더욱 잘 받는다는 뜻이다. 골절, 절단, 출혈 등등… 아픈 건 둘째 치고, 탱킹에 문제가 크단 말이다.

더구나 인간의 몸은 비늘이라든가! 가죽이 없는 게 문제고, 그걸 갑옷으로 커버하고 있긴 하지만 결국 방패 없이 통짜로 맞아야 하기 때문에 인간의 모습에는 안 맞는 클래스라는 거다.

"그럼 변신술 같은 걸 찾으셔야겠네요."

"아니면 좀 더 레벨 업을 하던가 말이야. 하지만 당장 쓸 걸 찾아야 하니까 그것부터 알아보자."

"그럼 스킬 북이 경매장에 있는지 알아보겠습니다."

"어. 그래 줘. 난 샤워하고 갈게."

"그럼 먼저 샤워 시중부터……."

"가서 경매장이나 뒤져!"

조금만 틈이 생기면 이렇게 치고 들어오려 하냐. 게다가 샤워 시중이라니? 암만 생각해도 야시꾸리한 생각밖에 안 든다. 그 있잖아. 샤워하면서 이곳저곳 내 몸을 건드리면……. 끄아아아아!

어쨌든 정신 차린 난 트레이닝 룸에 있는 샤워장에서 옷을 갈아입고 곧장 사무실로 올라간다. 휴우, 시원하네.

"지부장 아저씨."

올라가는 길에 뒤에서 나에게 말 거는 소리가 들려서 돌아보니, 성아가 있었다.

작은 몸집에 안경을 쓴 14살 소녀로, 이렇게 연약해 보이지만 적합자 클래스 '아틸러라이저'라는 공학계 포격 클래스로 무시무시한 화력을 가진 포격 소녀였다.

녹색과 금색이 어우러진 드래고닉 레기온 제복을 입은 게 귀엽군.

"…하나만 해라. 성아냐? 왜?"

"토벌… 진심이세요?"

"진심인데? 스캐빈저 자식들 살아서 이 세상에 도움되는 거 하나도 없는 암세포 같은 놈들이거든……."

"토벌에 참여하면 적합자끼리 서로 죽이는 거죠?"

아무래도 14살 아이에겐 받아들이기 힘든 현실 같았다.

더구나 현대의 도덕관념에서는 어떤 사람이 되었든 살인을 정당화 못한다는 게 일반적이다.

나도 한때는 이런 생각을 가지고 있었지만 지금 세상, 더욱이 적합자로서의 삶에는 저게 통용되지 않는다.

"음… 같은 적합자라고는 해도, 놈들은 인간이 아니야. 그놈들은 사람을 잡아먹는 괴물이야. 인간을 잡아서 돈을 벌고, 같은 적합자를 죽이면 경험치를 얻고 강해진다고 신명내는 놈들이야."

"그래도……."

"잘 생각해 봐. 놈들은 못해도 예닐곱의 사람은 우습게 죽이고, 그걸로 돈을 벌어. 그럼 단순히 그 사람들만 피해를 보는 게 아니라 그 사람들의 가족까지도 슬픔에 빠지겠지. 그제야 법적으로 잡아서 사형을 시키든 뭘 한다고 해도 남은 사람들의 상처는 낫질 않고, 죽은 이들은 살아 돌아오지 않아."

"하지만……."

"더 열 받는 건 스캐빈저는 아까 설명했다시피 정치가들과도 연계되어 있어서 레벨이 좀 높은 핵심 간부급 스캐빈저는 재판에 나가도 '던전 클리어로 사회의 질서와 정의를 위해 수고했던 점을 고려해…'라는 이상한 명분으로 귀신같이 집행유예를 선고받고, 죗값을 잔챙이에게 모조리 떠넘기고 유유히 나와서 다시 범죄를 저지르지. 넌 그런 녀석들을 용서할 수 있겠니?"

말이 막히는지 고개를 숙이는 성아였다.

하긴 세상의 어둠과 직면하기란 쉽지 않은 일이겠지. 물론 적합자 교육으로 어느 정도 위험하다는 건 배웠겠지만 말이야.

"뭐, 바로 토벌에 참여해 달라고 강요는 안 할 테니까 이번엔 그저 원거리 카메라로 견학 정도만 해. 단, 견학은 거부하면 안 돼. 이건 적합자로서 반드시 알아야 하는 업

(Karma)이니까. 그리고 이것만은 알아줘. 당하고 나서, 상처를 입고 난 뒤에 결심하는 건 이미 늦는 일이라는 걸."

"…예."

혼란스럽겠지만 세상이 이렇게 무섭고, 잔인하다.

대재앙으로 한 번 무너졌던 세상이 회복한 것처럼 보여도 보이지 않는 암부와 지하경제는 더욱 커져 있었고, 적합자들의 존재로 인해 그곳은 정부도 함부로 건들기가 무서운 곳이 되었다.

크노니클에도 헌터가 있긴 하지만 그들도 적합자라서 수가 한정되어 있다. 더구나 사람은 다들 편한 길을 가기 원한다는 맹점이 있지.

'자유롭고, 몬스터 상대 덜하고, 적절히 좁은 곳에서 왕이 될 수 있는 스캐빈저를 택하는 놈들이 태반이지.'

더구나 아직도 몬스터가 군데군데 출몰하는 폐허 같은 구역에서 살기에 한 번 숨어들면 수색하기도 힘들고, 여차해서 단속이 심해지면 그동안은 보통 던전 길드인 척하며 던전에서 밥벌이를 해도 돼서 박멸하기도 쉽지 않았다.

결국 스캐빈저에게 피해당하는 사람만 바보 되는 세상이었다.

난 그 점을 알아주길 바라며 내 사무실로 돌아간다.

다음 날 신서울, 여의도.

"무제하안~ 도전! 시청자 여러분, 안녕하십니까? 이번 주 무제한도전을 시청해 주셔서……."

어느덧 세 번째 방송 출연.

다행히 이 방송은 예능이면서 무언가 공공성을 강조하는 프로그램으로, 저번처럼 내내 달리거나 어디 이상한 데 여행 가는 게 아닌 스튜디오 안에서의 촬영이었다.

지금 난 스테이지 뒤에서 대기하면서 촬영 장면을 보는 중이었다.

내 출연 목적은 바로 이들의 적합자 체험 프로그램에서 '탱커' 관련 강사로 활약하는 것. 더불어 딜러와 힐러도 각자 강사가 하나씩 있었는데…

"너 왜 여기 있냐?"

"내가 할 말이다."

힐러 강사로 현마가 나와 있었다.

이놈이 공중파에 이렇게 나올 수 있는 건 즉, 쓰리 스타즈 얼라이언스에 걸린 소송이 막바지에 이르렀고, 슬슬 대한민국 3대 길드가 다시 얼마 안 있어 활동을 재개한다는 뜻이기도 하다.

생각보다 엄청 빠르게 마무리 지었네.

"어차피 치러야 하는 배상금이다. 그냥 내 버리고, 빨리 복귀하는 편이 낫다는 게 정부와 길드 상층부의 판단이다.

근데 넌 요즘 방송 출연이 잦은 것 같다만?"

"하아~ 길드 마스터가 나가서 길드 이미지 좀 좋게 하라고 난리인데 안 하고 배기겠냐?"

"훗, 너도 드디어 길드원의 고생을 깨달은 것 같군."

"이 새끼, 내가 고생하는 게 상당히 기분 좋나 보다?"

우리가 티격태격하는 동안 먼저 메인 MC의 멘트와 출연진의 콩트가 이어진다.

"아, 아니, 그러니까 우리보고 몬스터랑 싸우라는 거 아니에요?"

"에이! 그 무서운 걸 우리가 어떻게 해요?"

"우린 그냥 살찌고 늙은 사람들인데, 뭘······."

"진정하시고요. 진짜 저희가 몬스터와 싸우는 게 아니라 요즘 적합자 분들 엄청 고생하시는 거 모르시는 분들이 너무 많다고 생각해서 그분들의 노고를 알리기 위해서 체험만 하는 겁니다. 여러분 예전에 소방관 특집도 하셨잖아요. 그때도 여러분이 직접 화재 현장 진압한 적 있었나요?"

PD의 말에 고분고분해지는 출연진이군.

시작부터 이렇게 설명을 깔아 놓으면서 적합자 체험이긴 하지만 위험이 없다고 먼저 어필을 한다.

오늘 촬영은 1부로서 강좌와 몇 가지 실습이 전부. 그리고 몬스터나 던전을 발견했을 시 대처하는 방법에 대해서 교육받는, 예능이지만 교육 방송 느낌이다.

"첫 번째 강의를 해 주실 분으로! 서울대학교 적합자 연구학과 교수를 맡고 계신 박신홍 교수님이 나오셨습니다."

딩동댕동~

웅장한 내레이션과 함께 소개 멘트가 나가고, 종소리를 배경으로 '1교시-적합자 개론 및 몬스터'가 시작된다고 우리에게 스태프가 전한다.

아, 1교시라는 글자만 봐도 잠이 오네. 눈이 감긴다.

"하아~ 너 학교에서도 그랬지. 야, 일어나라. 너도 오늘은 교사잖아."

"아~ 잠 와~ Zzz······."

"이런 답이 없는 놈!"

현마가 뭐라고 하건 간에 난 그대로 눈이 감기는 걸 참을 수가 없었다.

너무 그러지 마라. 나 지능 E랭크다. 어쩔 수 없다고. 쿠울······.

페이즈 9-2

이게 탱커야? 개그맨이야?

드래고닉 레기온 한국 지부 1팀 사무실.

강철이 촬영을 하는 동안 1팀 사무실은 조용한 고민에 빠져 있었다.

강철이 어제 언급했던 스캐빈저 토벌에 대한 내용을 각자 생각하면서 조사를 하고 있었기 때문이다.

"하아~ 전쟁이라는 거네요. 2팀은 어때요?"

"거기는 이미 준비하고 있는 것 같아요. 다들 스캐빈저에게 한 번씩은 안 좋은 일을 당했던 사람들인지라."

공학계는 기업의 보호를 받고 있기는 하지만, 그렇다고 해서 스캐빈저에게서 안전한 건 아니었다. 현실적으로 기업이 상시 보호해 주지 않았고, 탱커와 같은 사냥감이 부족

할 경우 스캐빈저들은 결국 안정적인 수입을 가지고 있는 공학계를 범죄의 대상으로 삼기까지 했던 것이다.

탱커에 만만치 않게 하루 종일 연구실에서 연구만 해 대고 출퇴근하는 공학계 또한 고액의 사설 경호 업체나 거대 길드의 적합자를 고용하지 않는 이상 스캐빈저의 맛난 먹잇감에 불과했다.

"2팀은 전원 찬성이라서 당장 준비하고 있던데요? 대 인간형 전용 장비, 적외선스코프, 야간 전투용 슈트, 및 시가 전용 위장 도색 등등 난리더라구요. 저기… 세연 언니는 어떻게 하실 거예요?"

"당연히 전 아저씨의 뜻에 모든 걸 맡깁니다."

"역시나……."

성아가 주변을 둘러보며 사람들의 눈치를 살핀다.

세연은 태연히 대 적합자용 장비 견적을 뽑기 위해서 경매장을 뒤지는 중이었다. 은랑도 결심을 한 듯 자신의 장비를 알아보고 있었고, 엘로이스는 지금 강철의 방송 보조를 위해서 촬영장으로 간 상태.

남은 건 서경학 할아버지였는데…

"할아버지는 어떻게 하실 거예요?"

"글쎄다. 나도 고민이구나……."

갑작스럽게 주어진 명제. 스캐빈저와 싸워야 하나 말아야 하는가? 그리고 서로를 죽이기 위한 살육전.

강철을 따르기로 한 세연과 은랑은 확실한 자신의 신념과 보통 인간과는 다른 가치관을 가지고 있었기에 스캐빈저와 싸운다는 것에 별다른 저항감이 없었지만, 서경학은 위저드 이전에 지식인이었고, 성아는 클래스의 특성상 스킬을 배우기 위해서 인류 전쟁사를 공부했기에 더더욱 스캐빈저와 살육전을 벌인다는 데 대한 마음의 부담이 컸다.

"…후우, 지부장님은 충분히 배려해 주고 있긴 하지만 역시 전 내키지 않아요."

"그러면 빠져도 됩니다. 다만, 우리의 싸움을 눈으로 확인은 하셔야 합니다."

"예, 그렇죠. 적합자니까… 하아~"

자신의 아틸러라이저라는 클래스의 능력이 원망스러워진 그녀였다. 부여받은 능력에 따른 책임이 너무 컸다.

차라리 자신이 악귀 같은 마음을 가지고 있다거나, 진짜 미친 사람이었으면 속이 편했을 것 같은 정도였다.

'어떻게 해야 하죠?'

"그렇게 괴로워하지 않아도 돼. 아저씨는 성아가 바르게 자라길 바라는 것뿐이야. 금방 답을 내리려고 할 필요 없어."

"…그, 그런가요?"

"오히려 그렇게 계속 고민한다는 건 성아가 바른 사람이 되려 한다는 증거야. 괜찮아. 넌 옳은 길을 가고 있어."

세연은 고민하는 성아를 위로해 준다. 그 모습을 보면서,

성학은 세연이 보통 인물이 아님을 감지한다.

그러고 보니 어린 나이에도 외국어도 잘하고 똑똑하며, 품위도 있고, 자신만의 신념도 확고하고, 냉정하면서도 침착하고, 배려심까지 있다. 다만 남자 취향이 강철이라는 점만을 빼면 무슨 '엄마 친구 딸내미' 같은 완전체 소녀였다.

'허허, 그러고 보니 세연 양도 꽤 신비한 사람이군. 나중에 한 번 교육소에 들러야겠어.'

경학은 여전히 장비를 살펴보는 세연을 보며 그녀의 출신에 대해서 궁금해한다. 그리고 그의 안에 있는 과학자의 피가 움직였는지, 그녀의 정체를 알아보기 위해 나중에 그녀가 나왔던 교육소를 가기로 결심한다.

M방송국 스튜디오.

"…고로 힐러는 파티의 생명을 책임지는 중요한 역할이라서 가장 안전한 위치에서 보호받는 것이 곧 모든 파티원을 구하는 길입니다."

"예. 수고하신 쓰리 스타즈 얼라이언스에서 와 주신 특별 강사 차현마 씨에게 박수 보내 드립시다."

"컷! 예, 3교시 힐러 시간 촬영 끝났습니다. 5분 있다가 다음 촬영 들어갑니다. 거기! 이제 슬슬 깨워 주세요."

"주인님, 이제 슬슬 일어나셔야 합니다."

으응? 뭐야? 우우우웅, 에이 씽~ 잘 자고 있는데…….

눈을 뜨자 여전히 아름다운 엘로이스 씨의 얼굴이 시야에 들어온다. 가, 가까워?

거의 키스라도 할 법한 거리에 난 깜짝 놀라 갑작스럽게 일어나다가 뒤로 자빠진다.

쿵!

"아야야! 크으……."

"괜찮으십니까? 주인님."

"으, 응, 괜찮아. 에 씨… 벌써 내 차례인가?"

"예. 메이크업 정돈 다시 해 드리겠습니다."

"어, 그래."

뒤통수가 좀 시큰거리긴 했지만 시간이 없군. 크윽! 난 뒤통수를 쓰다듬으며 고통을 경감하고자 한다.

그사이에 엘로이스 씨는 주변의 다른 메이크업 아티스트 분들이 질린 표정을 지을 정도로 내 움직임에 방해 없이 메이크업을 완료한다.

"세상에……."

"저분, 뭐야. 도대체?"

진짜 안 하는 거 없고, 못하는 게 없는 메이드구만.

감탄하면서 준비가 다 되자, 난 일어서서 스튜디오로 향하는 길을 안내받고, 문 앞에서 대기한다.

 휴우, 간신히 시간에 맞았군. 아, 머리 쪽 진짜 아직도 아프네.

 그래도 가발이 충격을 완화해 줘서 다행이라 생각하며 안에서 날 부르는 소리를 기다린다.

"대리님, 완전 교육 방송으로 진행하셔서 재미없다던데요."

"그럼 나보고 어쩌란 말인가? 강의라 해 놓곤 예능일 줄은 나도 몰랐다만……."

"에이, 무제한도전 맨날 재미있게 보시면서… 거짓말하시기는……. 뭐, 그래도 무제한도전 출연진분들끼리 투닥대는 걸로 어떻게든 예능 분량은 만들었지만요."

 현마는 매니저로 온 쓰리 스타즈 얼라이언스의 길드원과 자신의 분량에 대해서 이야기를 나눈다.

 너무 강의에 충실해서였는지 재미없다는 반응이 있었지만 그래도 무제한도전 스태프들 덕에 예능성은 지키게 되었다. 특히 시작하자마자 대뜸 나와선…

"그, 나오셨으니 제가 요즘 지병이 있는데 이거 치료 좀 해 주실 수가……."

"아니, 형… 이분, 의사가 아니야."

"달라? 같은 거 아니야?"

이걸로 터뜨려서 다른 출연진들도 '저기, 저도 좀…' 하면서 같이 의료 질문을 하려던가? 라는 식으로 나름 예능적인 비중은 일정량 확보한 현마였다.

그리고 그는 다음에 나올 강철 파트를 보기 위해 스포츠 드링크를 담은 패트병을 물고 카메라 모니터를 쳐다보는 중이다.

"그러고 보니 다음은 드래고닉 레기온 한국 지부장 놈이었죠? 그거 기대해도 좋으실 거예요."

"음? 뭐 특별한 걸 준비했다는 이야기는 못 들었다만……."

"아뇨. 저 교실 모양 세트장 있잖아요. 그거 들어가는 길에다가 다리 걸리게 몰래 피아노 줄을……. 저 새끼 때문에 우리 길드 엿 먹고, 요즘 돈도 못 벌어서 짜증 났는데 잘됐죠. 낄낄. 어디 한 번 개쪽 좀 먹어 봐라."

"…후."

강철을 엿 먹이기 위해 쓸데없는 짓을 한 길드원으로 인해 한숨을 내쉬지만 입장 직전이라서 막기는 무리였다.

화를 내 봐야 이미 함정 앞에 있는 놈의 처지는 아무것도 변하는 게 없고, 솔직하게 말해서 아까 전 잠만 자던 놈이 짜증 나던 참이기도 했다.

"그럼 이제 마지막 시간입니다. 한국 최고의 탱커로, 영국 드래고닉 레기온 길드에 영입 및 현재 한국 지부장으로 활동 중이신 국내 탱커계의 최고 전문가, 3년간 클리어 던전만 230여 개나 되는······."

"에에에엑? 230개에에에?"

"와, 하나도 무서운 걸 230개나 어떻게 도는 거야?"

"우와! 보고 싶다."

"얼마 전에 같이 뛰어 봤는데 그렇게나 대단한 사람이었어? 이야아!"

음! 드디어 날 부르는군. 저 허세 찬 멘트는 사실이긴 해도 거슬리는구먼! 자, 그럼 슬슬 들어가 볼까? 왁자지껄한 이야기도 끝났고, 평범하게 손 조금 흔들고 인사하며 들어가면 되겠지.

"그럼 강철 씨를 모시겠습니다. 박수로 맞이해 주세요."

좋았어. 그럼 이제 가 볼까? 우선 문을 열고 손을 흔들… 우와아아아아악!

쿵!

"아이고! 괜찮으십… 푸웁!"

아, 씨… 다리에 뭐가 걸렸어. 뭐야? 줄인가? 누가 문에다가 피아노 줄을 걸어놨어?

아야야, 고통을 견디며 나는 후딱 일어서는데…

"푸하하하하하하!"

"하하하하하! 미치겠다."

"와! 장난 아니다. 준비성 철저하시네. 하하하하!"

"저분저분, 저보다 나이가 어린데 벌써 머리가… 하하하!"

탕! 탕!

뭐야? 뭐야? 다들 왜 저래?

무제한도전 출연진들은 전부 배를 잡고 뒤집어지며 웃고 있었다. 심지어 전에 맨VS런닝에서 같이 촬영했었던 메뚜기 닮은 MC 분도 참다 참다 안 되겠는지 멘트도 잊은 채 웃고 있었는데…….

"아, 뭡니까? 사람이 넘어진 거 가지고 그렇게 웃을 필요… 어?"

"가, 가가… 푸크크큭! 가, 가발…….."

"가발? …아! 으게에에에엑?"

아파서 몸에 열이 올라 깨닫는 게 늦었다.

시원한 바람이 머리를 쓸고 지나가는 느낌이 들어서야 눈치를 챘다.

아, 그렇구나… 내 가발! 떨어진 거였어? 그리고, 이제 막 살짝 머리카락이 자라나고 있는 내 두피가 카메라에 담겨 버렸다.

난 잽싸게 가발을 쓰고, 단상 쪽에 마련된 교탁 밑에 숨어서 급히 정리를 하고 다시 일어선다.

"강철 씨… 가발 삐뚤어졌어요."

"으갸아아아아악! 엘로이스 씨? 엘로이스 씨이이~"

결국 잠시 방송 중단. 엘로이스 씨가 다시 나에게 와서 외모를 정리해 준다.

하지만 출연진들은 엄청 재미있었는지, 특히 메인 MC인 유 씨도 와서는 내 칭찬을 하는데…

"캬아! 아니, 머리 그거 일부러 방송 나온다고 준비하신 거예요? 그러면 진짜 대박인데……."

"아뇨. 좀비 드래곤 잡다가 브레스 맞아서 싹 벗겨진 건데… 끄아아아아, 이 부분 편집 안 될까요?"

"그런 사정이셨구나. 근데… 가발이… 푸후훗! 아, 죄송합니다. 진짜 이런 몸 개그는 흔하게 나오는 게 아니라서, 시청자분들에게 꼭 보여 드리고 싶거든요."

끄응… 이 사람은 예능인으로서 방금 전 장면을 아주 고평가하고 있었다.

옆의 카메라로 내 모습을 보니, 넘어지는 동시에 가발이 뽕~ 하고 날아가는 장면이었는데… 푸훗! 내가 봐도 웃겼다. 진짜 저걸 가발이 살리는구나!

"아, 알겠습니다. 푸훗… 제가 봐도 웃기네요. 그냥 넘어가죠."

"하하하, 정말정말 감사합니다."

"자! 다시 촬영 들어갑니다! 준비해주세요!"

그리고 결국 촬영에서는 탱커의 애환을 나름 담아 내서 치료비 문제에 대한 팩트를 남기는 건 성공한다.

✦ ✦ ✦

몇 주 뒤 방영 직후…
적합자 강의 편으로 방송된 무제한도전.
예능적인 요소를 잘 띄우면서 적합자에 대한 강의도 이루어져 역시 반쯤 공영 예능이라고 불리는 무제한도전의 정체성을 살렸다는 좋은 평이 많았다.
하지만 무엇보다도 가장 큰 임팩트를 준 건 바로 내 '가발 다이빙'이라고 불리는 장면이었다.

[무제한도전 공식 게시판]
〈강철 님 덕에 너무 웃었어요. 강철 님, 그냥 무도 고정시키면 안 돼요?〉
〈말도 참 잘하고, 젊은 데다가 너무 웃긴데 그냥 무제한도전 고정 박아요.〉
〈가발! 가발! 가발! 너무 웃겨요.〉

그리고 적합자 갤러리와 무제한도전 갤러리에서도 마찬가지로 오직 내 이야기밖에 없었다. 그것도 오로지 내 머리만 가지고. 이놈들아!

〈ㅋㅋㅋㅋㅋㅋㅋㅋㅋㅋㅋㅋ 미치겠다. 대머리였네.〉
〈가발 날아가는 거 지린다. 저 넘어지는 거 슬로우 모션으로 두 번 보여 주네!〉
〈야, 강철 저거 적합자라면서? 본직이 사실 개그맨 아니냐?〉
〈나 이거 밥 먹으면서 보다가 뿜어서 아빠한테 처맞음〉
〈40억 받고 대머리 되기 VS 그냥 살기〉
〈근데 대머리는 정력이 좋다던데, 그 영국 미인 메이드가 넘어간 이유도?〉
　└이 새끼 최소 현자.

더불어 방송이 나간 이후 여러 곳에서 내 이름으로 선물도 왔고, 광고 제의도 많이 들어왔다.

〈탈모 갤러리의 모 갤러입니다. 전 나이 오십부터 머리가 벗겨지기 시작했는데 21세의 젊은이가 벌써 머리가 그렇게 된 게 너무 가슴이 아파서 제가 약 지어 먹는 한의원에서 약 한 재 지어서 보냈습니다. 부디 힘내세요.〉
〈하○모의 마케팅 팀장입니다. 혹시 가발 광고 찍으실 생각 없으신가요?〉

〈발모제의 명가 '자라나네'의 마케팅 팀장입니다. 발모제 광고 하실 생각 없나요?〉

이 망할 새끼들아! 나 원래 대머리 아니라고! 그 더러운 적합자 생활 때문에 이렇게 된 거란 말이야!

심지어 무제한도전 당시 방송 영상이 캡처돼서 필수 합성 요소로 쓰이는 것에 대해 열 받은 나는 특단의 조치를 취하기로 한다.

"우선 헤드셋 하나 주문하고, 모모타니 에리카부터 해서 레전드부터 싹 다 DVD 주문을……."

"아저씨, 뭐하는 거야?"

"넌 언제 온 거냐?"

"나야 결재받으러 온 건데… 아저씨는?"

"보면 몰라? 야동 산다! 야동 산다고! 호르몬 분비를 촉발시켜서! 머리카락 빨리 나게 할 거야!"

물론 정식으로는 못 들여오니 아마존에서 해외 직구로 구매할 거다.

이제 무조건 방송 나가면 내 머리카락 사정부터 물을 테니까! 그 전에 찰랑찰랑 길러서! 아주 길게 길러서 가 주겠어! 엘라스틴 해서! 경호 형님보다 멋지게 될 거야! 으가아아아아악!

"굳이 그럴 거 없이 세연이랑 찍으면 되는데……."

"…너랑 찍으면 잡혀가거든? 아니, 그 이전에 내가 원하는 건 호르몬의 분비지, 내 몸 밖으로 배출은 사양이다."

"그러면 세연이가 협조해 줄게. 아저씨, 수영복이 좋아? 란제리가 좋아?"

아무래도 노출 많은 복장으로 나의 호르몬 분비를 도와줄 생각이 만연한 세연이였다.

됐거든? 제발 여자애면 자기 몸을 소중히 해 주세요!

"넌 그냥 제복을 입은 채가 제일 좋으니 제발 쓸데없는 짓은 하지 말아 주세요. 이런 건 그냥 영상으로 때울 테니까 제발!"

"안 됩니다, 주인님. 드래고닉 레기온의 지부장이 되실 몸, 이런 저속한 물건을 구입하는 것을 허락할 수 없습니다. 에잇."

"으갸악! 엘로이스 씨? 기껏 다 체크해서 이제 결제만 하면 되는 건데? 그걸 취소하면? 내 머리카락은? 내 호르몬은?"

어느새 엘로이스 씨도 나타나서 내가 보는 사이트를 그냥 꺼 버린다.

안 돼에~ 이게 없으면 내 머리카락이… 내 호르몬이! 으아아앙!

"끝났어. 난 이제 그냥 21세 대머리 지부장이야. 으헝헝헝."

"물론 호르몬 측면에서 이런 저속한 영상이 머리카락의 성장과 관련된 건 사실입니다만, 주인님께 여성에 대한 잘못된 정서가 박힐 수도 있기 때문에 말린 겁니다. 이러한 방법보다는 제가 손수 주인님의 정서도 해치지 않고, 빠르게 머리카락을 회복할 수 있도록 해 드리겠습니다."

"그 역할은 제 겁니다. 아저씨 머리는 내가 상위 입찰했어."

…둘 다 좀 그만해라.

어쨌든 결론을 이야기하자면 나에게 남은 건 마음의 상처였고, 방송으로 전하고자 한 메시지는 내가 펼친 개그 때문에 날아가 버리고, 마지막으로 나에겐 '드래고닉 레기온 대머리 지부장'이라는 별명이 생겼고, '개그 지부'라는 식으로 우리 이미지가 엄청나게 가벼워져 버린다.

'뭐, 원했던 건 아니지만 이용 가치는 있어서 다행이군.'

다른 길드와 스캐빈저들은 우리 지부가 스캐빈저 토벌을 하리라는 생각은 꿈에도 하지 못하게 되리라.

상황이 어떻든 이용할 수 있는 점이 있다면 이용하자는 게 내 주의다. 무슨 수를 써서라도 살아남고자 하는 탱커의 오랜 습관이기도 했지만 말이다.

페이즈 9-3

목숨 건 정찰, 그리고 굴욕과 결심

얼마 뒤 밤 12시, 14번 구역.

전쟁에서 중요한 것은 너무 많다.

병력, 보급, 무장. 이 세 가지 중에서 하나라도 빠지면 제대로 된 군대가 이루어질 수가 없지만, 이건 모든 싸우는 자들의 기본이니 제치고, 전장의 요소 중에서 따지자면 지형과 정보일 것이다.

아, 지형도 정보 안에 들어가나? 무식한 생각을 해 버렸구만~

"흠~ 진짜 오랜만이네. 이곳도……."

14번 구역 안에서도 가장 구석진 곳. 과거엔 강남의 부유층들이 사는 곳 근처의 번화가라서 높은 마천루들이 즐비

했던 곳이었다. 하지만 그것도 대재앙으로 모든 게 바뀌었지. 지금은 오히려 여의도와 강북 쪽이 더 잘사는 동네가 되어 버렸으니 말이다.

"자, 그럼 정보 수집에 나서 볼까?"

보통은 레인저나 패스파인더 직업에게 맡기는 정보 수집인데, 직접 14번 구역에 왔다.

난 최대한 허술한 탱커처럼 보이기 위해서 팔에 작은 버클러를 차고 크로니클에서 기본적으로 주는 장검을 검집에 넣어 허리에 메었다(쓰진 못한다).

그리고 차림새는 드래고닉 레기온 들어오기 전 탱커 생활하면서 입었던 옷을 조금 지저분하게 수선하고, 은랑이 입었던 교육소 제복에서 엠블럼을 떼고 달아 초짜 적합자의 티를 내었다.

살풍경한 도시 폐허의 모습.

정부는 신서울로 부흥했다고는 하지만 그것도 개소리. 원래 서울에 비해 땅 크기가 4분의 3으로 줄어 있었고, 그중에서 4분의 1은 이런 폐허 도시나 다름이 없었다. 물론 대재앙 이후 약 2년 만에 이만큼 부흥한 것도 대단한 성과였긴 했지만 말이다.

'보자, 락킹 피스트 놈들의 구역이 어디쯤이더라?'

내 목적은 락킹 피스트 놈들의 자세한 구역과 아지트를 찾는 것. 레인저나 패스파인더가 해야 할 일이지만 너무도 위험했고, 또 뒤라도 잡히면 우리가 사주했다는 사실을 알아차릴지도 몰라서 직접 나서기로 한 것이다.

'그렇다 쳐도 여전히 무서운 동네군.'

서울에서 가장 강력한 스캐빈저 길드가 있는 만큼 주변을 살짝 둘러보기만 해도 무서운 놈들 천지라는 걸 알 수 있었다.

일반인들은 얼씬도 하지 않는 이 구역에 사는 건 스캐빈저 소속의 적합자와 그들을 대상으로 장사하는 창녀와 암시장의 상인들뿐이었다.

생각하기 무섭게 붉은 코트에 짙은 화장을 한 여성이 다가와서 나에게 말을 건다.

"저기, 오빠앙~ 오늘 좀 번 것 같은데 어때에~? 싸게 해줄게~"

"…아, 아뇨. 그리 많이 못 벌었어요. 죄송해요. 탱커라……."

"에이 씨~ 탱커잖아. 재수 없게! 퉤!"

내가 방송에 나갔어도 탱커의 이미지는 아직 크게 바뀌지 않은 것 같다. 아니, 여기 있는 놈들은 바꾸고 싶지 않겠지. 자신들의 주식이었으니까 말이다.

그나저나 세연이나 엘로이스 씨보다 훨씬 못생긴 여자에게 모욕당하니 기분 더럽군. 알면서 온 거지만.

"형씨, 장비가 영 안 좋은 것 같은데… 하나 보고 가지그래? 히히히, 적합자가 된 지 얼마 안 된 것 같은데."

폐허 사이에 좌판을 깐 상인 하나가 나에게 말을 건다.

암시장 상인이군. 스캐빈저들이 약탈한 장비를 사 주거나, 다른 구역에서 구입한 장비를 팔거나, 생필품을 보급해 주는 역할이었다.

스캐빈저들도 그들의 필요성을 알기에 건드리지 않고 장사를 허락해 주는, 유일하게 이곳에서 무사할 수 있는 자들이었다.

"…그, 그건 모르겠고, 혹시 락킹 피스트 사람들 여기 안 지나갔죠?"

"에이! 물건도 안 사고 정보를 얻으시려고?"

"에휴, 무서워서 그래요. 탱커로 오늘 겨우 죽다가 살았는데… 개푼돈밖에 못 받아서 돈도 별로 없어요. 알았어요. 그냥 갈게요."

"그려~ 수고혀~"

돈을 위해서라면 무엇이든지 하기에 정보도 사고 파는 걸 당연하게 여긴다.

하지만 그런 곳에 굳이 내 돈을 쓸 필요가 없고, 동업자인 스캐빈저에 대해서 자세히 알려 줄 리도 만무했다.

"이봐, 성웅이? 요즘 사냥감 없다고 하지 않았어? 히히히, 그게 말이야. 방금 내 앞에 좋은 게 지나가서 말이야. 그래 그래, 에이, 7대 3은 무슨… 우리 사이에 2만 떼 주면… 그래, 그 있잖아. 북쪽으로 가고 있어."

귀를 기울이자 바람을 따라 방금 전의 상인 놈이 전화에 대고 몰래 말하는 소리가 들린다.

그래, 정보도 사고 파는 마당에 인간이라고 못하랴?

녀석들은 최근 나와 탱커 연합 때문에 사냥감이 줄어서 고생스러웠을 것이다. 그런데 마침 자신들의 영역에 세상 물정 모르는 신입 탱커가 지나간다면 당연히 동업자인 스캐빈저에게 연락을 치는 게 당연하다. 왜냐? 그들은 돈이 되고 난 안 되니까.

"…쯧쯧, 그러게 물건 하나만 사 줬으면 그냥 보내 줬을 텐데."

오히려 내 의도대로다. 사냥감을 불러 준 건 네놈이다.

난 그 상인 놈의 중얼거림을 듣고는 서서히 움직여 일부러 인적이 드문 곳으로 향한다.

어차피 락킹 피스트는 무투가 계열 클래스. 보법이라고 하는 이동속도 증가 스킬을 이용해서 내가 있는 곳까지는 빠르게 쫓아올 것이다.

난 폐허가 된 도심 안으로 들어가 어리바리 연기를 한다.

"어, 어디지? 어디로 나가야 하지?"

철저하게 도심을 헤매는 척하는 사이, 이내 인기척이 느껴진다. 셋? 넷? 아니, 다섯?

어지간히 심심했는지 초짜 탱커 하나 사냥하는 데 5명이나 올 줄은 예상 못했는데?

목숨 건 정찰, 그리고 굴욕과 결심 • 77

난 눈치 못 챈 듯 계속해서 헤매는 척한다.

"이야, 진짜 어리바리한 놈이 기어 들어왔네."

"그러게 말입니다, 행님. 저 혼자 와도 된다고 했는데……."

"시끄러! 요새 탱커 새끼들 연합이니 뭐니 이상한 노조 같은 걸 만들어 가지고, 우리 영역에 대한 정보를 공유하니까 아무도 오질 않잖아! 심심해 미칠 뻔했는데 잘됐어."

"역시 던전 들어가는 거보단 탱커 사냥이 수입도 짭짤하고, 쉬워서 좋죠. 히히히!"

제 딴에는 조용히 이야기하는 것 같지만 이미 인기척을 눈치챈 시점에서 목소리를 찾는 건 어렵지 않았다.

겉으로는 여전히 길을 헤매며 걷고 있는 중이었지만, 들으면 들을수록 열이 받는다.

'개에새에끼들……!'

가슴이 끓어오른다. 방패에 올라가는 손을 간신히 참고 내리며, 나 자신을 제어한다.

참자. 참아야 한다. 내가 광란을 벌일 장소는 여기가 아니다. 지금 화내서 저거 5마리만 잡아 봐야 무슨 소용이 있겠는가? 자자, 참자. 참자.

"으악!"

등에서 격통이 몰아친다.

이 개새끼, 무언가를 쐈어? 활인가? 아니다. 팔을 뻗어 보니 그렇게 긴 물건은 아니다. 그러면 암기? 쿠나이나 단검 같은 건가?

 하지만 체력이 얼마 내려가지 않은 걸 보니, 이건 스킬로 던진 게 아니라 그냥 힘과 기교로만 던진 거다.

 난 땅에 엎드려서 고통스러워하는 척 좌우로 구른다. 마치 이런 고통을 겪는 게 처음이라는 양 깜짝 놀라 오버하듯이 말이다.

 그리고 내가 제압된 것을 본 스캐빈저들이 건물에서 내려와 내 주위를 포위하더니 한 놈이 나에게 다가오면서 엎드린 내 배를 올려 찬다.

"커헉!"

"에이 씨! 행님, 간만에 만난 사냥감인데 한 방에 뻗게 하면 우짭니까?"

"야, 야, 안 죽었어. 짜식이 오버하기는……."

"신선해! 신선한 인간이야!"

"키히히히히, 지루하던 차에 진짜 잘됐네."

 진짜 판에 박아 넣고 싶을 정도로 쓰레기 악당 놈들이다. 복장은 가죽 재킷에 청바지를 입은 형태로 누가 봐도 '나 양아치입니다.'라는 느낌이다.

 계속해서 맞고 있자 한 녀석이 내 머리카락을 움켜쥐고 들어 올린다.

 야! 그거 가발이야! 살살 올려… 크윽!

"진짜 딱 봐도 어리바리하게 생겨 가지고……."

"근데 이놈 어디서 본 것 같지 않냐?"

"아? 그 강철이라는 놈? 에이, 그놈이 왜 여기 있겠냐? 연봉 40억짜리가 이런 허술한 장비에 어리바리한 얼굴로 여기 와? 키키킥! 이 나이 대 애들은 다 비슷비슷해 보이는 거지, 그냥! 진짜 그놈은 아마 지금쯤 그 영국 메이드랑 침대에서 헐떡거리고 있겠지. 낄낄낄."

"와, 상상만 해도 하반신에 힘이 가네. 개부럽다."

"진짜 드래고닉 레기온만 아니면 확 쳐들어가 보는 건데… 쓰읍! 나 그거 땜에 맨VS런닝 영상 폰에 갖고 다니잖아요, 행님."

이 개 같은 새끼들! 지금 눈앞에 계신 게 바로 그 강철 님이시다.

게다가 이놈들, 엘로이스 씨를 가지고 저질스러운 망상까지 하는 걸 보니 더더욱 화가 난다.

그래도 참아야 한다. 지금만큼은 참아야 한다. 비굴하게… 더 비굴하게 해야 돼.

"제, 제발 사, 살려 주세요. 끄으……."

"야, 얼마나 나왔냐?"

"현금 67만 원에 카드는 없고, 다른 돈 될 만한 건 스마트폰 하나랑~! 방패는 엄청 구린데 장검은 희귀 등급이네? 이건 돈 되겠네요. 게다가 칼날에 아무 이상도 없는 완전 새 거인데? 오늘 득템했나 보네~"

녀석들은 내 몸을 뒤져서 지갑, 허리에 찬 검, 돈 될 만한 건 깡그리 뒤져서 회수해 간다. 스마트폰은 꺼내자마자 전원을 꺼뜨리고, 알루미늄 호일로 여러 겹 싸서 포장하는 솜씨가 한두 번 사람 털어 본 게 아님을 짐작하게 한다.

그리고 자신들이 뒤지는 걸로 한계가 있는지 스캐빈저 중 한 놈은 내 복부를 차올리며 험악한 말투로 추궁한다.

"커헉!"

체력은 얼마 닳지 않지만 진짜 아프다. 게다가 이놈들, 무투가 계열 클래스에 평소에도 사람 때리는 걸 위주로 운동하고 다니니까 위력이 장난이 아니다.

"야! 뭐 더 없냐? 목숨이 중요하지, 아이템 나고 사람 난 거 아니잖아."

"야야, 살살해라. 요즘 탱커 구하기 난리인데! 우리 구역 근처에도 던전 열린 거 얘네 없으면 누가 진압하냐?"

위험한 던전은 절대 갈 리가 없는 저 말투. 그러면서 자신보다 약자를 괴롭히고, 약탈하는 데는 아무렇지도 않다.

만약 내가 아니라 진짜 일반 적합자였으면 얼마나 억울하고 불쌍한 상황이었을까?

"제, 제발 살려만 주세요. 무서워요. 죽기 싫어요."

"이런 놈이 탱커는 어떻게 합니까? 그냥 죽여서 팔아 버리는 게 낫지 않나요? 요즘 매물 없으니까 목돈도 나올 텐데……."

"등신아! 요즘 탱커 연합 새끼도 그렇고, 언론사나 방송사 놈들도 시청률 때문에 완전히 돌아선 거 모르나? 그런데 우리 구역에서 죽었다고 해 봐라. 아이고! 우리만 완전 마녀사냥 당한다고!"

"아, 진짜 돈도 푼돈뿐이고, 스마트폰도 팔아 봐야 술값밖에 안 되는데……."

마녀사냥이 아니라 죄를 물어서 죽어도 모자를 새끼들이? 이미 자신들이 행하는 게 범죄라는 사실을 망각한 것 같다.

그리고 내가 생각 이상으로 시시한 사냥감이라는 걸 알자 힘없이 떨고 있는 날 툭툭 발로 차면서 반응을 즐기고 있다.

"히익! 때, 때리지 마세요!"

"아~! 이거 진짜 확! 죽여 버릴 수도 없고……."

"그냥 납치해서 어디 팔아먹을까?"

"그럼 팔릴 때까지는 데리고 있어야 하잖아. 귀찮아서 싫어. 대장도 뭐라 한단 말이야. 꼬리가 잡힌다나 어쨌다나 ~참 내~"

"항상 감시할 수도 없고. 나노머신 인터페이스로 호출할 염려가 있으니까 말이야."

"팔 자르면 되지 않나?"

지금으로서는 납치까지 해 주면 좋겠지만, 이 자식들의 대장이 누군지 몰라도 부하들 관리는 제대로 하는 것 같다.

물론 스캐빈저 길드장으로서 말이다. 절대 좋은 의미가 아니라 악질적인 철두철미하다는 뜻이다.

'…어쨌든 이걸로 끝나나?'

"어쨌든 그럼 행님, 죽이지만 않으면 되는 거죠?"

"어, 그래."

"오랜만에 손맛 좀 느껴 봐야겠네. 진짜 오랜만에 맞은 손님이니까! 무기 빼고, 천천히 괴롭혀야지. 〈액티브-질풍각〉."

퍼퍼퍼퍼퍽!

끝나긴 개뿔! 주머니가 다 털리니 결국 이 망할 자식들은 날 샌드백으로 가지고 놀 생각인 듯했다.

엎드려 있었던 내 몸은 땅을 치는 충격에 떠오르더니 보이지도 않는 연속차기로 가격 당한다. 아프다. 씨발!

"으아아! 아파! 끄아아아!"

"크으! 역시 돌이나 타이어로는 이 감촉이 안 나지. 크큭!"

"이야~ 드디어 그 〈액티브-질풍각〉 마스터 찍었냐? 바람 잔상 멋있네."

"혼자만 재미 보지 말고, 다음은 나! 내가 할래!"

콰직! 퍽!

하아… 오늘 밤이 길어질 것 같다.

그리고 다시 한 번 마음을 다잡을 수 있었다. 이 구제 못할 쓰레기는 모조리 죽여야 한다는 걸 말이다.

난 그렇게 맞아 가며, 폐허가 된 건물 옥상에 시선을 보낸다.

보고 있냐? 성아야? 이게 적합자의 현실이란다.

✦ ✦ ✦

같은 시각.

드래고닉 레기온 한국 지부, 대회의실.

강철을 제외한 1팀, 2팀 전원이 14구역으로 정찰 나간 그의 모습을 모니터링 중이었다.

영상 촬영은 바로 시제품으로 판매 중인 무선 조종 드론. 촬영은 보안팀 소속으로, 데몬 블레이드인 배상진이 그림자 속에 숨어들어서 하고 있었다.

화면에는 강철이 폭행과 약탈을 당하는 장면이 여과 없이 나오는 중이었다.

"세상에……."

"이미 돈이라던가 물건을 다 뺏었는데 왜 폭력을?"

"놈들은 약탈만 하는 게 아닙니다. 자신들의 즐거움을 위해서 레벨도 낮고, 방어 기술밖에 없는 탱커를 괴롭히는 겁니다."

퍽퍽!

일방적인 스캐빈저들의 린치. 무언가 목적이 있는 게 아니라 사람을 때리는 그 자체에서 즐거움을 얻는 자들이었다. 애초부터 적합자를 죽이는 행위로 경험치를 얻고 레벨 업한 놈들이다.

 2팀 사람들은 모두 사회인이었고, 스캐빈저에 대한 지식이 어느 정도 있었던 만큼 충격이 덜했지만…

"나쁜 놈들!"

"세상에……."

"허……."

 1팀, 엘로이스와 이세연을 제외한 세 사람은 적합자 세상에 발을 들여놓은 지 얼마 안 된지라 충격이 배가 되었다.

 말로는 많이 들었고, 교육으로도 많이 알고 있었지만 역시 실제로 보고 듣는 데서 오는 현실감이 그들의 오감을 자극했기 때문이다.

 [크아악!]

 [야, 좀 많이 버티는데? 우리 다 25레벨 넘는데 아무리 무기 빼고 때려도 신뻥이가 버틸 만한 공격이 아닌데…….]

 [그러니까 퓨어 탱커지. 그 때문에 공격 능력도 쥐뿔도 없는 거지만 말이야.]

 [간만에 쓸 만한 샌드백 생겨서 심심풀이로는 딱이네.]

퍼억!

잔인한 폭력.

다섯이서 저항할 의지도, 싸울 능력도 없는 탱커를 괴롭히는 장면.

세연은 이를 악문 채 그 장면을 바라만 보고 있었다. 또한 강철이 이런 탱커 생활을 3년간 했다는 생각을 하자 가슴에서 분노가 끓어올랐다.

더 이상은 보기 힘들었는지 그녀는 먼저 대회의실을 나간다.

아머드 나이트인 상연이 그런 그녀를 잡으려 하자,

"세연 누님?"

"전 먼저 준비하러 가겠습니다."

차가운 말투로 말을 남긴 채 사라지는 세연.

그녀는 애초에 강철의 의사를 따르기로 결심했는지라 더 이상 볼 필요가 없었다. 오히려 가슴만 아파질 뿐이었으니 말이다.

"휴우… 허순 님, 지부장님이 돌아오시는 대로 치료할 수 있도록 준비를 부탁합니다."

"알겠습니다, 엘로이스 님."

화면 속에서 강철에게 가해지는 폭력의 강도는 점점 심해졌다.

피우던 담배를 지져서 끈 다음 입에 집어넣어 강제로 먹이고, 다시 복부를 강타해서 토해 내게 하는 등… 인간이 어떻게 같은 인간에게 저런 짓을 할 수 있을까? 라고 의심할 법한 폭력은 다 구사하고 있었다.

녀석들은 강철을 마치 간만에 얻은 장난감인 양 가지고 노는 중이었다.

[…킬킬킬, 아, 재미있었다. 정신 잃었네. 우리가 심했나?]

[오줌 싸고 가야지. 히히히.]

[미친 변태 새끼, 사람한테 오줌 싸는 이상한 성욕 가진 새끼!]

[다음엔 어리바리 타다가 이런 데 들어오지 마라. 히히히!]

[아~ 그래도 잘 놀았다. 야, 고기나 먹으러 가자. 11번 구역에 고깃집 맛있는 데 알아! 히히히히!]

[하하하하하하하!]

악마의 웃음소리처럼 멀어져 가는 스캐빈저들의 목소리.

영상에 남은 건 각종 굴욕과 폭력에 너덜너덜해진 강철의 힘없이 누워 있는 모습뿐이었다.

자신보다 훨씬 강한 몬스터와 싸울 때도 정신을 잃지 않던 그가 기절을 할 정도라니, 스캐빈저들의 사악함이 얼마나 심각한지 와 닿는 세 사람이었다.

"…이거 놔두면 안 되겠구먼!"

"싸워야 한다."

"…우욱!"

성아는 입을 가린 채 올라오려는 구역질을 참고 있었다.

이런 건 생전 처음이다. 물론 글과 지식으로 알고 있는 인간의 전쟁과 잔악함이었지만, 스캐빈저의 악행은 상상과 듣는 것 이상으로 더욱 악독했다. 저기 쓰러져 있는 강철이 해 준 말이 떠오른다.

'당하고 나서, 상처를 입고 난 뒤에 결심하는 건 이미 늦은 일이라는 걸 말이야.'

그리고 영상은 스캐빈저들이 완전히 사라진 걸 확인한 배상진이 강철을 회수하기 위해 움직이는 장면으로 끝이 난다.

✦ ✦ ✦

"형, 정신이 들어요?"

"…상진이냐? 아, 존나 아프네. 아야야!"

겨우 정신을 차렸지만 몸 상태가 말이 아니라는 듯 비명을 지르고 있었다.

대충 짐작컨대 몇 군데 뼈가 나간 듯했고, 전체적으로 욱신거렸다. 게다가 난 피우지도 않은 담배 냄새가 몸에 배여 자기 냄새에 토가 올라올 지경이다.

그런 내 상태를 확인한 상진은 혀를 차면서 말한다.

"쯧… 그러게 미련하게시리 왜 직접 정찰한다고 했어요. 보안팀 돈 들여서 고용해 놓고는 그냥 우리 시키면 되잖아요."

"다 생각이 있어서 그런 거야. 아! 찌린내! 개새끼, 사람한테 오줌 뿌리고 갔네?"

상진은 그림자로 날 감싸서 감추고 움직인다.

섀도우 블레이드의 스킬 트리 중 '그림자 악마' 계열 특성으로, 그는 이걸로 스캐빈저 사냥도 하고, 감싸서 시체를 처리하기도 했다.

그럼 결국 시체 주머니라는 건데? 은근 기분 더럽네.

"형, 그런 짓을 당하고도 태연하네요"

"태연하겠냐? 지금도 열불 나서 그 새끼들 잡아다가 면상부터 죄다 스크랩해 버리고 싶다."

"그건 나도 마찬가지예요. 저 십새끼들 거꾸로 매달아서 모가지 그어 놓고 비명 지르는 거 보고 싶어요."

"미친놈, 닭 피 빼냐? 키키키!"

그동안 잊고 있었지만 이 녀석은 어린 나이에 스캐빈저

사냥꾼이 돼서, '흑사자'라는 이명이 붙을 정도 스캐빈저를 죽이고 적대하는 놈이었지.

"근데 그거 은근 효과적이에요. 머리에 피가 몰려서 고통스러운데 몸의 피는 죽죽 빠져나가니깐 말이죠."

"그래. 야, 빨리 전화해서 그 검집 안에 있는 발신기 작동되나 봐봐."

놈들이 날 살려 둔 점이나 길드 마스터의 통솔력으로 볼 때, 귀하게 얻은 희귀 아이템 같은 건 우선 스캐빈저 길드의 마스터나 간부급이 확인을 한 다음에 처분할 터였다.

장검은 희귀 아이템이지만 검집은 시중에서 사서 그 안에 발신기를 달아 둔 형태다. 락킹 피스트의 집결지나 아지트를 알기 위해서 일부러 약탈을 당해 준 것이다.

"어? 예. 그렇습니까? 알겠습니다."

"뭐라나?"

"응. 잘 들어가고 있고, 빠짐없이 위치 기록 중이래요."

좋았어. 어쨌든 목적은 완수했다.

여러 사람들에게 충격을 주어서 미안한 느낌이 들었지만 그들을 안 다치게끔 하면서 적합자의 현실을 보여 줄 방법이 이것 말고는 생각나지 않았다.

머리가 나쁘면 몸으로 때워야지. 아니, 그냥 몸으로 때워야지. 하지만 어른의 교육으로는 이게 최선…

"형님아, 이젠 홀몸도 아니고 탱커랍시고 몸 좀 그만 굴

려요."

"…시꺼, 근데 내가 왜 홀몸이 아니야? 21세 동정! 완전 홀몸이구만!"

"세연 누나에 엘로이스 씨라는 양손에 꽃을 들고 개소리 하네요. 어쨌든 이제 충분히 사랑받으니까 그 사람들 생각 좀 하라고요. 게다가 한 지부의 지부장이잖아요. 크게 잘못됐으면 어쩌려고 그래요?"

쩝, 면목이 없군.

아마 돌아가서는 세연이랑 엘로이스 씨에게 이 소리를 다시 들어야겠지. 엄밀히 말하면 그녀들을 속이고 정찰하겠다고 뛰어나온 거니까 말이야.

하지만 이건 실리적인 이유만이 아니라 심리적인 이유로서도 내가 해야만 하는 일이었다.

이제 모든 자비심을 버리고, 스캐빈저 놈에게 남은 인간적인 대접이라는 감정을 모두 버릴 수 있었다. 그래. 크크큭.

"크크큭… 크하하하하!"

그림자 속에서 난 미친 듯이 광소를 뿌렸다. 놈들의 의기양양하던 얼굴이 절망으로 무너질 걸 기대하니 기분 좋아서 죽을 것 같았다.

그래, 난 저 폐허 같은 도시로 다시 돌아올 거다. 그때는 지금처럼 사냥감이 아니라! 사냥꾼으로! 모두 말살해 버릴 것이다. 망할 스캐빈저와 그들의 악업에 협력하는 모든 걸 말이다.

✦ ✦ ✦

그리고 예상대로라고 해야 하나? 크로니클에 돌아오자마자 의료용 침대에 누운 채로, 나는 화내는 엘로이스 씨의 얼굴을 보게 된다.

근데 원관이 미녀니까 화내도 이쁘구나~ 하하. 이런, 표정 관리해야지.

"주인님, 도대체 무슨 생각을 하시는 겁니까? 이런 정찰일거라고는 상상도 못했는데……."

"사실대로 말했으면 안 보냈을 테니까……."

"당연하지요! 세상에 그런 굴욕과 폭력을 당하는 주인님을 보며 제가 얼마나 가슴이 아팠는지 아십니까? 이제 주인님의 몸은 주인님 혼자의 것이 아닙니다."

이렇게 말해 주니 정말 내가 죽일 놈이 되는군.

하지만 나 말고 이 역할을 할 만한 녀석도 없는 데다가 1팀의 다른 사람들에게 현실을 알려 주려다 보니 이렇게 된 것이다. 이 망할 세상에선 그 어떤 조언보다도 보여 주는 게 최고니까 말이다.

"아무리 그래도 이번 건 말도 안 되는 일이었습니다! 이제는 한 지부의 사람들을 책임지는 입장이며, 드래고닉 레기온의 지부장으로서 지켜야 할 명예와 품위가 있습니다. 그런데 그 점을 깨닫지 못하시고 스스로 사지나 다름없는 곳으로 가시고, 차마 입에도 담기 힘들 굴욕과 폭력을 당하시다니! 도저히 납득할 수가 없습니다. 그러니……."

"저기… 지부장님은 환자니까 그쪽에서 적당히 해 주심이……."

메디컬라이저 허순이 치료는 치료대로 해 주면서 잔소리를 해 대는 엘로이스를 제지하지만, 사실 그런 소리를 들을 짓을 했으니 할 말이 없는 나였다.

그리고 내 몸의 스캔을 끝낸 허순 씨가 차트를 들고 오더니 나에게 보여 주면서 설명한다.

"후~ 어쨌든 골절 총 아홉 부위고, 내장은 무사하며, 다른 상처는 큰 곳이 없습니다."

"그래? 빨리 치유나 해 줘. 냄새나 죽겠다."

"그래도 적어도 오늘 밤은 의무실에서 계셔야 합니다."

"그럼 차라리 이 상태로 씻고 올게."

아, 어이없다는 표정이군. 뭘 새삼……. 냄새나는 건 싫단 말이야.

다행히 한쪽 다리는 멀쩡했다. 난 목발을 하나 꺼내서 짚고, 내 방으로 돌아가서 씻을 생각을 한다.

하지만 침대에서 일어나자마자 욱신거리는 고통이 몰려

온다. 분명 골절 아홉 군데라고 했지. 이런! 쓉!

"하아… 진짜 지부장님, 무식하기 짝이 없네요. 환자가 너무 막 다니는 거 아닙니까?"

"에이~ 내가 뭐, 이런 상처 한두 번 입은 것도 아니고, 그리고 어차피 씻고 치료받는 게 낫잖아~"

"정말 무모하기 짝이 없는 분인 건 알고 있었지만 이 정도일 줄이야. 샤워, 그 몸 상태로는 하기 힘드실 테니 도와드리겠습니다."

아니, 그럴 필요 없는데… 라고 말하고 싶었지만 금방이라도 울 것 같은 엘로이스 씨의 얼굴을 보니 거절할 수도 없었다.

결국 난 엘로이스 씨의 부축을 받아서 공용 샤워실에 들어오게 되고, 탈의실에 같이 들어온 그녀는 친절히 내 옷을 벗겨 주기 시작한다.

그리고 상의를 벗자 여지없이 드러나는 어깨와 가슴 쪽의 내출혈로 인한 피멍 자국들에 난 무안해졌다.

바지랑 팬티는 내가 할 거니까 손대지 마!

"음… 좀 심하긴 하네. 쩝……."

"이렇게 심한 상처를 입을 걸 알았으면서 왜 그런 무모한 짓을 한 건가요? 아무리 1팀 다른 분들에게 알려야 한다곤 하지만 굳이 이렇게까지 할 필요가 있는 겁니까? 아무리 치료가 가능하다지만… 스스로 그렇게 고통을 받을 이유가 있는 겁니까? 당신이 상처 입는 것에 슬퍼하는 사람 생각을 해 주세요."

"아직도 화내네. 미안해."

진짜 이렇게 화내 주는 거 보면 친한 누나 같은 느낌이 드는 엘로이스 씨였다.

물론 실제 남매의 관계가 어떤지는 자세히 모르지만 그래도 그녀가 화내 주는 게 싫지는 않았다. 옛날이었으면 치료받든 아프든 혼자 였을테니까 말이다.

걱정해 주는 사람이 있다는 게 이렇게 가슴 따뜻한 일이었지만…

"하지만 엘로이스 씨, 이번 일만큼은 꼭 필요한 거예요. 다른 누구의 설득보다 이건 나 자신을 다잡기 위한 일이었거든요."

"자신을 잡는다?"

"…이번만큼은 저 자신을 나쁜 놈으로 만들어야 해요. 피도 눈물도 없는 놈으로 말이에요."

내가 아무리 스캐빈저를 증오한다고 해도 그들 역시 본질은 사람이다.

물론 스캐빈저는 사람으로 취급 안 하니까 죽이는 데 아무런 거리낌도 없지만, 문제는 그 주변인들이었다. 그들에게 협력하는 다른 인간들과 그 스캐빈저들의 가족까지 죽이려면 더 독한 마음을 품어야 했기 때문이다.

"락킹 피스트 스캐빈저 길드와 관련된 모든 걸 쓸어버릴 거예요. 가족, 협력자, 그 직속 윗선까지 가리지 않고 모두 말이죠."

"진심이십니까?"

"이래 봬도 시작한 이상 끝장을 보는 성격이고, 끝까지 물고 늘어지는 타입이야."

잡초를 뽑으려면 뿌리 끝까지 뽑고, 땅 아래 제초제까지 뿌려 버려야 한다.

그래서 놈들과 관련된 모든 걸 파멸시키려고 하는 것이다. 길드 자체, 스캐빈저 놈들의 가족, 연관되는 암시장 상인, 정치인까지 모조리!

어쭙잖게 길드만 파멸시켜 봐야 그들과 연관된 자들은 다른 스캐빈저 길드에 붙으면 그만이거나 아니면 탱커와 일반 사람들의 피를 빤 돈으로 호의호식하면서 먹고살면 그만이다.

과연 그것이 완벽한 스캐빈저 토벌이라고 할 수 있을까?

"하지만 무조건 내가 옳다는 이야기는 아니고, 내가 하려는 짓이 뭔지도 알아. 그래도 뿌리 깊게 내려 버린 이 스캐빈저의 악(惡)과 싸우고, 효과를 보려면 나도 그만큼 악독해야 한다는 거야. 그리고 그 마음을 얻기 위해선 나에게도 원한과 증오가 더 필요했어. 그 때문에 얻은 상처야."

"주인님은 괴물이 되려 하는 건가요?"

"필요하다면!"

그래, 필요하다면 괴물이든 괴수든 마왕이든! 용이든!

저 뿌리 깊게 자리 잡은 악과 싸우려면 그 이상의 존재가 되어야 한다. 내 삶에 있어서 소중한 이들을 지키기 위해서!

내가 살아온 그 길의 고통을 겪지 않게 하기 위해서라면 희생할 각오가 되어 있다.

"자, 이 대화는 여기까지! 빨리 씻고 치료받아야 하니까 나가! 설마 내가 같이 들어가서 씻겨 주는 일 같은 거, 허락할 리 없는 거 이미 알고 있지?"

그렇게 억지로 엘로이스 씨를 밀어내고 혼자 들어가려는데 뒤에서 그녀가 작게 중얼거리는 목소리가 들린다.

"…가엾은 사람."

하아… 너무 그러지 마라. 나도 왜 내가 이런 모양이 되었는지 모르겠다.

자리가 사람을 만든다고 해야 하나? 가끔은 그저 사회 밑바닥에서 뒹굴거릴 때가 더 좋았던 것 같기도 한다.

하지만 그러면 그랜드 퀘스트에 무심한 한국 정부와 길드 놈들 때문에 어느 순간 천지호가 나타나 갑작스럽게 한국은 문명의 초기화를 맞이했겠지.

"나라고 좋아서 하는 게 아니라고! 젠장!"

내가 무슨 맞는 걸 좋아하는 변태도 아니고! 내가 안 하

목숨 건 정찰, 그리고 굴욕과 결심 • 97

면 누가 해?

 그랜드 퀘스트를 할 능력이 있는 놈들은 외국으로 도망갈 생각뿐이라서! 갑자기 한국의 운명을 짊어지게 된 셈이라고.

 다행히 현마 녀석이 있어서 인원수 맞추기는 편했지만 말이야.

 "하아… 빨리 씻자. 냄새 진짜 싫다. 몸도 아프고, 빨리 씻고 치료받고 한숨 자야지. 에휴……."

 바지를 마저 벗고 나체가 되어서 샤워실에 들어간 나는 샤워기를 틀고 물을 맞는다. 처음에 약간 차가운 물이 나오다가 알맞은 수온이 내 몸을 적시는데…

 "아따따따! 앗, 따가! 크윽!"

 내 완벽한 조절 솜씨 덕에 수온은 적절했지만 아프다! 상처가 쓰린다.

 무투가 클래스 놈들은 죄다 타격계라고 생각했지만 질풍각인가? 그 바람의 잔상에 베인 건지 베인 상처로 인한 출혈도 있었던 것 같다.

 칼날에 베인 듯한 상처 위로 피가 굳어 있어서 난 피딱지를 떼어 내면서 조심스럽게 씻는데…

 "응?"

 이상하다. 왜 떼어 냈는데… 상처 안에 비늘이랑 털이 끼어 있지?

칠흑처럼 새까만 검은 비늘과 빛에 비추면 은빛으로 변하는 회색의 털이었다. 떼어 내 보니 엄청 아팠다.

난 샤워하다가 말고 상처 속에서 나온 이 비늘과 털을 자세히 바라본다. 비늘은 만져 보니 마치 금속처럼 엄청 단단하면서 매끈했고, 털은 가늘면서도 무슨 철사처럼 억세다. 이거 뭐야?

'내 옷에 묻어 있던 건가? 보자, 그 옷 던전 돌고 빨래 안 한 지가 좀 오래되긴 했는데… 읔! 도저히 안 되겠다. 빨리 씻고, 치료받고 자야겠어.'

가뜩이나 몸도 아프고, 빨리 쉬고 싶은 마음에 난 비늘과 털을 쓰레기통에 버린 뒤 샤워를 마치고 빨리 나온다.

그리고 이후 엘로이스 씨가 팬티부터 입혀 주겠다거나, 내 하반신에 있는 걸 보더니 '동양인의 물건이 아니시네요.'라며 감탄하는 소리를 내는 바람에 난 그 사실을 완전히 잊어버리게 된다.

✦ ✦ ✦

다음 날.

드래고닉 레기온 한국 지부는 이제 '스캐빈저 토벌'이라는 의지로 하나가 되었다.

보안팀은 계속해서 정보를 모으고, 2팀은 야간전을 위한 장비를 갖추고 트레이닝실에서 각종 테스트를 진행 중이었다.

1팀 또한 이제는 더 이상 망설일 게 없다는 듯 각자 아이템 세팅과 대(對) 적합자전의 준비를 철저히 하고 있었다. 성아만 빼고 말이다.

"성아는 이번 토벌에 참여 안 한대, 아저씨."

"어, 대강 예상했어."

"그래도 비살상탄(연막탄, 소화탄)이라면 지원을 해 주겠대. 동료들이 싸우러 가니까 그냥 보고 있기는 괴로운가 봐."

난 의무실 침대에서 세연의 보고를 듣고 있었다.

일전 대공동묘지 던전을 클리어한 덕에 성아는 더 많은 스킬을 찍을 수 있었고, 특히 사거리 연장에 관련된 스킬을 모두 마스터해서 최대 포격 사거리 100킬로미터라는 미친 클래스가 되어 버렸다.

진짜 무시무시하군. 걔, 기업이나 국방부, 혹은 외국에서도 알았으면 서로 뺏으려고 전쟁까지 벌였을 것이리라.

현존 무기 체계에서 자주포 최대 사거리가 40~50킬로미터라는 걸 생각하면 소름 돋을 정도다.

"훗, 살인엔 거부감은 있지만 그 행동은 돕는다인가? 너무나 귀여운 위선이라 웃음이 나오네."

"너무 그러지 마, 아저씨. 인간이라면 당연한 행동이야."

"…그러면 너는 준비 어떻게 하고 있어?"

"그자들이 죽어서도 편안하지 못하도록 사령술 스킬을 강화하는 방향으로 대(對) 적합자전을 준비할 생각이야."

세연의 눈이 푸르게 빛나면서 타오른다.

그러고 보니 얘도 내가 굴욕당하는 거 다 봤겠군. 아마 엄청 열불 났겠지.

더구나 세연이라면 여자든 아이든 가차 없이 죽일 것 같아서 더 무섭다. 나도 지금만큼은 저런 점을 본받아야 하는데 말이야.

"토벌 때까지 방송 일단 취소해 놨지?"

"응. 약 한 달간은 바빠서 못 간다고 해 놨어. 근데 아저씨, 국정원에서 청문회인가? 증인으로 호출 나왔어."

"아 씨! 거긴 또 왜 날 불러?"

"최근에 탱커 연합과 정부의 갈등 때문에 무슨 일이 생긴 것 같아."

미쳐 버리겠구만. 하지만 이미 탱커 연합에 지지 선언을 해 버렸으니 어쩔 수 없이 나가야 할 판이다.

하아~ 나 그런 자리 나가면 분명 욕하고 난리 칠 게 뻔한데, 왜 부르는 거야? 치우 형님은 좀 그런 건 막아 줘야지! 이런 젠장! 바빠 죽겠는데!

"좋아. 그건 일단 제끼고! 다른 건?"

"미래 언니와 연봉 협상이랑 미팅 정해야 하는데……."

"그건 엘로이스 씨에게 맡겨. 2팀의 사무직으로 보낼 거니까 엘로이스 씨가 본국과 커넥팅해서 협상 때리라고 해. 아, 혹시 전 기업 회사의 위약금이 필요하다면 내 사비로 위약금 내 버려. 다른 건?"

"1팀 PVP 아이템 요청 때문에 지부장이 작성한 사유서가 필요하대……. 노트북, 엘로이스 씨에게 가져 달라고 할까?"

병상에서도 이렇게 열심히 일을 해야 한다니!

아니, 다른 거대 길드 지부장들은 그리 많은 팀을 운영하면서도 엄청 널널해 보이던데… 난 왜 이렇게 바쁜 것인가?

그놈들 뻑하면 골프 치거나 던전 갔다 오면 밑의 애들이 다 해 놓는 시스템으로 만들어 놨더만!

"…정말 그렇게 하길 원해?"

"농담이야. 그래도 너무 많긴 하다. 너랑 좀 나눠 가지면 안 될까? 나 지부장으로만 빠지고, 1팀장을 네가 맡는 식은 어때?"

지금 내가 바쁜 이유는 내가 지부장과 1팀장을 겸하고 있기 때문이었으니, 세연이를 1팀장으로 만들고 내가 지부장으로만 남으면 조금은 업무가 줄어들 것 같아서 제안한 것이다.

하나, 세연은 택도 없다는 눈빛으로 내 이마를 볼펜으로 찌르며 말한다.

"안 돼. 언젠가 아저씨 사무실에서 '미쓰 리, 오늘따라 섹시하구만.' 플레이를 하려면 비서로 남아야 돼."

"거부하는 이유가 어이없어서 말이 안 나온다."

드르륵!

이야기하는 도중 문이 열리고, 메이드복에 플래티넘 블론드 머리칼의 아름다움을 빛내며 엘로이스 씨가, 도대체 어떻게 알았는지 노트북을 옆구리에 끼고서 들어와 내 앞에 세팅해 주기 시작한다. 어, 어떻게 안겨?

"메이드라면 주인님의 니즈 정도는 단숨에 깨달아야 합니다."

"거짓말. 문 밖에서 쥐처럼 몰래 들어 놓고는……."

뭐야? 너네 왜 서로 노려보면서 신경전이야?

세연이 반박하자. 엘로이스 씨는 태연하다는 듯 미소 지으며 반박한다.

"그래도 주인님께 도움이 되었으면 충분한 거 아닐까요?"

"이제 다 하셨으니 돌아가서 자기 일 보시지요. 본국에 보낼 서류라던가, 할 일 많은 걸로 아시는데……."

오늘 엘로이스 씨는 특히 바쁘다.

스캐빈저 토벌 건에 대한 본국 파견자로서의 의견 보고서, 새로 들어올 미래에 대한 연봉 협상, 본인의 토벌 준비와 더불어 내 시중까지, 모두 자신이 하겠다고 했긴 했지만 나는 약과로 보일 정도로 하드 워크 중이었다. 진짜로 저러다가 쓰러지지 않을까 내가 다 걱정스러웠다.

"제 일에 대해서는 걱정 마시길. 그럼 주인님, 이만 가 보겠습니다."

"어, 그래. 수고해."

"……."

어째 내가 다 조마조마하냐.

세연이는 데스 나이트고, 엘로이스 씨는 크루세이더라서 서로 안 좋게 보는 거야 알지만, 언제 이렇게 서로 날이 설 정도로 신경전을 벌이게 된 거지? 진짜 나 때문인가? 이거 놔두면 장난 아닐 텐데?

힐러와 탱커가 이렇게 반목해 버리면 차후 레이드에 문제가 생길 게 뻔했다.

"야, 너 왜 엘로이스 씨랑 그렇게 사이 안 좋아진 거야?"

"별로, 사이 안 좋은 건 아닌데?"

짐작이 갈 만한 거라면 역시 저번 주에 내가 세연이랑 데이트한 것 때문인가? 엘로이스 씨, 떼어 놓느라 엄청 고생했지. 근데 결국 그날은 별일 없었는데…….

세연이랑 평범하게 번화가를 돌아다니며, 예전에 세연이 첫 던전에 가기 전에 들렀던 아이스크림 가게도 가 보았던 즐거운 데이트였다.

'음… 엘로이스 씨랑도 데이트해야 하나? 진짜 현실에선 하렘 따위 할 게 못 된다니까… 아, 미현 누님 보고 싶다.'

지금도 크로니클에서 열심히 근무 중이실 텐데.

아, 상냥하고 귀엽고 섹시한 미현 누님. 만나고 싶다. 크로니클에 갈 핑계 없을까? 엘로이스 씨보다도 미현 누님이랑 데이트가 너무 하고 싶은데 말이야.

"헤헤헤……."

"아저씨, 완전 야한 거 생각하는 얼굴인데……."

"시끄러! 하아~ 그래서 나 다음에 언제 쉬는 날 생기냐?"

"앞으로 두 달간은 쉬는 날 없는데? 스캐빈저 토벌하고 난 뒤에는 또 방송 있으니 말이야."

"하아~ 그렇군. 뭐, 어쩔 수 없지. 미친 듯이 달리다 보면 그날이 오겠지."

스캐빈저 토벌, 청문회 참석, 신입 탱커 영입, 그리고 또다시 레벨 업, 그랜드 퀘스트 준비. 할 일이 산이로구나! 하하하하!

그래도 천릿길도 한 걸음부터요, 우공이산도 삽을 뜨지 않으면 산이 옮겨지지 않는다.

그러니 우선은 그 망할 스캐빈저 토벌에 대해서부터 집중을 하자.

3일 뒤, 대회의실.

몸 상태를 모두 회복하고, 모든 정보가 모인 후, 나는 길드원들을 대회의실로 집합시켰다. 락킹 피스트 길드의 정보, 지도, 그 주변 인물에 대한 데이터와 전투 물자, 인원 구성 등의 브리핑을 하기 위해서였다.

직접 토벌 인원은 1팀 6명 중 5명, 2팀 전원 6명, 보안팀 5명 중 3명으로 나를 포함해서 총 14명이었다.

"음, 인원은 이렇게 정해졌으니 이제부터 본격적인 토벌회의를 시작하겠다. 세연아, 지도 띄워 줘."

화면에 14번 구역 전역의 지도가 열린다.

스캐빈저 락킹 피스트의 거점은 총 4곳. 구역 중앙에는 길드 사무실이 북, 동, 서에 각각 하나씩 있었으며 남쪽은 미약한 상업 구역이었다.

놈들의 주요 이동 통로는 폐허가 된 지하 철길. 철길을 사용해서 타 지역으로 도망갈 퇴로를 만들어 놓고 있었다.

"락킹 피스트의 정식 길드원은 총 29명. 그 외 비적합자인 양아치 놈들과 그냥 따까리 및 가족까지 합치면 100여 명이 되는 대조직이다. 관련된 암시장 상인은 11명, 납치한 여성들의 매입과 판매를 하는 포주 5명, 정치인은 3명이다. 그중 하나는 현 여당의 주류 중 한 명이다. 세연아, 다음 화면."

약 120명의 락킹 피스트의 관련자 리스트가 사진과 함께 나온다. 이어서 적들의 무장과 적합자들의 레벨 등을 브리핑한다.

"적 적합자의 최고 레벨은 알다시피 39레벨 권성(拳星) 클래스를 가진 코드 네임 문서(文書)다. 현재 나이 32세로 비슷한 무투가 클래스들을 모아서 락킹 피스트를 만들고, 14번 구역의 왕으로 군림하고 있다. 주요 전적으로는 60레벨 어쌔신 헌터를 일격에 쓰러뜨렸다고 할 정도로 막강하고, 전설 등급 스킬을 쓴다고 한다. 아, 걱정 마. 이 새끼는 내가 맡을 거니까."

주요 인물의 설명, 정치인 셋, 암시장 상인과 포주, 반드시 죽여야 할 필살 리스트부터 알리고, 다른 적합자들에 대해서도 브리핑한다.

"적합자 구성은 락킹 피스트답게 권성 지망의 무투가 계열 클래스가 대부분이지만 때론 발차기를 쓰는 놈도 있으니 주의할 것. 또 일전에 정찰 갔을 때 보니까 원거리에서 투척 무기도 사용할 줄 아니까 거리를 두었다고 해서 방심하지 말 것. 적 적합자들의 평균 레벨은 23레벨이니 사실상 레벨은 우리보다 다 낮지만 적들은 대 적합자전에 능숙하니까 방심하지 말도록."

물론 실제로 싸우기보다는 일방적으로 탱커나 약한 놈들 터는 게 일상이라 진짜 강한 놈은 찾기 힘든 양아치들이지만, 그렇다고 지휘관 된 입장에서 사실대로 말할 순 없었다. 전투는 무엇보다 경각심이 중요했고, 이 귀한 인원들이 죽어서는 안 되기 때문이다.

"자, 일단 작전과 인원 배치 전에 여기까지 들은 것 중에서 궁금한 게 있는 사람."

"저기, 지부장님, 저 리스트 가운데… 3살짜리 여자아이도 있습니다만? 그 외에도 초등학생뿐만 아니라 아기도 있는데요?"

2팀에 소속되어 있는 근접 딜러 클래스 블레이드 라이저인 서준하였다.

"그래서? 너네 던전에서 몬스터 처리할 때 새끼는 불쌍하다고 놔두고 오는 적합자 봤냐?"

"…지, 진심이십니까?"

"진심이다. 다 죽여. 내가 전에 말했을 텐데… 스캐빈저는 사람이 아니라고 말이야."

"하지만 죄를 지은 건 부모들이지, 그 아이들은 아니지 않습니까?"

"흠……."

그렇게 난 서준하 녀석을 체크에 넣고, 다른 질문이 없나 고개를 돌려 살펴본다.

으음… 방금 전 대답이 불만스러웠나? 팀원 전원의 표정이 묘했다. 그렇게까지 스캐빈저에 대한 적대감을 불어넣어도 역시 아이들을 죽이라는 명령은 거부감이 큰가 보다.

딱히 이 녀석들은 전문적으로 길러진 암살자 같은 것이

아니었고, 보통의 회사원들이니까. 어쩔 수 없지. 방법을 바꾸자.

"그러면 좋아, 아이들은 생포하는 방향으로 한다. 지정해 준 거점 및 장소를 제압하면 아이들은 모두 안대를 씌우고, 별도의 장소로 모아서 한 번에 고아원이든 어디 보호 시설에 던져 주고 오는 걸로 하지. 서준하 씨, 이걸로 불만 없죠?"

"뭐, 그 정도라면……."

웅성웅성.

이렇게 말하고 나서야 조금 분위기가 환기가 된다.

일을 하려면 구성원들을 이해해야 하니 어쩔 수 없군. 내 독선으로만 되는 게 아니니까 말이야.

하지만 마음에 일말의 연약한 부분이 생기면 몰살을 위한 토벌에 지장이 있을 게 뻔하다.

난 무리한 작전일 수도 있겠다는 생각을 하며 브리핑을 이어 나간다.

"우리 작전 날짜는 다음 주에 있을 락킹 피스트 길드 마스터의 딸 생일 파티 날이다. 이날엔 대부분의 거점에는 최소한의 인원만 남아 있을 거고, 거래 관계인 정치인도 하나 아니면 두 놈이 올 예정이라고 한다. 놈들은 죄다 락킹 피스트 본관에 모일 거다. 그때가 D-Day다."

하늘이 우리를 돕는 건지 모르지만 마침 문서의 딸 생일이 가까웠다. 아니, 사실 내가 감안하고 말을 꺼낸 것이기도 하지다. 놈들이 저렇게 한곳에 모이게 되면 몰살하기도 쉬우니 말이다. 크크큭!

"그럼 각자 임무에 대해서는 지금부터 나눌 테니 잘 듣도록! 먼저 거점 파괴팀."

동, 서, 북으로 나누어진 3개의 거점을 파괴하는 임무다.

내용은 간단하다. 그냥 가서 거점을 파괴하고 지키는 인원을 죽이고, 불을 지르는 것이 전부다.

신속하고, 신중한 임무였지만 그나마 난이도가 낮았기에…

〈거점 파괴팀〉
1팀 은랑, 1팀 간달프, 2팀 一擊必中

이렇게 셋에게 맡겼다.

간달프 서경학은 할아버지라서 느릴 텐데? 라는 우려를 품긴 하겠지만 현대사회엔 차량이라는 좋은 이동 수단이 있다. 운전이 가능하며, 화염 마법도 가지고 있는 서경학을 붙여서 빠르게 파괴하고 빠지기엔 적합했다.

은랑의 울프 드루이드는 민첩성도 훌륭하고, 좋은 스킬이 많지만 단체 난전에는 어울리지도 않고, 암살도 별로라서 이쪽으로 빼 버린 것이다.

"다음은 암살팀. 이건 그냥 보안팀 3명에게 맡긴다."

그날 파티에 참여하지 않는 자, 그리고 그의 가족들과 집에 남아 있는 자들을 암살하는 역할을 맡은 자들로 흑사자 배상진을 포함한 우리 지부 보안팀 3인을 암살팀으로 뺀다.

"그리고 나머지 인원 전원이 적의 본진인 길드를 타격 및 파괴팀이다. 임무는 간단해. 들어가서 작전 개요에 따라 모조리 다 죽이면 된다. 자세한 작전 개요는 실행 전에 알려 주도록 하겠다. 오늘은 이만 해산!"

웅성웅성… 우르르.

사람들이 빠져나가고, 난 대회의실 중앙 바닥에 주저앉아 버린다. 진짜 힘드네. 힘들어.

이제 드디어 결전이구나. 씨발! 스캐빈저 새끼들과 싸울 때가 다가온다.

세연은 컴퓨터를 끄고 앉아 있는 내게 다가온다.

"아저씨, 수고했어. 근데 생각 이상으로 잘하던데, 아저씨는 군대도 안 갔는데… 어떻게 아는 거야?"

"나이 먹어선 안 갔지만 대재앙 때 적합자들은 군인들과 합동작전 했었다고. 나도 그 수도방위사령부의 사람들이랑 같이 몬스터와 싸우는 체험도 했어. 짜증 나는 특수부대 소속 대령 하나가 나보고 죽은 아들내미 닮았다고 억지로 가르쳐 주더라. 이런 거에 열중이라도 해야 안 미칠 것 같다면서 말이야. 어쨌든 이제 진짜 시작이야."

남은 건 작전 개요를 짜는 것뿐.

스캐빈저 토벌, 당하기 전에 없애야 하는 전투. 혹자는 말한다. '선제공격은 나쁜 게 아닌가요?'라고. 그러나 그 탐욕스러운 포식자를 눈앞에 두고 그들의 공격을 기다리는 건 바보 같은 짓이다.

싸울 힘이 있고, 능력이 있으면 자신의 안전과 미래를 위해 그 강한 힘을 이용해 싸워야 하는 게 정상이다.

인류는 문명을 이루고 끝없이 평화, 평화만 찾아 대면서 폭력은 나쁘다고 교육시키며, 분노와 증오를 악으로 규정했지만 그것들은 악(惡)이 아니다. 생명이라면 모두가 가지고 있을 감정이다.

중요한 건 그 분노와 증오의 목적과 결과가 무엇이냐는 거다.

어느 순간부터인지 모르지만, 사람들은 잘못을 가지고 분노하는 사람을 잘못된 사람으로 만들어 버리고 있었다.

물론 대다수의 사람이 그렇게 규정하고, 정의롭고 좋은 사람이란 잘못된 점을 보고도 분노와 화를 내지 않고, 평화 평화라고 지저귀는 꾀꼬리라는 게 맞다면!

난 그런 인간이 정한 인간상(人間像) 따위 버리겠다.

페이즈 9-4

사냥 개시

D-Day.

18:00 14번 구역 락킹 피스트 길드 본부.

"이야, 따님이 정말 예쁘게 컸네요."

"아빠 안 닮고, 예뻐서 다행이네."

"흠하하하하!"

지상 5층, 지하 2층짜리 종합 스포츠센터였던 건물을 개조해서 사용하고 있는 락킹 피스트의 길드 본부.

2층 볼링장이 있던 곳을 청소하고, 구조물을 치워서 스캐빈저 길드답지 않은 파티가 열리고 있었다.

바로 이 길드의 마스터인 권성 문서(文書)의 딸이 맞는 열세 번째 생일이었다.

키 193센티미터에 다부진 근육을 지닌 거한인 문서가 부인과 함께 자그마한 자신의 딸이 방긋 웃으면서 축하해 주러 온 내빈들에게 인사하는 모습을 뿌듯하게 바라본다.

"저 닮으면 난리 나지요! 하하하하!"

"예끼! 이 사람아, 그럴 땐 너무하십니까? 라고 해야지. 어쨌든 축하하네."

반백머리에 정장을 입은 중년과 잔을 나누는 문서. 이 사람은 여당의 중진 의원인 박 의원이었다.

그가 오늘 비밀리에 이곳에 온 이유는 문서의 딸 축하도 있었지만 본격적으로 락킹 피스트 길드와의 사업 이야기 때문이기도 했다.

박 의원과 문서는 사람들이 안 보는 구석 쪽으로 가서 본격적인 사업 이야기를 나누기 시작했다.

"흠, 문 사장, 요즘 실적이 영 안 좋던데……."

"에휴, 그야 일감이 있어야 일을 하지요. 요새 탱커 새끼들은 죄다 연합 맺고 움츠러들어 있고, 그렇다고 민간인은 노리고 있긴 한데… 영 조심스러워야지요."

"쯧쯧, 내가 변명이나 들으러 온 게 아닌 건 알 텐데?"

'하여간 욕심 많은 노친네가 딸 생일잔치까지 와서 지랄하네!'

그래도 여당 국회의원 중 중진이라서 탱커들에게 유리한 법안을 막거나, 스캐빈저 특별수사법 등을 스무스하게 넘어가게 해 준 공신이기도 했다.

그 대가로 문서을 비롯한 락킹 피스트에서는 각종 불법적인 일을 대신해 준다거나 야당의 집회나 시위를 방해하기도 하고, 정치 자금 상납 등 대가를 치렀다.

그런데 박 의원은 저번 달부터 상납 들어오는 뇌물의 양이 마음에 들지 않는 것 같았다.

물론 문서도 한두 해 스캐빈저 일을 한 게 아닌지라 눈치가 빨랐다.

"그 대신이라고 하기엔 뭐하지만 지하에 특별한 선물을 준비해 놨습니다."

"음~ 선물이라."

"예. 의원님이 요즘 음기가 부족하신 것 같아서, 제가 특별히 산삼보다 좋은 '그것'을 2명이나 준비했습니다."

"역시 문서 군은 눈치가 빨라서 좋아. 하하하!"

겉으로는 인자해 보였지만, 어린 소녀들과의 섹스를 좋아하는 걸로 유명한 박 의원의 성벽을 알고 있던 문서는 그를 만나기 전에 선물을 준비했던 것이었다. 박 의원도 그걸 알고서 일부러 선물을 받으려고 스캐빈저 길드나 되는 곳을 들른 거고 말이다.

어쨌든 박 의원이 만족한 모습을 보이자 그제야 안심한 문서는 한숨을 돌린다.

'추잡한 노인 새끼, 지 손녀뻘 되는 년들에게 손이나 대는

새끼. 아동청소년보호법이 울겠군.'

물론 그 소녀들을 공급하는 게 자기라는 사실을 완전히 잊은 그였다.

어쨌든 가장 큰 손님에 대한 문제도 해결했고, 파티의 흥을 돋우는 김에 다른 내빈도 만나러 움직이는 문서였다.

밝은 조명과 신나는 음악을 연주하라고 갈구면서 다른 손님에게 움직이는데…

"뭐야?"

달칵! 달칵! 찰칵!

파티회장의 불이 하나씩 꺼져 나가고 있었다. 당황한 문서는 부하에게 전력에 대해서 묻기 시작한다.

"야! 이게 어떻게 된 거야? 개새끼! 오늘 중요한 날이라고 점검해 놓으라고 했지? 빨리 가서 알아봐!"

지하 전력실로 부하들을 보낸 문서는 당황하는 빈객들을 진정시킨다. 하지만…

"으아악!"

"크아악!"

"뭐야? 이게 무슨 소리야?"

"꺄아아아아아! 뭐야? 뭐야?"

아래층 쪽의 계단에서 올라오는 남자의 비명 소리.

무언가 이변을 짐작한 문서는 우선 박 의원과 중요한 사람부터 위층으로 대피시킨다. 그리고 즉시 자신의 스캐빈저 길드원들에게 무장을 명한다. 대부분 무투가인 락킹 피스트 길드원들은 정장과 파티복에서 도복과 무복으로 갈아입고, 철권갑을 끼고 무장한다.

"위험하다. 즉시 무장해라!"

"하지만 어두워서 보이지 않는데……."

"이 멍청이 새끼들! 내가 그러니까 미리 〈패시브-기척 감지〉 마스터해 놓으라고 했지?"

"그거 30레벨에 뜨는 스킬이라구요! 대장!"

어두워진 시야, 웅성거리는 손님들 때문에 사람의 구별이 잘되지 않는다.

문서는 패시브 덕에 어떻게든 어두운 와중에도 볼 수는 있고, 길드 시스템 덕에 적합자인 아군은 구별이 되었지만! 사람이 너무 많아서 상황 파악이 힘들었다.

'제길! 뭐야? 어디서 공격해 온 거지? 헌터인가? 아니면 3대 길드? 그놈들이 온다면 감지 못할 리가 없는데…….'

"크아아아!"

"지기다! 저기!"

"저쪽에! 침입자가 나타났다."

"이 멍청한 놈들아! 전부 가지 마라! 젠장! 일단! 다들 휴대폰이든 뭐든 가진 걸로 불빛을 만들어서 시야를 확보해! 어서! 이 멍청한 놈들아!"

시야가 너무 어둡고 인파가 너무 많아서 통제가 잘 안 되는 걸 깨달은 문서는 즉시 부하들에게 휴대폰을 이용해서 시야를 밝히라고 명령한다.

그의 말을 들은 이들이 하나씩 휴대폰을 꺼내서 불을 켜는 순간!

타앙!

"으악!"

"뭐야? 총? 총이라고?"

"진짜 습격인 거야?"

"저격이다! 몸을 숨겨!"

툭!

총소리와 함께 휴대폰을 든 자는 땅에 쓰러진다. 한 명이 죽자 다른 이들도 꺼내던 휴대폰을 넣고 자신의 몸을 숨기기 바쁘다.

문서는 다른 사람들의 반응은 둘째 치고, 총소리가 난 방향으로 달려가 보지만! 이미 아무도 없었다.

자신 이외에는 어두운 실루엣밖에 보이지 않는 파티회장. 사람들은 허리를 숙이고, 각자 살기 위해 숨어 있었다.

"제길? 어이! 그 총격! 적합자 것인가 확인했냐?"

"네, 대장님! 탄을 맞은 곳에 남은 마력이 감지된 것을 보아 필시 거너 클래스의 것입니다."

"도대체 어떤 자식이야? 제길!"

거너 클래스는 원거리 딜러 클래스 중에서도 흔했기에 적을 짐작하기 힘들었다.

문서는 14번 구역의 왕이나 다름없는 자신들 락킹 피스트 길드를 도대체 어떤 놈이 건드린 건지 얼굴을 보고 싶었을 정도였다.

그러는 와중에도 혼란은 가중되고, 사람들은 결국 공포를 이기지 못하고 출구를 통해서 나가려고 하지만…

"으아악!"

"뭐야? 웬 괴물이 있어?"

"살려 줘!"

"뭐야? 저, 저건?"

[카하하하하하! 모두 없애라!]

[당신들에게 허락된 건 오직 죽음뿐입니다.]

[이 혼돈… 정말 멋진 곳이군.]

출구에서는 무시무시한 놈 셋이서 마치 수문장처럼 지키고 있었다.

용의 머리를 한 투구에 갑주를 입고 망토를 휘날리며, 커다란 건틀릿을 착용하고 울부짖고 있는 놈과 푸른 눈빛을 빛내며 서슬 푸른 대검을 들이밀고 있는 기사, 마지막으로 등에 박쥐 날개 같은 것을 펼친 채 긴 창을 들고 있는 기사까지 하나.

"뭐, 뭐냐, 네놈들?"

"악(惡)에게 밝힐 이름 따위 없다. 견적필살! No mercy!

Kill them All!"

세 기사는 각각 돌진해서 사람들을 가차 없이 죽이기 시작한다. 그들을 마치 혼돈과 죽음과 광기의 사자들처럼 미쳐 날뛰면서 사람들을 유린한다.

"으아아아악! 으허억! 살려 줘!"

'바쁘다, 바빠!'

[베타는 전력 시설을 파괴 완료. 현재 지하 시설 수색하며 폭약 설치하겠습니다. 잡혀 있는 여성은 구출했으나 아직 옮기진 않겠습니다.]

[감마는 옥상에서부터 내려오면서 처리 중! 철저히 스캔하면서 모조리 죽여주세요.]

[여기는 저격조! 도망치는 인원은 없습니다만 계속해서 경계하겠습니다! 그리고 엔젤오브루인 님의 포격으로 파티에 온 차량 6대째 파괴했습니다. 계속 사격 명령을 합니다.]

기습은 매우 효과적이었다. 모든 정보를 손에 넣고, 충분한 물자와 장비를 갖추니 안 될 일이 없다.

거점 파괴 인원을 제외한 전 인원이 이 토벌에 투입되었고, 우리는 당연히 전력을 끊어 내고 어둠 속에서 싸우는 야전을 택했다. 왜냐하면 우리 지부가 가지고 있는 클래스들이 전부 어둠에서도 시야에 제한을 받지 않았기 때문이다.

〈알파팀〉

저거노트(강철)

〈고유 패시브-야생 동화〉

설명 : 이거 하나면 당신도 정글의 법칙에 캐스팅된다.

데스 나이트(이세연)

〈고유 패시브-죽은 자〉

설명 : 야간 스탯 보너스, 어둠에도 잘 보임

다크&카오스 나이트(백진서)

〈고유 패시브-어둠의 사도〉

설명 : 암흑의 사도로서 어둠 속에서 시야가 잘 보인다.

 락킹 피스트의 무투가 클래스들도 물론 기척 감지 스킬이 있지만, 그것도 고레벨이 되어야 찍을 수 있다.

 놈들의 평균 레벨을 알고 있는 이상 야전에서 무조건 우위를 차지할 걸 알았기에 2층 파티장에서는 완벽히 살육을 벌일 수 있었다.

 "에잇, 죽어. 죽어."

 "세연아, 좀 힘 있게 죽이라고! 이렇게 말이야!"

쫘아아아악!

"크허아아아아아악!"

일반인 정도야 양팔을 당겨서 찢을 수 있는 완력이라서 난 잡히는 대로 무자비하게 목을 꺾거나 팔을 잡아당겨 쇼크사를 유발시킨다.

차라리 나에게 죽을 바에는 세연이나 진서 형님에게 죽는 게 나을 정도이려나?

"이 짜식이이! 〈액티브-질풍각〉!"

'오? 저놈은 보이나 보군.'

팍! 탁! 탁! 탁! 퍼억!

난 놈의 공격을 막아 낸 다음 바로 반격한다.

"빠샤아!"

퍽!

주먹을 쥐고 강하게 후려치자 수박이 터지듯 사람 머리가 터져 나간다. 이게 힘이라는 건가? 죽여주네! 진짜!

세연은 죽이는 대로 시체를 좀비로 만들어서 일으켜 세워 공격을 시켰고, 진서 형님은 일격에 급소를 노려서 찌르는 걸로 최대한 자비롭게 죽이고 있었다.

"이 새끼들이!"

'음, 이쪽 층에 있는 적합자가 총 14명이었으니까… 이 녀석을 잡으면 이제 몇 명이 남지?'

"으아아! 〈액티브-맹호경파산〉!"

퍼억!

다른 무투가 녀석의 주먹이 내 심장 쪽에 직격했지만 아쉽게도 〈액티브-맹호경파산〉은 인간형에게 추가 데미지를 가진 스킬이었다. 이 락킹 피스트의 무투가 또한 전신의 아이템을 모조리 인간형에게 추가 데미지를 주도록 세팅했으리라.

하지만 아쉽게도 내 방어 판정은 괴수&드래곤 타입이다. 즉, 적의 추가 데미지 상승은 일절 없고, 탱커 계열인 내 방어력에 의해서…

〈Lv.45 쇠돌이〉
체력 : 83,215/83,215

현재 PVP 세팅으로 따로 맞추었기 때문에 사룡의 저주 갑옷 때보다 저레벨이라서 체력은 낮았지만 대신 인간형 데미지 감소라는 옵션이 달린 방어구 35레벨 세트 아이템인 식인 괴수 세트였다.

반면 그에게 의기양양하게 주먹을 내지른 놈 녀석은 초라하게도…

〈Lv.29 천풍〉
체력 : 27,661/27,661

[쇠돌이 님이 천풍 님에게 맹호경파산으로 2,313 데미지를 받았습니다.]

"장난하냐? 〈액티브-휩쓸기〉!"

[쇠돌이 님이 천풍 님에게 휩쓸기로 14,313 데미지를 입혔습니다.]

"크어어억! 뭐, 뭐야? 이 데미지는? 히익!"

레벨도 내가 더 높은데 데미지 차이도 약 7배. 지형도 우세, 시야가 제한받는 적들과 달리 우리 셋은 한낮의 태양 아래에서 싸우는 거나 마찬가지!

즉, 이 싸움은 마치 눈을 가린 유치원생 14명과 성인 셋이 싸우는 거나 마찬가지였다.

단, 일 수의 교환에서 서로의 역량이 드러나자 놈은 뒤로 물러나면서 도망치려 하지만 아쉽게도 민첩도 내가 더 높다! 금세 놈의 뒷덜미를 잡을 수 있었고, 그대로 주먹을 들어 올린다.

"죽어. 크크큭!"

"히기익! 살려… 제발, 살려 줘어!"

"스캐빈저 주제에 목숨 구걸이라니! 그 뻔뻔함이면 지옥에서도 환영받겠지! 뒈져! 이 쓰레기야!"

퍼어어억! 쿵!

좋았어. 이걸로 1킬.

놈이 쓰러짐과 동시에 내 경험치가 차오르는 메시지가 뜬다. 적합자끼리의 싸움도 경험치를 진짜 주는군.

보자, 다른 녀석들도 잘하고 있으려나?

세연은 금세 자신이 죽인 인간들을 좀비로 일으켜 세워서 싸우고 있군.

그녀가 사용하고 있는 대검, 썩은 내가 나는 녹슨 모양의 그 대검은 바로 일전 대공동묘지에서 얻은 '구울왕의 썩은 대검'이었다.

〈구울왕의 썩은 대검〉

등급 : 영웅

분류 : 양손 대검

공격력 : +452

공격 속도 : 느림

옵션 1 : 인간형 대상을 죽일 시 좀비로 일으켜 세운다.
보유자가 사령술 스킬을 가질 경우 적용된다.

옵션 2 : 상대에게 질병을 검

> 옵션 3 : 상대의 민첩을 감소시킴
> 레벨 제한 : 25 이상

 레벨 제한도 맞고, 대검을 사용할 수 있는 데다가 사령술까지 가진 데스 나이트인 세연의 맞춤 아이템이라고 할 수 있었다.

 어쨌든 그녀는 그걸로 죽이는 족족 사람들을 일으켜 세워서 좀비로 만드는데, 그건 그냥 좀비가 아니다.

 일어선 좀비들은 양복이라든가 무복을 입은 채로 어디서 나왔는지 모르는 무기를 들고 있었다. 즉! 좀비 워리어들이었다.

 '저게 〈패시브-죽음의 군주〉인가? 보고받았지만 실제로 보니 진짜 무시무시하네.'

 "으아아! 뭐야? 뭐야? 왜 시체가 다시 일어서서, 무기까지 들고?"

 "살려 줘! 여보! 여보! 저라구요! 꺄아아아아! 으아아악!"

 "아빠~ 아빠아아! 엄마를 먹지 마아! 아빠아아!"

 참혹하다. 좀비가 된 아빠가 부인과 자식을 죽이고 먹어 치우는 광경이라니.

 그 좀비들 사이에 있는 세연은 〈액티브-혹한의 검〉을 걸고서 계속해서 나아가며 자신을 상대하는 놈들을 모조리 죽이고 있었다.

점차 늘어나는 좀비 워리어들! 그것은 같은 적합자를 가리지 않는다. 굉장하구만…….

"대장님, 사모님 진짜 쩌네요. 순식간에 여기를 지옥으로 만들어 버리네요."

"흠… 그보다 형님은 확보하라는 사람부터 확보나 해요."

"아차차, 옙!"

"끄아아아아! 살려 줘어어! 죽여줘! 도망쳐어어어!"

잔챙이들은 세연이에게 맡기는 게 좋겠군.

정말 보기 좋은 지옥도다. 스캐빈저 놈들에게 딱 맞는 최후겠지.

그렇게 만족한 난 좌우를 둘러보며 남은 락킹 피스트의 길드원이 없나 살펴보고 있었는데, 한 거구 놈이 무시무시한 눈으로 날 노려보고 있었다.

놈의 얼굴을 보자 나도 알아차린다. 이미 살생부에 0순위로 올라왔던 놈이니 아주 잘 알고 있었다.

"네노오오오옴! 네놈이 대장이렸다? 감히! 여기가 어딘지 알고 습격을 해?"

"크크큭! 이 정도 각오도 없이 어떻게 스캐빈저를 하나? 참고로 이미 네놈의 아내와 딸은 저기 잡혀 있다고! 도망칠 생각은 접는 게 좋아. 자, 덤벼."

진서 형님은 민첩하게 타깃을 이미 확보했다.

문서 그놈은 분개하면서 진서 형님에게 잡힌 딸과 아내와 날 번갈아 본다.

"이익! 이 비겁한 자식!"

스캐빈저에게 그런 말을 들어도 말이지.

저놈은 39레벨이라서 아마 경공술을 익혔을 테니까 도망치려고 하면 저격하기도 힘들 것 같아서 먼저 확보하게 한 것이다.

물론 아내와 자식을 버릴 쓰레기일 가능성도 있었지만, 이곳을 유린하고 있는 것은 나와 진서 형님, 세연 3명뿐이었다. 대 적합자전에 익숙한 놈이라면 분명 도망가기보다는 우릴 쓰러뜨리는 선택지를 충분히 고를 수 있다.

"가만 두지 않겠다! 〈액티브-기호지세〉!"

으헝헝!

호랑이의 포효와 함께! 놈은 자세를 잡고 날 노려본다.

일대일 싸움이라. 탱커라서 한 번도 해 본 적 없었는데 이상하게도 내 몸 안에 있는 본능은 이 상황을 매우 반기고 있었다.

〈Lv.39 문서〉
클래스 : 권성
체력 : 38,881/38,881

VS

⟨Lv.45 쇠돌이⟩
클래스 : 저거노트
체력 : 79,771/83,215

"후우… 하아아압!"

"와라! 와라! 와라! 와라! 우오오오오오!"

난 괴수 같은 포효를 외치며 달려갔고, 문서 또한 자세를 잡고 보법에 따라서 나에게 달려온다.

대장끼리의 일기토! 적합자끼리의 목숨을 건 듀얼 파이트가 시작된다.

"우오오!"

"후우……."

선제공격을 날린 것은 나였다.

건틀릿을 낀 주먹을 녀석의 얼굴을 향해 날리지만 놈은 고개를 까닥거리는 것만으로 피해 버린다. 무투가 계열 클래스인 덕도 있지만, 인간 대 인간 싸움에 익숙하고, 경험도 풍부한 놈이었기에 몸놀림이 장난이 아니었다.

'뭐야? 이놈, 큰소리치던 것치고는 움직임은 무슨 짐승 같은데?'

'큭! 무투가 클래스는 이래서!'

 권성의 민첩 등급을 생각하면, 나와 민첩 수치(A+:45)가 비슷하지만 분명 회피를 보정해 주는 패시브 스킬이나 보법 같은 스킬이 있을 것이다.

 애초에 천 재질의 무복 계열밖에 못 입기 때문에 한 대라도 맞으면 위태위태하니, 딜러라도 회피와 기동력을 올려 주는 패시브가 있어야 밸런스가 맞는 건 당연했다.

 어쨌든 내 주먹이 직격을 하지 못하고 있었고, 크게 휘두른 주먹이 빗나가자,

 "정말 쓰레기 같은 솜씨군! 〈액티브-이문정주〉!"

 착착! 쿵!

 가볍게 사이드 스탭을 밟고, 진각을 밟으며 공격 스킬을 내지른다.

 놈의 팔꿈치가 내 옆구리에 직격하자, 고통과 함께 시스템 메시지가 내가 받은 데미지를 알려 준다.

 [문서 님이 쇠돌이 님에게 '이문정주' 스킬로 4,550의 크리티컬 데미지를 입혔습니다.]

 [쇠돌이 님이 상태 이상 골절이 걸렸습니다.]

 "크으그으으으!"

 "뭐 이런 놈이? 크윽! 〈액티브-반탄지기〉!"

 [쇠돌이 님이 문서 님에게 일반 공격으로 3,523(5,000 흡수됨)의 데미지를 입혔습니다.]

텅!

젠장! 확실히 맞을 각이었는데!

난 맞은 채로 나가떨어지면서 주먹을 내질렀지만 놈에게서 이상한 보호막이 생기더니 내 주먹을 튕겨 낸다. 젠장!

〈Lv.39 문서〉
클래스 : 권성
체력 : 35,358/38,881
내력 3,300/3,800

'저거 도대체 어떻게 돼먹은 놈이야? 반탄지기를 썼는데 내공으로 모든 데미지를 흘리지 못했다고? 크윽! 저놈의 근력 스탯은 S+ 이상이라는 건가? 5,000을 흡수하고도 3,500이라는 데미지라니?'

〈Lv.45 쇠돌이〉
클래스 : 저거노트
체력 : 75,221/83,215
상태 이상 : 골절 1

'아! 진짜 아프네. 역시 PVP 무투가인가? 인간형 데미지 감소를 다 받아도 무슨 데미지가 저리 나와? 이거 방심도 못하겠는데?'

저놈도 데미지가 제법 나오고, 게다가 지금 분명 내 근력 스탯이 얼마나 위험한지 알았으니, 무리 안 하고 원거리에서 공격을 할 텐데……

실제 일대일에서 아웃복싱으로 잽과 발차기를 이용해 서서히 갉아 먹히면 원래 내가 질 싸움이었다. 이게 무제한 듀얼이라면 말이지.

하지만 현실은 게임처럼 그런 공간을 마련해 주지 않는다.

"하아아아압! 〈액티브-연환1식 광풍〉!"

"크윽!"

타타타타타타타타타!

전방으로 뻗어오는 연속 장타! 광풍이라는 이름답게 땅에서 내 몸을 띄울 정도로 맹렬한 난타였다.

"〈연환2식 회오리〉!"

투다닥! 투다닥!

어느 정도 떠오르자 장을 거두면서 몸을 돌려 그대로 공중에 뜬 나의 몸을 연속 발차기로 계속해서 이어 넣는 공중 콤보.

이런 거 게임에서나 봤는데! 실제로 맞다니!

"죽어라! 이걸로 끝이다! 〈연환3식 낙뢰〉!"

"크허억!"

쿵! 콰직!

마지막으로 내려찍기와 함께 난 콘크리트 땅에 그대로 처박힌다.

흥! 내 예상대로다. 녀석은 싸움을 서두를 수밖에 없는 입장이다. 나와 일대일만 하면 모든 게 해결되는 처지가 아니라 날 이기고도 내 뒤에서 열심히 좀비를 불리고 있는 세연이라던가, 인질을 잡고 있는 진서 형님까지 상대해야 했기 때문이다.

시간을 끌면 이기긴 하겠지만, 자신도 데미지가 누적되고 내력과 체력을 소모할 테니 어쩔 수 없는 선택이다.

'뭐, 싸움을 잘한다 해서 전쟁을 잘하는 건 아니란 말이지.'

속으로 미소 짓던 난 몸을 털고 일어나 인터페이스를 열고 내 남은 체력을 살펴본다.

〈Lv.45 쇠돌이〉
클래스 : 저거노트
체력 : 59,871/83,215

그 3개의 스킬 연계를 받아 내고 소모한 체력이 고작 1만 7천 정도인가?

저 녀석은 필살의 연계라 생각하고 처박아서 분명 내력 소모가 상당했겠지만! 난 체력만 소모했을 뿐 이번엔 상태 이상을 추가하지 않았기에 완벽한 저쪽의 손해다.

그나저나 전설 스킬이라는 건 아직 꺼내지 않을 생각이군.

"흠, 안마했냐?"

"개새끼! 너! 네놈, 설마 탱커냐?"

"글쎄?"

"내 연환 콤보엔 50레벨 중갑을 입은 딜러도 치명상을 입는데! 역시 탱커인가? 네놈, 탱커 연합에서 보낸 놈이냐?"

"글쎄에~? 내 딜을 보고도 탱커라는 생각이 드나?"

"크윽!"

난 어깨를 으쓱하며 고개를 갸웃거린다.

정말 속이 터지시겠지. 저 녀석 입장에서 보기엔 나는 딜은 딜대로 안 박히고, 스치기만 해도 아프다. 그 스치는 게 힘들지만 말이지.

'이건 무슨! 몬스터나 괴수를 상대하는 것도 아니고! 제기랄!'

'똥줄 탈 거다. 아니, 답답해서 미칠 것 같겠지.'

시간만 있으면 못 이길 상대가 아니겠지만, 지금 이 싸움은 그에게 시간을 허락지 않는다. 개인끼리 싸움에선 이겨도 이 길드가 무너진다는 결과는 바꾸지 못하는 것이다.

한 명이 아무리 우수한들 바꿀 수 없는 전황이라는 게 있는 법이니까.

"크크큭! 뭐하고 있어? 멍 때릴 때가 아닐 텐데? 지금 내 뒤의 광경이 보이질 않나? 빨리 발버둥 쳐 보라고, 스캐빈저!"

까득… 까득… 질척! 질척!

죽음의 기사가 만들고 있는 광시곡. 좀비 워리어들의 식사 파티 가운데에서 대검을 들고 서 있는 세연의 모습은 정말로 죽음의 군주와 같은 모습이었다. 오우, 저건 완벽한 죽음의 파티군.

"개새끼! 너 어디 놈이냐? 어디 놈이냐고? 우리에게 무슨 원한이……?"

"스캐빈저와 탱커가 언제부터 원한을 운운할 정도로 감정 싸움을 했었냐? 뻔뻔하기 짝이 없네. 그냥 길바닥에 굴러다니는 유기견만도 못한 취급하면서 실컷 뜯어먹어 놓고는 좀 물어뜯는다고 징징대고 말이야!"

"크윽!"

얼굴을 일그러뜨리면서 분해하는 저 표정. 늘 우리가 짓던 표정이다.

하지만 이때까지 이 작은 구역의 왕으로 군림하던, 세상을 다 가진 것 같은 착각 속에 살던 놈이 하루아침에 모든 걸 빼앗긴 데서 오는 상실감까지 합쳐져서 북받쳐 오르는 감정 상태라면 가지고 있는 냉정함도 모조리 사라져 버릴 것이다.

아마 놈의 머릿속은 여러 가지 생각과 책임 문제가 겹쳐져서 그야말로 대혼란 상태겠지.

'젠장! 이를 어쩌지? 박 의원 그 새끼는 잘 도망갔으려나? 저거 잡고도 뒤에 남은 두 놈은 어떻게 하지? 차라리 도망칠까? 내 마누라랑 내 아이를 두고 어디로? 도대체 왜 갑자기 이런 날벼락이 떨어진 거야? 아 씨! 원한 산 데가 너무 많아서 짐작도 안 가네! 어디서 저런 특수부대 같은 놈들이 나한테만 갑자기 뚝 떨어진 거야. 재수도 없지. 왜 갑자기 이런 일이? 와, 미쳐 버리겠네. 미쳐 버리겠어! 도대체 어디서 온 놈들인지 알기나 하면 나중에 복수라도 할 텐데!'

마른하늘에 날벼락처럼 다가온 사태와 적의 강함, 늘어나는 피해의 홍수. 나라도 미쳐 버릴 것 같은 혼란에 머리를 부여잡았을 게다. 게다가 뒤에선 세연이가 생지옥을 그리고 있다.

그동안 남의 피와 살을 뜯어먹으며 살던 죄와 업이 이자까지 붙어서 한 번에 청구되니 지옥을 보는 느낌일 거다. 아니, 이미 지옥 그 자체지.

'이렇게 된 이상, 놈의 인상착의나 무언가 표식이라도 건져서 도망을 친 다음 다른 길드와 연합해서 찾는 방법이 제일 나은 것 같은데…….'

'열심히 머리를 굴리고 있지만 내가 그럴 시간을 줄까?'

살짝 뒤를 돌아보자 세연이가 이미 작업을 끝냈는지 진서 형님 옆에 서서 잠시 싸움을 멈춘 나와 문서 놈을 바라보고 있었다.

세연이는 구울왕의 대검에 묻은 피를 털어 내며 나에게 다가와 말한다.

"아저씨, 시킨 일 끝났어. 여기 있는 인원은 이제 저 두 사람만 빼고 모두 언데드로 만들었어."

"여보!"

"아빠아아, 살려 줘어!"

세연의 푸른 눈빛이 문서의 자신들을 향하자 진서 형님에게 잡혀 있던 두 사람은 새파랗게 질리며 기겁해한다.

세연의 뒤에는 당장 몇십 분 전만 해도 같이 깔깔거리면서 파티를 즐기던 사람이 모두 좀비 워리어로 변한 채 그녀의 명령을 기다리는 중이었다.

"크으윽! 연아야! 마누라!"

생각할 겨를도 없이 녀석의 멘탈을 흔드는 상황.

만약 저자가 소설의 주인공이고, 내가 악역이라면 저놈이 활로를 찾을 때까지 시간을 줄 테고, 분명 기적이든 뭐든 일어나서 부인과 딸을 구할 찬스가 생길 것이다.

하지만… 이건 소설도 아니고, 영화도 아니고, 더구나 난 악역도 아니다.

"음… 다 했다 그 말이지. 그럼 뭐, 고민할 거 있냐? 내가 말한 거 잊은 거 아니지?"

"No Mercy. Kill them All."

"정말 가차 없으시네. 사장님이나 사모님이나……."

푸욱!

역시 세연이라니까. 가차 없군.

내가 말하자마자 구울왕의 대검을 문서의 부인에게 찔러 넣어 피가 튀면서 진서 형님의 갑옷이 붉게 물들었다. 관통당한 심장은 혹한의 검의 냉기로 인해 더욱 빠른 속도로 굳을 것이다.

"그만둬어어어! 으아아아아! 〈액티브-오의…….〉"

"드디어 올 게 오는구만!"

싸아아아아!

부인이 눈앞에서 죽은 상황이다. 놈은 눈물을 흘리면서 아마 자신이 가지고 있는 최강의 기술을 사용하겠지. 내 예상대로다. 분명 스킬 북으로 얻은 전설 스킬일 것이다.

"〈액티브-티아메트의 본능〉! 〈액티브-베히모스의 재생력〉!"

나도 그에 맞추어 내 생존기를 올리고 대비한다.

놈에게서 황금빛 기운이 넘실거리며 올라오고, 그 빛은 한 손에 뭉치기 시작한다. 그리고 놈은 점프하면서 날 향해 손바닥을 내민다.

"레전드리 〈액티브-오의 여래신장〉!"

"이런 씨……! 지옥의 아귀 같은 놈이 무슨 얼어 죽을 여래… 으아아아!"

진짜 여래님이 들으시면 경천동지할 스킬을 사용하는 스캐빈저 놈이었다.

차라리 지옥의 아귀신장이라고 하던지!

"우오오오오오오오! 하압!"

쿠우와아앙! 우르르르르릉! 콰장창! 콰장창!

황금의 손바닥이 날 후려치자 그대로 2층이 무너지고, 1층이 무너지고, 지하 1층까지 떨어질 정도로 엄청난 충격량이 날 덮친다. 지진이 일어난 듯 건물이 10여 초간 흔들리고 나서야 진정될 정도로 엄청난 위력이었다.

당연히 그걸 직격으로 맞은 내 상태도 말이 아니었다.

"컥! 끄어어억! 끄아아아아!"

〈Lv.45 쇠돌이〉
클래스 : 저거노트
체력 : 8,531/83,215
상태 이상 : 골절1, 골절2, 골절3, 골절4, 골절5, 골절6, 골절7, 출혈1, 출혈2, 이동 불가, 마비

"끄아아… 미친, 존나 아프네."

전신이 욱신거려서 오른팔 하나 움직이는 것도 힘겨울 정도다. 와! 역시 전설 스킬답구만! 60레벨의 헌터를 쓰러뜨린 게 이 기술이라는 걸 알 수 있었다.

나와 저놈의 레벨 차이랑 방어 상성을 따지고서도 이만한 데미지라니! 그레이트 바실리스크의 브레스도 이만큼 안 아프다고!

게다가 저 상태 이상으로 도배된 인터페이스를 봐라. 일격에 골절이 4개가 추가되고, 출혈이 2개에 마비까지 걸려서 움직이지 못한다. 진짜, 맨땅에서 싸웠으면 여기에 바로 추가타 맞아서 내가 죽을 각이었지만 놈도 이렇게 큰 기술을 사용했으니 분명 페널티를 받았을 것이다.

"사장니이이임~ 살아 있는감요?"

"…아, 예~ 그놈은요?"

"제가 막타 쳤습니다. 죽였어요. 필살기다 보니 역시 쓰자마자 바로 그로기 걸리네요. 그리고 이놈 딸애는 세연이가 방금 마무리했습니다. 제가 곧 내려가겠습니다!"

역시 가차 없는 세연이다. 와, 어린애마저도 자비 없이 죽이다니……. 엘로이스 씨의 말대로 세연이는 나 이외에는 그 어떤 것에도 가치를 두지 않는 것 같다.

휴우… 어쨌든 이걸로 락킹 피스트의 주력은 마무리했군. 남은 건 베타와 감마팀이 위층, 아래층에 폭탄을 설치하고 돌아오는 건데, 어디 연락이나 해 볼까?

난 투구에 달린 통신 장치를 조작해서 베타와 감마팀에게 연락을 해 본다.

"베타, 감마, 응답해 봐."

[여기는 감마, 3층까지 적합자 넷, 일반인 일곱을 살상했습니다. 그리고 아이 다섯을 구속했습니다.]

"설치하라는 폭약은? 전파 방해는 잘하고 있지?"

[전파 방해는 충분히 하고 있습니다. 그런데 폭약은 아직……]

전파 방해. 문명의 이기인 휴대폰으로 연락하는 건 당연히 막아야 할 거 아닌가? 경찰이라던가? 군대라던가? 혹은 다른 스캐빈저가 오는 걸 막아야 하니 말이다. 나도 그래서 번거롭게 전화 안 걸고 공학계가 준비한 통신 장치로 이야기하고 있었다.

"이런 씨… 하아~ 알았어. 빨리 해! 이쪽은 이미 끝났어. 1초라도 빨리 떠야지, 굼뜨다간 진짜 난리 난다."

[예. 죄송합니다.]

감마팀 팀장은 블레이드 라이저, '코드 네임 : 엑시아'인 서준하였는데 이 녀석, 상당히 일 처리가 느리네. 하아… 지금쯤은 폭약 설치 끝내고 이미 내려와서 우리 알파를 지원했어야 했는데 말이지. 세연이가 잘해 줘서 도망자가 없기에 망정이지, 안 그랬으면 파티장의 인원이 빠져나가고 장난 아니었을 거다. 보나마나 그 자식, 아이들의 구속 때문에 늦은 것 같았다. 결국 그 애들도 인간의 피와 살로 배를 채우고 자란 스캐빈저 새끼인데 말이지.

이어서 베타팀에게 연락하자, 엘로이스 씨의 목소리가 들린다.

[여기는 베타, 아직 지하 2층에서 교전 중입니다. 예상했던 적합자 이외에 웬 경호원이 있습니다. 클래스는 검성과 어째 신인데, 상당히 고레벨인 것 같습니다. 지금 이쪽엔 저 이외에 보안팀의 맨 이터, 이블 포스 분밖에 없어서 많이 힘듭니다.]

뭐? 적합자를 경호원으로 써? 보자, 그러면 일단 암살조로 보낸 보안팀에게 연락해 봐야지. 적어도 적합자 경호원을 쏠 수 있는 건 어지간한 거물이 아니고서는 무리다.

상진아, 빨리 좀 받아라. 난 투구 옆에 달린 통신 장치를 조작해서 상진이의 회선을 시도한다.

[A-yo! 행님!]

"야, 너네 암살 어디까지 됐어?"

[지금 둘은 잡았고, 세 번째 집에 왔는데… 박 의원 없네요. 이게 대어라서 가장 늦게 온 건데…….]

"그 새끼 여기 있는 것 같아. 그 집만 완전히 없애 버리고 길드로 돌아가."

[돌아가긴, 우리 암시장 조지는 거 남았잖아요, 형님. 하하하하!]

"그래, 잘하고 있다. 너 무지하게 신난 것 같다?"

[그야 당연하죠! 하지만 나도 형님이랑 그 파티장에서 스캐빈저들을 썰고 싶었는데에~]

이런 사이코패스 같은 자식. 뭐, 부모님을 스캐빈저에게 잃었으니 어쩔 수 없나?

이번 토벌 이야기를 듣고 제일 신나했던 놈이다. 다만 맡은 임무가 암살에 너무 유용해서 어쌔신 클래스랑 같이 암살조로 보냈기에 실망도 컸을 것이다.

어쨌든 이걸로 저쪽엔 문제가 없을 테니… 전화를 끊고, 세연이와 진서 형님께 외친다.

"진서 형님은 빨리 지하로 가서 베타팀 도와주세요! 거기 거물 있어서 만만치 않답니다. 세연이는 좀비들로 퇴로 차단하고 숨어 있는 인간들 수색시켜! 혹시 모르니까."

"알았어, 아저씨!"

"알겠습니다, 사장님."

후우~ 이걸로 안심. 몸 상태는 말이 아니었지만 명령을 내리니 안심이 된다.

아, 마비 짜증나네. 그냥 〈패시브-레비아탄의 절대적임〉으로 풀어 버릴까? 하지만 그래 봐야 골절상이 많아서 혼자 움직이는 건 무리였다.

'아, 씨… 긴급 재생 치유되는 건 메디컬라이저뿐인데, 감마팀에 있는데… 에휴…….'

〈감마팀〉
아머드 나이트 - 정상연
블레이드라이저 - 서준하
메디컬라이저 - 허순

 셋 다 메카닉 아머를 무장하는 인원들로, 그 덩치 때문에 하수도 잠입이 어려웠기에 〈패시브-플라이트 유닛 개장〉을 찍고, 근처 건물에서 트랜스폼한 다음 날아가서 옥상으로 침투한 팀이었다. 베타는 지하로, 감마는 공중으로 갔다면 우리 알파는 어디로 갔냐고? 어디긴, 정문이지.
 '어쨌든 감마팀이 빨리 끝내고 오길 기다려야겠군. 휴우…….'
 "아저씨, 기다려. 곧 좀비들 보낼게."
 "그런 거 보내지 마! 방금 전 내 손으로 죽인 놈들이 원혼으로 돌아온 것 같은 불쾌감이 생긴단 말이다!"
 "그럼 내가 공주님 안기 하러 갈게."
 "너 그냥 오지 마라."
 난 세연의 행위에 불평을 하며, 어서 다른 팀의 일이 무사히 끝나기만을 빌었다.

페이즈 9-5

필요한 잔혹함

지하 2층, 락킹 피스트 길드 본부.

"큰일 났습니다, 의원님. 전화가 여전히 불통입니다. 아무래도 지하라서 전파가 약한 것 같은데……."

"이익! 변명만 해 대지 말고 어서 수를 내봐! 저 망할 놈들을 없애란 말이다! '이것'들도 어서 옮기고 말이다!"

"지금 상황에서 그건 무리입니다, 의원님!"

경호원들은 말도 안 되는 경호 대상의 요구에 답답해 미칠 지경이었다.

길드에서 나와 국회의원 경호 일을 시작했을 땐 편한 점 투성이였다. 경호 대상이 여당 중진급 의원이라서 위험하다고 여겨질 때는 경찰과 전경들이 알아서 두 번, 세 번 경호로 걸러 줬기에 보통은 편한 일이었다.

 더구나 이 박 의원이라는 놈은 매우 탐욕스러워서 여기저기서 뇌물도 받기에 떡고물도 얻어먹을 일이 아주 많았다.

 다만 오늘만은 이 일을 선택한 걸 후회하는 한 경호원이었다. 그는 어쌔신 적합자로, 현재 레벨 53의 상당한 강자였지만 상황이 그들을 불리하게 만들고 있었다.

 "상대는 대인전에 아주 잔인할 정도로 특화된 이블 포스와 맨 이터입니다. 레벨은 저희가 우위에 있지만 검성에겐 너무 어둡고, 더구나 공간이 너무 협소해서 몸을 감출 곳이 없기 때문에 싸우기가 너무 힘듭니다."

 하필 전장이 어두운 건물 지하라는 게 디메리트로 작용하고 있었다.

 스포츠센터를 개조해서 만든 지하지만 거의 전기, 물류창고, 상수도 등의 유지 목적의 시설이 많아서 통로도 좁았다. 창고 내부가 그나마 넓어서 싸우며 지키기 좋았지만, 나가는 것은 무리.

 현재 이들은 감옥 대용으로 놓인 컨테이너 사이의 좁은 공간에서 농성 중이었다. 지금도 검성인 코드 네임 '천하일검'이 레벨의 우위를 바탕으로 우세를 점하고 있었지만…

 "제길! 이 자식들, 죽질 않아! 힐러를 대동하고 있다고! 야, '그림 시커'! 빨리 퇴로를 확보해 봐!"

 "크헤헤헤헤헤!"

검은 전투복에 야간 투시경 기능이 포함된 마스크를 쓰고 있어서 자세한 얼굴은 보이지 않았지만, 거대한 낫을 휘두르면서 광기 어린 짐승처럼 달려드는 남성, Lv.32 맨 이터 코드 네임 '죽자살자산다'.

파이터 → 버서커 → 맨 이터로 다다르는 클래스로 무기로는 낫과 대검밖에 사용하지 못한다.

기본적으로 피에 미쳐 있는 광전사에서 인간 사냥꾼으로 진화한다는 느낌으로 낮은 방어력은 더 낮아지며, 클래스 고유 패시브에 〈패시브-소울 카니발리즘〉을 지니고 있어서 인간의 살상 수를 일정량씩 채우면 고유 지속 버프가 활성화되는 클래스였다.

맨 이터 그 또한 파이터로 탱커 생활할 때 스캐빈저에게 당한 원한이 있어 자연스럽게 스캐빈저 헌터가 되었다가 같은 스캐빈저 헌터인 가지고 있던 흑사자 배상진의 소개로 드래고닉 레기온의 보안팀에 소속된 자다.

그도 어두운 곳에서 잘 보진 못하지만 〈패시브-인간 추적〉이라는 패시브 덕에 사람의 냄새를 맡고 추적이 가능했다.

"이놈 검성이라 스캐빈저 길드에 소속된 놈이 아닌 것 같은데? 안 그래, 마리엘? 응? 하하, 맞아. 스캐빈저 길드에 있는 적합자면 스캐빈저지 딴 게 뭐가 있겠어? 마리엘~"

싸우는 도중에 허공에다 대고 누군가에게 말을 거는 안경에 검은 신부 복장을 한 남자. Lv.29 이블 포스, 코드 네임 '마리엘땅다이스킷'.

마법사 → 흑마법사 → 이블 포스의 스킬 트리로 악마를 자신의 몸에 빙의시켜 싸우는 자로서 그가 선택한 악마 스킬 트리는 서큐버스였다.

빙의된 그녀의 힘으로 증가된 스탯으로 채찍을 휘두르며 싸우고 있었는데, 서큐버스 스킬 트리 특성상 채찍 공격과 환상 마법을 잘 사용할 수 있었기에 PVE보단 PVP에 더 강했다.

역시나 같은 흑마법사 계열 파생 클래스인 데몬 블레이드 배상진이 데려온 자였다.

'흠… 시간이 너무 오래 걸릴 것 같네요. 하아~ 지원이 어서 와야 할 텐데……'

뒤에서 그런 두 사람을 치유하며 한숨을 쉬는 엘로이스였다.

그녀는 여전히 메이드복 차림에 머리에 통신 기능이 첨부된 야간 투시경을 쓰고, 검성 하나와 미친 듯이 육박전을 벌이는 두 사람의 치유에 힘쓰고 있었다.

두 사람의 체력 소모를 보니, 검성의 레벨은 추정상 50이 넘은 것 같았다. 하지만 엘로이스의 레벨은 72, 그것도 크루세이더. 탱커가 아닌 딜러 따위 힐 한 번이면 체력을 만피로 채울 수 있었다.

"이런 제기라알!"

즉, 아무리 레벨 차이가 압도적이더라도 일격에 상대를 죽이지 못하면 다시 회복하는 두 사람을 상대하면서 열이 받는 검성 경호원이었다. 자신은 계속해서 체력이 소모되는데 상대는 힐러의 지원을 받아서 계속해서 만 피를 채우는 것이다.

어떻게 해서든 빨리 처리를 하기 위해 적의 HP보다 데미지를 훨씬 줄 수 있는 스킬을 사용해도!

〈Lv.32 죽자살자산다〉
체력 30,441/30,441

"〈액티브-십자 베기〉!"

대검에서 은색의 검광이 동시에 십자로 베어져서 맨 이터를 베어 들어간다.

그대로 직격하면 무조건 죽을 상황이었지만, 죽자살자산다는 피하지 않는다. 어차피 맨 이터에겐 하위 클래스 버서커가 지니고 있는 〈패시브-광전사의 생존〉이라는, 한 번 발동 후 체력이 1 이하로 깎이지 않는 사기 패시브도 있었고, 무엇보다도 후방에 있는 강력한 힐러의 존재…

"〈액티브-수호 천사〉!"

"이런 제기라아알!"

순백의 천사가 맨 이터의 몸을 감싸고, 데미지를 90퍼센트 경감시킨다. 바로 크루세이더의 보조 유틸기였다.

이런 경우 어쌔신이 나아가서 힐러를 견제 혹은 암살해 줘야 활로가 뚫리는데…

"좁은 곳에서 농성하는 만큼 암살하러 갈 수가 없다. 더구나 적의 힐러의 위치가 너무 안정적인 곳인 데다가 더구나 상대에겐 사격계 클래스도 있어서 의원님의 안전이 보장 안 된다. 네가 적 사격 클래스의 공격을 받아 낸다면 내 기꺼이 나가도록 하지."

"그렇다고 여기에 처박혀 있을 수만은 없잖아! 활로를 뚫어야!"

"에잉! 쓸모없는 놈! 비싼 돈 주고 고용한 값어치를 하란 말이다! 젠장! 빨리 돌아가서 이년들을 맛봐야 하는데!"

차르르륵.

란제리 차림으로 눈이 가려진 채 목에 쇠사슬이 묶여 기절해 있는 두 소녀들을 바라보며 안달복달하는 박 의원이었다.

그리고 앞에는 적, 뒤에 있는 아군도 도움이 되지 않는 소리만 해 대며 자신을 질타하자 미칠 것 같은 기분을 느끼는 '천하일검'은 52레벨이나 되는 자신이! 기껏 국회의원 경호원이라는 꿀보직에서 잘 먹고 잘살고 있었는데 어째서 이런 날벼락이 떨어진 것인지 속으로 한탄할 뿐이었다.

"크헤헤헤! 죽어! 죽어!"

"이런~ 저항이 거세군요, 마리엘. 하지만 뭐, 그것도 재미있는 법이지요. 〈액티브-플라워 드라이브〉!"

'이런 씨! 그냥 나만이라도 도망가 버릴까?'

주머니엔 비상용 귀환 크리스털이 있었다.

다른 락킹 피스트 길드원들은 크리스털을 써도 본부인 이곳으로 귀환이 되어서 소용없는 물건이지만, 외부에서 온 자신들은 이것을 사용하면 안전한 크로니클로 돌아갈 수 있었다.

자신뿐만 아니라 어쌔신 적합자에게도 한 개, 박 의원도 하나를 가지고 있었고, 자신이 이렇게 버티는 동안 귀환할 수 있다는 판단도 가능했다.

"이 멍청한 놈들아! 자신만만해하더만! 왜 이렇게 꾸물거리는 거야?"

"의원님, 그냥 귀환 크리스털을 사용해야 할 것 같습니다."

"이이익! 아주 오랜만에 할 수 있는 기회인데! 제길! 이걸 어떻게 버려! 끄으……."

아무래도 성욕이 판단을 흐리게 만드는 듯했다.

문서가 아주 제대로 납치를 했는지 가녀리면서도 봉긋 솟아오른 가슴이 드러나는 란제리 차림의 소녀들을 보며 아까워 미치는 것이었다. 바지 속은 이미 열불이 나서 자신의 분신이 양복바지를 뚫을 기세였는데!

"그래도 목숨보다 중요한 건 없습니다."

"끄응! 그래야겠지. 알았네. 쑵… 이 아까운 걸. 크윽! 저놈들, 웬 놈들인지는 모르겠지만 가만히 놔두지 않을……."

"〈액티브-빛의 수호〉!"

쏴아아아아!

크리스털을 꺼내려는 순간! 엘로이스는 자신의 스킬을 박 의원에게 사용한다.

〈액티브-빛의 수호〉. 과거 차현마가 강철에게도 사용한 적 있는 스킬로, 금빛 섬광이 박 의원을 휘감고 그를 행동 불가로 만드는 대신 모든 물리와 마법 데미지에서 면역시켜 무적으로 만들어 주는 크루세이더 유틸 계열 스킬의 최고봉으로 당연히 같은 클래스인 엘로이스도 사용 가능했다. 당연하지만 이 상태에서는 움직이지도 못하기에 크리스털을 꺼내지도 못한다.

'이쯤 되면 보호 스킬이 아니라 그냥 메즈 스킬이군요.'

"이익? 이게 뭐야? 왜 못 움직여?"

"빛의… 수호라고? 한국에서 이걸 사용할 수 있는 사람은 단 한 명뿐인데!"

보호막을 건드려 보는 어쌔신 '그림 시커'는 이 스킬을 알고 있었다. 한국에서 가장 유명한 크루세이더 차현마밖에 사용하지 못하는 스킬을?

어쨌든 경호 대상인 박 의원의 움직임이 묶이자 자연히 다른 이들도 남을 수밖에 없었다. 클라이언트가 죽으면 그 뒤처리는 어떻게 되던 간에 자신들은 경호 업계든 적합자 업계든 죽는 운명밖에 없었다.

"체크 메이트군. 하아~"

"제길! 어쩌지? 야! 자, 잠깐만! 타임! 스톱! 잠깐만! 젠장 할… 야! 그냥 도망가는 게 안 낫냐? 저 자식들 뭔진 몰라도 여기선 우리가 불리한데 도망치는 게?"

한 발 물러선 검성은 급히 자신을 상대하던 두 사람을 제지하고는 뒤로 돌아서 자신의 동료에게 퇴각 제안을 한다.

맨 이터와 이블 포스 둘은 다시 공격하려다가 내분이 일어나려는 걸 알자 일단은 가만히 지켜본다. 그의 말을 들은 박 의원은 금빛 섬광 안에서 자신들의 경호원에게 외친다.

"이! 이 망할 자식들! 감히 날 두고 도망가겠다고?"

"하하하, 아뇨. 어차피 의원님은 귀하신 몸이니까 죽이진 않을 테고, 몸값이라던가 그런 게 있잖습니까? 저희는 그저 지원을 부를 생각으로……."

"지금 상황에서 저희 셋 다 나가기란 무리입니다. 의원님, 저희가 지원을 부를 테니 그동안만……."

"크푸훗!"

필요한 잔혹함 • 157

"키히히!"

셋이서 어이없는 말을 나누는 모습에 뒤에서 맨 이터와 이블 포스가 미친 듯이 웃기 시작한다. 그리고 이때까지 광기 어린 웃음을 띤 채 싸우기만 했던 맨 이터가 입을 열고 말한다.

"우리 대장이 말이야… No mercy, Kill them All! 이랬어. 모조리 죽이래. 크흐흐, 진짜 맘에 드는 대장이라니까!"

"뭐, 뭐라고? 그렇게 해서 얻는 게? 얻는 게 뭐야? 도대체 무슨 목적으로 이곳에?"

"…크흐흐! 아, 몰랑! 다 죽이라니까 죽이는 거야! 키히히히히!"

그리고 다시 달려드는 맨 이터와 이블 포스.

이제는 어쩔 수 없다는 듯 어쌔신인 '그림 시커'도 단검을 들고서 직접 전투에 참여하기 시작한다. 장소가 싸우는 데 불리했지만 이제는 그런 거 가릴 처지도 아니었다.

'그나마 저 의원 놈에게 걸린 빛의 수호가 전등 역할을 해줘서 싸우기 쉬워졌지만… 어차피 놈들은 우릴 모두 죽일 생각이라는 건데!'

상대가 자신들을 모두 죽이려고 든다는 것을 알게 된 데다가 더 심각한 문제가 생겼다. 멀리서 새로운 인기척이 나타난 것이다. 멀리 보이는 갑주의 실루엣에 두 경호원은 절망에 빠진다.

"…얼마나 세기에 아직도 싸우는 건지? 아, 저 왔습니다. 저 금빛 주변에 있는 놈들을 처리하면 되는 거죠?"

다크&카오스 나이트, 백진서가 강철의 말을 듣고서 지하에 도착한 것이었다.

더구나 그는 양손 창에 중갑으로 무장한 탱커 겸 딜러이면서 어두운 곳에서도 시야의 제한을 안 받기에 지금 이 상황에서 가장 유리하게 전투를 할 수 있었다. 그런 전략적 계산 이전에 둘도 힘든데 셋이 되니 더 힘들어질 걸 예상하는 경호원 둘이었다.

"에휴, 지하 2층에서 안 올라오시니, 1층 처리하고 오느라 늦었습니다."

"후후후! 오! 나이트님! 1층을 처리해 주고 오시다니 감사합니다! 저의 마리엘도 그대의 무운에 감격하고 있습니다!"

"아뇨, 그럼 이제 저 사람들만 처리하면 끝나는 거죠?"

이블 포스의 오버스러운 말에 태연하게 대답하는 진서.

같은 악마계 클래스다 보니 말이 살짝 통하는 건지 아니면 진서가 포기한 건지 모르지만, 어쨌든 그의 합류를 통해서 이젠 살길이 막힌 거나 다름없다고 생각한 경호원 둘이었다.

검성인 '천하일검'은 어쩔 수 없다는 듯 돌아서 기절해 있는 소녀에게 다가가 자신의 대검을 목에 겨누고 엄포를 한다.

"움직이지 마! 움직이면 이 녀석의 목숨은 없다. 네놈들, 어떤 목적으로 스캐빈저 길드에 쳐들어온 건지는 모르겠지만 이대로 인명 피해가 나서 좋을 게 없을 텐데?"

하다하다 이젠 인질극이라니. 아니, 오히려 그들다운 모습?

예상했던 패턴이라서 그런가, 이블 포스도 맨 이터도 피식 헛웃음을 터뜨린다. 곧바로 맨 이터가 앞으로 나서 검성을 노려보며 말한다.

"그 애들을 살리건 죽이건 너희 스캐빈저가 죽는 건 똑같아."

"우, 우린 스캐빈저도 아니라고! 그저 저 인간 경호원일 뿐인데!"

"무슨 소리야. 어딜 봐도 스캐빈저인데… 인신매매에 인질극, 훌륭한 악당이잖아. 뭐, 자료에 없던 건 사실이지만 스캐빈저 길드에 인연을 가진 거면, 그것도 국회의원과 연관된 인연이라면 무슨 스캐빈저와 적대하는 정의의 사도 노릇은 아니니까, 결론은 뭐냐면?"

너희는 죽어야 한다는 거다.

그리고 달려 나가서 싸우는 맨 이터. 그 뒤를 이블 포스와 다크 나이트가 따른다.

검성 '천하일검'과 어쌔신 '그림 시커'는 그들의 광기 어린 모습을 보며 전의를 잃어버린다. 이들의 살의는 너무도 뚜렷했고, 자신들로서는 무슨 수를 써도 이길 수 없다는 걸 인식했기 때문이다.

그리고 아주 잠깐 후에 둘의 시체가 땅에 떨어지자, 금빛 섬광 안에 있던 박 의원이 그것을 보고 새파랗게 질린다.

"히이이익? 이, 이게 뭐야? 이이익?"

"예, 대장님. 여기 베타팀 '죽자살자산다'입니다. 박 의원 확보했습니다만 예? 왜 안 죽이냐구요? 그건 뭐… 편하게 보내기엔 좀 아쉬운 인간이라서 그런가요? 아! 맞다. 폭약! 폭약 설치해야지! 우송이 형(이블 포스)! 폭탄 설치하러 가! 진서 형님도 도와주세요."

마스크에 있는 통신 장치를 조작해서 강철과 대화하는 동시에 박 의원의 공포감을 증폭시키는 맨 이터였다.

폭탄? 폭탄이라니? 이놈들, 무슨 속셈인가?

"포, 포포포포폭탄? 네, 네놈들, 보통 테러리스트가 아니구나? 도대체 어디서 뭐하는 놈들이야?"

"증거 인멸 일일이 하기 귀찮으니까 그냥 전 층에 폭탄 설치해서 꽝! 터뜨리고, 화르르륵 불 살라 버리려고!"

"미, 미친놈들!"

각층별로 다르게 제작된 폭탄들로 아래층에는 폭발력이 강한 폭탄, 2, 3, 4, 5층에는 안에 인화성 물질로 채워서 오랫동안 불타게 제작된 화염탄들이었다.

딱히 공학계가 제작하지 않아도 이 정도 폭발물은 한국에서는 구하기 힘들어도 돈만 있으면 외.국.에.서 사 올 수가 있었다. 약간의 인맥도 필요했지만 그 인맥도 나름 충분한 강철이었다.

그는 지크프리트에게 전화를 걸어서 물어보았다.

(폭약 말입니까?)

"네, 스캐빈저 새끼들 은신처 좀 부수게요. 성능은 좀 구려도 양만 많으면 되니까, 살 만한 데 없나요?"

(대재앙 이후 미국, 유럽, 동아시아 일부를 제외하면 다른 국가들의 질서도 상당히 무너져서 남아메리카나 중앙아시아 쪽에 가면 아마 못 팔아서 난리이긴 합니다만… 아니, 가까운 러시아도 있군요. 거긴 대재앙 이전부터 몰래몰래 이것저것 팔아 왔으니까요. 지금으로선 가치 있는 돈만 있으면 아마 최신식 전차도 살 수 있을 정도입니다.)

'굳이 전차까진 필요하지 않지만…'이라는 말을 삼키면서 강철은 말을 잇는다.

"아니, 그런 거까진 필요 없구요. 그럼 러시아 쪽을 알아봐야 하나……."

(제가 인선을 이어 드리지요. 드래고닉 레기온에 러시아계 기사 클래스도 있으니 말입니다. 그런데 그 폭발물은 공금 처리하실 건지?)

유럽 전체에서 활약하는 길드다 보니 드래고닉 레기온에

는 다양한 유럽 사람들이 모여 있었다.

그리고 결제 문제를 묻는 지크프리트의 질문에 강철은 태연하게 대답한다.

"던전 돌아서 돈 좀 모았으니까요. 한국 지부 자금으로 결제하겠습니다. 길드원의 안전을 위한 거니까요."

(흠… 생각보다 미스터 아이언은 유능하군요. 지부를 만들고 금세 인원 고용 자금을 회수하질 않나? 자체적으로 스캐빈저 문제도 해결할 정도라니. 하나 아쉬운 게 있다면 미스터 아이언이 아직 레벨 업을 안 하고 있는 거지만 말이죠.)

"아니, 방송 출연이랑 같이 던전 돌 애들 키우는 게 뭐가 문젭니까? 돈도 보내잖아요! 어차피 얼마 안 있어 애들 레벨 오르면 저도 이제 던전 팍팍 뛸 검다!"

(하하하, 죄송합니다. 사람이란 만족을 모르는 동물이라는 게 사실 같네요. 미스터 아이언은 충분히 잘해 주고 있는데… 욕심이 지나쳤습니다. 그럼 수고하시지요. 나중에 구입로는 메일로 보내 드리겠습니다.)

이렇게 폭발물 구입 문제는 러시아에서 밀수입(범죄)하는 것으로 뒤도 안 밟히게 처리한 강철이었다.

아마 정부와 경찰은 갑작스럽게 일어난 이 사태에 대해 당황해하고, 어디부터 수사해야 할지 갈피도 안 잡힐 거다.

이렇게 각 팀은 모두 임무를 마치고, 폭약 설치가 끝난 뒤

필요한 잔혹함 • 163

길드의 정문으로 나온다.

정문 앞에선 이미 일을 끝낸 알파와 베타팀이 기다리고 있었다.

"다들 수고했어~! 이걸로 다 복귀했네."

감마팀은 제일 늦었지만 우선 나와 합류해서 메디컬라이저가 나의 치료를 시작했고, 베타팀과 합류한 인원이 돌아오자 드디어 토벌이 끝났다는 생각이 들었다. 그리고 피날레를 장식하기 전에… 마지막으로 확인.

"저격팀, 주변에 사람은 이제 더이상 없지?"

[예. 개미 새끼 하나 없습니다. 아, 시체는 많지만요.]

뭐, 스캐빈저 길드 마스터 딸의 잔치이니 늦게라도 오는 손님이 좀 있을 테니까 모조리 오는 길목에서 저격을 시킨 나였다.

나쁜 일은 모름지기 철두철미해야 한다. 다만 불쾌하게 남은 사실이 있다면… 지금 블레이드 라이저 서준하가 생포한 아이 5명이 문제였다.

저것들 전부 다 스캐빈저의 아이들이었다. 연령은 8세~12세로 아직 어린애들인데 저걸 어떻게 하라고?

"진짜 어쩐다. 저거……."

"아, 대장님, 저희도 사람 둘 추가요. 그, 성상납하려고 납치된 애들 같은데……."

"뭐? 그런 미친놈이 있어? 아, 그 박 의원인가 하는 놈인가? 그놈은?"

"지하에 폭탄이랑 같이 묶어 놨어요. 크리스털 뺏었고요."

"뭐?"

"어떻게 죽일까 했는데, 역시 언제 터질지 모르는 폭발물 옆에 놔두고 공포에 질리게 하는 게 제일 좋을 것 같아서요."

내가 뽑았지만 이놈의 보안팀은 하나같이 다 또라이 새끼들뿐이다. 아니, 흑사자 놈의 인맥으로 데려온 거니까 이 정도 똘기는 있는 게 당연하겠지만.

이들은 모두 스캐빈저에게 부모나 피해를 당했던 피해자들이고, 그놈들을 없애겠다는 일념만으로 적합자 생활을 하고 있는 놈들, 즉 어벤저들이었으니 제정신이 아닌 게 당연할지도.

근데 그런 이놈들의 기행을 듣고 태연한 나도 문제 같다.

"뭐, 인신매매 당할 뻔한 사람들이야 기절해 있어서 우릴 못 봤으니까 그냥 경찰에 던져 주면 되는데, 문제는 저 꼬맹이들인데······."

저 아이들은 공학계의 특징이 드러나는 메카닉 아머를 전부 다 봤다. 한국에 있는 길드 중에서 메카닉 아머를 운용하는 공학계를 던전에 투입하는 건 우리뿐이라서 저 애들이 진술만 하면 이 사태를 일으킨 게 우리라는 걸 금세 들켜 버리고 만다.

아! 미치겠네. 그러므로 없애는 게 답인데! 저 블레이드 라이저 녀석이 난리다.

"야, 그러니까 그냥 차라리 건물에다가 가둬 놓고 오지."

"...폭발로 터뜨릴 건물 안에다가요? 더구나 생포를 허락한 건 지부장님 아니었습니까?"

"이건 전쟁이라니까. 더구나 만약 우리가 했다는 거 들키면 이제 우리 전부가 위험해요. 워스트 데이의 지휘를 받고, 전국의 스캐빈저가 몰려와서 우리의 일거수일투족을 감시하고 노리고, 한국 안 뜨는 이상 우린 다 죽어요!"

"하지만 그렇다고 해도 아이들을 죽게 놔둘 수는 없습니다."

'아오, 저걸 어쩐다.'

한시라도 빨리 스위치 누르고 귀환 타야 하는 판에! 골치 아프다.

오늘 토벌에 나섰던 모든 인원이 날 바라보고 있었다. 여기서 결정이 중요하다. 앞으로의 일까지 생각하면 강압적으로 하기보단 설득을 해야 하고, 그건 엄연히 지금 리더인 내 몫이었다.

"휴, 잠깐만. 생각해 봐. 지금 우리는 스캐빈저를 기습했다고. 자잘한 정에 휩싸였다간 여기 있는 모두가 죽는단 말이다."

"하지만 생포를 허락한 건 지부장님이잖습니까?"

아오! 그건 회의장 분위기 때문에 그런 거였지. 감마팀을 제외하고는 전부 스캐빈저에 대한 적대감이 높은 보안팀을 붙여 놔서 문제가 없었는데!

난 감마팀 팀장이었던 아머드 나이트 정상연을 노려보지만, 놈은 여전히 메카닉 갑주 상태로 고개를 돌릴 뿐이다.

'이래서 금수저 도련님을 믿는 게 아니었는데!'

아머드 나이트 녀석도 탱커이긴 했지만 H그룹 회장 손자라서 나 같은 고생을 안 해 보고 탱커로 레벨 업한 녀석이다. 물론 실제 던전 경험은 충분해서 우수하긴 했고, 사무도 잘 봐서 우수했지만 설마 지도력이 저렇게 딸릴 줄이야. 그보다는 스캐빈저에 대한 적대심이 없는 게 문제였다.

'하아~ 당하기 전에 싸우는 것도 문제군.'

스캐빈저에게 당해야 생기는 적대감이 없는 데서 나오는 일 처리의 문제. 그렇다고 스캐빈저들에게 일부러 당할 수도 없는 노릇이고, 당하다가 인명 손실을 낼 수 없어서 선제공격을 한 것인데 말이다.

다음번에는 얘네들 빼고 토벌해야겠다는 생각을 하며 일단 당장 목격자 처리를 어떻게 해야 하는가? 에 대한 고민을 하는데…….

"…그래서 구체적인 생각이라도 있냐? 부모를 네 손으로 죽였으면서 아이들을 살려 주면 개네가 널 '아이쿠, 정의의 용사님.' 할 것 같냐?"

"그런 이야기가 아닙니다. 도리적으로 아이들을 죽이는 건 말이 안 되잖습니까? 지금이 무슨 중세 전쟁 시대도 아니고!"

"…그보다 더한 시대지. 스캐빈저 같은 놈들이 멀쩡히 영업하고 있으니 말이야. 우리가 죽인 놈들이… 저 아이들이 누구의 피와 살로 먹고살고 있는데 저걸 살려 둔다고? 저 애들은 모습만 비슷하지 우리와는 전혀 다른 '종'이야. 그리고 다른 종은 곧… 몬스터나 다름이 없어. 그럼 넌 던전에서 만난 새끼 오크나 새끼 코볼트를 하나도 죽이지 않았냐?"

"…큭!"

당연한 이야기지만 던전 안에 있는 새끼 오크나 코볼트는 좋은 경험치 수단이다. 모조리 쓸었음은 말할 필요도 없다.

이 논리의 이해는 스캐빈저가 보통 사람들과 다르다는 것부터 시작한다. 난 고개를 돌려서 녀석이 반박할 시간을 안 주기 위해서 계속 몰아붙인다.

"저기 기절해 있는 여자들을 봐. 저런 야한 속옷을 입히고 자기 아버지, 할아버지뻘 되는 남자들에게 수치를 당할 뻔했다고. 그걸 주도한 게 저 꼬맹이들 부모다."

"그렇다고 부모의 죄가 자식에게 적용된다는 법은 없습니다! 현행법에서도!"

"법! 법! 지랄 좀 적당히 해! 이 미친 새끼야! 그 잘난 법이 제대로 작동했으면 씨발! 너 빼고 여기 있는 사람들 다 이 지랄하러 올 필요 없었어! 지금 시대를 잘 알고 있는 거냐?"

정부는 '대재앙 이후 우리 한민족은 불멸의 의지를 발휘해서 지금 무사히 문명을 재건하였습니다.'라고 지랄하고 있지만, 현실은 아직도 모든 영토를 회복하지 못한 상태고, 폐허 지역엔 법의 처벌을 무시하고 스캐빈저들이 탱커나 민간인들을 뜯어먹으며 살고 있다.

그리고 정부와 기업은 아직도 위험하다 드립을 치면서 '애국! 돈! 의무!'라고 지랄하면서 자기네들은 의연하게 빠져나가고!

아! 진짜! 그러니까 내가 하고 싶은 말은!

"이 엿 같은 시대에 태어난 걸 원망하라고 해! 더 이상 시간 없다! 목격자는 내 손으로 제거한다. 진서 형! 준하 씨 좀 잡아!"

"아, 안 돼! 지부장님! 안 됩니다!"

"예, 사장님."

리더로서, 시간을 더 지체해서는 안 된다. 저 아이 다섯을 구하려다가 지금 날 따라 준 동료들이 모두 죽을 판이다.

그리고 그 업은 내가 모두 져야 하는데… 어라? 애들 어디 갔어?

난 고개를 돌려 침묵하고 있던 엘로이스 씨에게 묻는다.

필요한 잔혹함 • 169

"어? 엘로이스 씨, 잡아 둔 애들은요? 설마 도망간 건가요?"

"……."

그녀의 침묵에 불길함이 느껴진 나는 그녀의 어깨를 잡고 닦달한다. 이거 설마? 그러고 보니 세연이의 모습도 보이질 않는다.

"엘로이스 씨! 빨리 말해 줘요! 뭐가 어떻게 된 겁니까?"

그녀는 침통한 표정을 지으며 망설이다가 잠시 뒤 입을 열어 천천히 말한다.

"…주인님이 이야기하시던 중 세연 양이 그 아이들을 데리고 저 건물로 들어갔습니다."

"이 멍청이가!"

난 머리가 번쩍하는 충격을 받고 엘로이스 씨가 가리킨 곳으로 뛰어간다.

폭발물을 설치해 둔 건물 안 구석에서는 잔인한 참상이 벌어지고 있었다.

"아, 아저씨, 왔어?"

"…야, 야 이 멍청아!"

물건처럼 쓰러져 있는 아이들. 상처에는 한기가 맺혀 피도 거의 흐르지 않는다. 그 상황만 봐도 짐작이 갔다. 세연이가 죽인 것이다.

시체의 전신에 시커먼 곰팡이 같은 자국이 올라오고 있

는 거 보면 구울왕의 대검의 질병 효과가 아이들에게 직격으로 나타난 것이리라.

적합자들도 버티기 힘든 디버프면 아이들에겐 치명상이나 다름이 없었다. 어쨌든 그녀는 내가 짊어져야 할 업을 대신 져 준 것이다.

"멍청아! 누가 너보고 멋대로 행동하랬어?"

"죄송합니다. 하지만 아저씨는 말했어. 스캐빈저는 우리와 다른 '종'이라고······."

"···하지만 '저건' 내가 없애고, 짊어져야 할 업이었어. 왜 멋대로 가져가냐고?"

"가져간 게 아니야. 세연인 가장 소중한 아저씨와의 삶을 이어 나가기 위해 스스로 생각하고 움직인 거야."

철컥!

구울왕의 대검을 다시 등에 매고 날 지나쳐 돌아가는 세연이었고, 난 멍하니 그 참상을 보고 있었다. 그리고 내 뒤로 서준하 씨가 따라 들어온다.

그는 죽어 있는 아이들을 보자 절규하며 나에게 달려든다.

"으아아아아아! 지금 무슨 짓을 한 겁니까? 저와 말하는 사이에 몰래 죽이라고 시킨 겁니까?"

"···그래. 더 이상 지체하면 우리가 다 죽을 판이라 내가 시켰다."

"크윽! 이런 미친 짓이! 당신은 이런 미친 짓이 용납되리라고 생각하십니까? 인간이 이렇게 잔혹해져도 되는 겁니까? 천벌이 두렵지 않습니까? 어떻게 미친 짓을?"

"불평불만은 돌아가서 들어 주지. 할일도 많으니 말이야."

그렇게 찜찜한 마무리만 남기고, 마이클 베이 뺨치는 폭발 신을 뒤로하고 우리는 길드로 돌아왔다.

다 돌아와서는 일단 알리바이를 만들고, 사후 처리를 하나씩 해야 해서 오늘은 무조건 야근인 상황. 어쨌든 길드의 분위기는 전반적으로 침통했다. 나도 마찬가지고 말이다.

우선은 그놈이랑 결판은 내야겠지. 난 오자마자 사무실로 서준하 씨를 불렀다.

지부장 사무실.

"두 분 다 상당히 흥분하셨기에 허브차를 준비했습니다."

"고마워."

"감사합니다."

후룩.

조용한 가운데 엘로이스 씨가 가져다준 차를 마시면서 우선은 서로 진정하고 보자는 게 공통된 의견이었다. 그녀는 중재역인 셈이다.

일단 한 모금 마시자, 목 안으로 따뜻함이 퍼지면서 조금 기분이 풀어진다.

"후우……."

"후우……."

이제부터 본론이다.

 어쨌든 락킹 피스트 길드의 토벌은 순조롭게 끝났으며 그와 연관된 암시장, 정치인을 일거에 소탕했다. 그리고 인명 피해는 제로. 부상자는 뭐, 나를 제외하면 다 경상이나 찰과상 정도로 철저히 준비된 작전이 얼마나 효율적인지를 보여 주는 사례이기도 했다.

 하지만 사람 사는 세상이 오직 계산기만 두드려서 끝나지 않는다. 구성원이 적고, 또 그랜드 퀘스트를 해야 하는 중요한 인재들이므로 하나하나의 멘탈 수습도 내가 해야 하는 일이었다.

"…오늘 싸움, 저희에게 정말 필요한 일이었습니까?"

"스캐빈저 토벌은 여느 길드가 모두 다 하는 일이야. 우리처럼 정치인에게까지 파고드는 경우는 드물지만 말이지."

"그런 살육까지 말입니까?"

"어. 좆 같은 세상이지."

 인명의 손실은 쉽게 메워지는 게 아니다. 적합자들뿐만 아니라 초기에 길드가 생기기 전 군대, 경찰 인원의 대다수가 대재앙에 희생되어서 국가의 강제력이라고 할 수 있는 경찰 인원은 3년이 지난 지금도 예전 같지가 않았다. 대다수가 3교대고, 심한 곳은 2교대 근무를 하는 곳도 있을 정도였다. 그래서 국가도 크로니클이 운영하는 헌터의 대 적합자에 한해서 경찰 활동을 하는 걸 조건부로 허락했고 말이다.

"알다시피 우리나라는 정치와 경제계가 원래부터 손잡은 건 알고 있지? 거기에 적합자와 던전이라는 새로운 산업 아이템까지 등장한 마당이라 겉보기엔 예전보다 더 경제성장이 된 거처럼 보이지. 더구나 지금 일자리가 넘치고, 먹고살기는 좋아서 대재앙이 신의 은혜라는 미친 새끼들도 있지만……."

뒤로는 그 거대한 이익을 두고 싸우는 아수라장이 펼쳐져 있었다. 더구나 지금은 던전에서 몬스터들이 마구 날뛰는 시대라 납치든 뭐든 몬스터의 소행으로 몰고 가면 된다. 마치 예전에 북한이 멀쩡했을 때는 모든 국가적 사건을 북한 탓으로 돌린 것처럼.

또 사람들도 금세 자극에 면역이 되듯이 사회도 몬스터의 피해자들이라고 말하면 납득해 버린다.

"결론은 아주 엿 같은 세상이라는 거다."

"그렇다고 저희마저 엿같이 되면 안 되잖습니까?"

"하지만 살아남기 위해서는 해야 하지. 모두 다 웃을 수 있는 결과를 만들 수 있다면 얼마나 좋겠냐?"

"…그래도 꼭 죽일 필요까지야."

"당장 그 애들을 어디 보낼 곳도 없어. 그렇다고 이 지부 안에 감금해? 고아원에 맡긴다 해도 요즘 세상에 고아원이 얼마나 더 험악한데! 아니면 네가 보살필 거냐? 아니지! 너희 공학계 팀이 모습을 보인 시점에서! 이미 우리의 족적을 잡혀서 워스트 데이한테 족쳐질 판이야! 반대로 생각하면, 우리가 그 스캐빈저 놈들을 처리한 것으로 인해! 납치당했던 소녀 둘도 구했고, 과거에 피해받은 사람들의 원한과! 앞으로도 있을 잠정적인 피해자들까지 구한 거야."

난 최대한 이해를 할 수 있도록 설명해 주었다.

정과 선을 지키기엔 이 세상이 너무 혼란스러웠고, 우리의 사정이 안 좋았다. 더구나 상대는 스캐빈저들 중에서도 특히나 극악무도한 놈들이었다.

우리는 우리 자신을 지키기 위해서 행한 거지만, 이 답답이 위선자 놈을 이해시키기 위해서 다른 이를 구했다는 점으로 포장까지 할 수밖에 없었다.

"그리고 준하 씨가 내키지 않으면 다음부터는 성아처럼 길드를 지키게 빼 드리겠습니다. 또, 이번 토벌로 인한 수익은 얼마 되지 않지만 모두 불우이웃 돕기과 대재앙으로 피해 입은 사람들에게 기부하도록 하죠."

어쨌든 그의 정의관을 납득시켜야 한다는 점에서 난 타협안까지 제시했다. 이거야말로 위선의 극치였지만 어떡하겠냐? 위선자를 설득하는 데는 위선만 한 게 없고, 나와 생각이 다르다고 해서 그를 존중 안 할 이유가 없다. 어떻게 해서든 같이 그랜드 퀘스트를 해야 하는 동료였으니 말이다.

그리고 내 제안에 그는 한숨을 내쉬면서 입을 열기 시작한다.

"하아… 사실 지부장님도 저희를 안전하게 하기 위해서 스캐빈저 토벌을 생각하고 결심하신 걸 텐데 너무 제 생각만 강요해서 죄송합니다."

"아뇨. 준하 씨도 일반적인 사람인지라. 제가 너무 성급했던 점도 없잖아 있습니다."

"…하지만 역시 납득하지 못하겠습니다. 그렇다고 해도 지부장님의 의견이 틀린 것도 아니고요. 조금 생각하게 해 주십시오."

음… 이렇게 끝나는 건가? 하긴 한 번 가졌던 신념을 버리긴 어려울 테니, 스스로를 납득시킬 시간이 필요한 것이다.

"어떻게 된 게! 싸우는 것보다 이게 더 힘들어! 에이 씽! 그나저나 엘로이스 씨는 괜찮아?"

"저도 비슷한 스캐빈저 토벌을 한 적이 있어서 괜찮습니다."

"…뭐, 그렇겠지."

드래고닉 레기온은 영국이 본국이지만 거의 유럽 전반에서 활약하는 길드다. 더구나 유럽엔 아주 유서 깊은 범죄 집

단도 다양하게 있는 데다가(마피아, 갱 등등) 엘로이스 씨는 72레벨이라는 초고레벨이다. 말은 안 해도 아마 나보다 더 많은 수라장을 거쳐 왔을 것이다.

"물론 죄책감이 없지는 않습니다만… 더 나은 세상을 위해 어쩔 수 없다고 생각합니다. 그런 의미에서 주인님은 정말 강하다는 생각이 듭니다."

"에이, 나도 죄책감 정도는 가지고 있다고. 사람인 이상 말이야. 그래, 사람인 이상… 말이지."

…이런, 안 되지. 집중하자. 나도 모르게 멍해져 버렸군.

"그나저나 나도 지금 당장 자고 싶을 정도로 몸이 시큰거리는데. 젠장할… 아직 할 일이 남아서 문제네."

"크로니클에 가서 치유받는 건 어떠십니까?"

"안 돼. 내 상처가 커서 꼬리 밟힐 수도 있어. 다음 던전 하나 정도 같이 가거나 아니면 알리바이를 만든 다음에 가야 돼."

메디컬라이저로 치유하긴 했지만 허순 씨의 레벨이 낮기 때문에 완전 치유는 무리.

아직도 몸이 시큰거리는 상황에서 난 이 길드를 꾸려 나가기 위해서 일을 해야 하는 관리자였고, 알리바이 문제도 있어서 참아야 했다. 마음 같아선 지금도 바로 누워서 자고 싶었지만 아직도 해야 할 일이 남았다.

"엘로이스 씨, 어쨌든 세연이 좀 불러 줘."

"알겠습니다."

"그리고 세연이랑 둘이서만 이야기할 거니까, 알았지?"

"아동청소년보호법에 의거해서 이 방에서 이상한 신음소리가 나면 바로 제지하러 오겠습니다."

얘도 세연이한테 물들었나? 그리고 아동청소년보호법… 하아~ 그거 되게 짜증 났는데. 무슨 성인이 교복 입고 연기하면 아청법이야. 에라이, 그럼 나도 교복 입고, 범죄 저지르면 미성년자보호법 적용해 주냐? 아니잖아. 개새끼들! 어쨌든 내가 세연이를 건드린다니 무슨 헛소리인지.

"…안 해. 그런 거! 좀 야단칠 때는 긴밀하게 야단치게 해 주라! 그리고 건드릴 거였으면 진작에……."

"…찌릿."

"아니, 아무것도 안 했어. 그러니까 입으로 '찌릿'이라고 말하면서 한없이 차가운 눈 하지 말아 줘. 누나… 헙!"

"흠! 누나라고 한 번 더 말해 주면 불러오겠습니다."

제길, 친근한 누나처럼 느껴지더니 어느새 나도 모르게 입으로 누나라고 해 버렸어. 하지만 그녀는 오히려 그게 마음에 들었는지 표정이 풀리면서 앵콜을 요청했다.

음… 나중에 엘로이스 씨에게 부탁할 때 써먹을 만한 카드이긴 했지만, 부끄럽긴 하군.

"누~ 나아~ 가서 세연이 좀 불러와 줘요."

"당장 다녀오겠습니다. 후훗……."

힘들다. 관리직 때려치우고 싶다. 진짜로! 지부장이란 거 진짜 하기 싫다! 돈은 많이 주는데 이거 멘탈이 너무 깎여 나간다. 삼국지의 군주 캐릭터들은 어떻게 수십, 수백 명을 관리하고 인재를 모은 건지! 이게 그릇이라는 것의 차이인가?

내 그릇은 고작 이 정도라서 17명밖에 안 되는 작은 지부 하나 관리하기도 빡센가 보다.

"아저씨, 나 왔어."

"어, 너 거기 앉아. 맴매 좀 맞아야겠다."

"맴매! SM 플레이?"

"아니, 혼나야 한다는 거야! 야! 스톱! 치마 올리지 마! 스톱! 으아아! 야! 16살짜리가 무슨 끈… 끄아아아!"

들어오자마자 세연이답게 난리를 치고, 떠들어대서 결국 제대로 된 이야기는 10여 분이 지나서야 시작할 수 있었다. 진짜 애는 정말! 분위기 파악도 못하고!

"어쨌든! 지휘를 무시하고 멋대로 나선 점은 목숨이 오가는 던전 생활의 규칙에 어긋났으니 세연이 너에겐 처벌이 있어야 돼."

"응. 그래서? 벗으면 돼? 아니면 봉사?"

"…한 달 급여 감봉과 똑같이 한 달간 공용 화장실 청소다. 이의가 있으면 말해 봐."

"남자 화장실도?"

"여자 화장실만!"

"쳇……."

뭐가 쳇이냐? 보나마나 남자 화장실에 합법적으로 들어오게 해 주면 나한테 이상한 짓 할 속셈인 거 뻔한데!

어쨌든 세연이의 행동은 단체 규율적으로 볼 때 이런 식으로라도 벌을 줘야만 했다. 던전 안에서 행했다면 더 큰 처벌을 해야 했지만, 이번엔 스캐빈저 토벌이라는 비밀 임무라서 이 정도 선에서 그친 것이다.

"그럼 그게 끝?"

"뭐, 그것도 있고, 긴밀히 묻고 싶은 게 있어."

난 일에 대한 것 이외에도 그녀에게 물어볼 게 있었다. 이건 오직 그녀와 나밖에 공감할 수 없는 문제이기도 했다.

"뭔데?"

"그 애들 죽일 때, 어떤 기분이었냐? 행동의 전후 사정까지 포함해서 말이야."

"응? 그건 왜 묻는데?"

난 침묵으로 일관한다. 그냥 대답해 달라는 의미였다. 이 문제는 우선 그녀에게서 힌트를 얻은 뒤에 풀 수 있었다.

내 표정을 보자 무언가 짐작했다는 듯 그녀는 고개를 끄덕이며 대답해 주기 시작했다.

"음… 하기 전에는 '아, 저 멍청이 같은 남자 때문에 아저씨가 곤란하니까 내가 해야지.'였고, 하는 중에는 '인간은 참 쉽게 죽네.'였고, 하고 난 뒤에는 '아, 이제야 돌아가겠네. 가서 할일도 많겠지?' 정도?"

"그거 진심이냐? 지금 개그하는 거 아니지?"

"진짜인데?"

"하아… 너 스스로가 지금 얼마나 무서운 생각을 하고 있던 건지 알고나 있는 거냐?"

인간성의 부재.

세연이는 같은 인간이 인간을 죽일 때, 그것도 강자가 약자에게 휘두르는 횡포에 전혀 죄책감을 느끼지 못하고 있었다.

그저 방해되는 물건을 치우는 듯한 무감정한 마음가짐. 그제야 강철은 그녀가 죽은 자이자, '데스 나이트'임을 깨달았다.

난 진지했지만 세연이는 '무슨 소리야?' 하는 듯한 얼굴로 고개를 갸우뚱거린다.

"……?"

'클래스가 그저 적합자로서만이 아니라 본인에게 영향을 끼친다는 건가? 아니면 이미 영향은 나타나 있었는데 알아차리질 못한 건가?'

나에 대해서는 너무도 순종적이고, 열심히 일하는 세연이였기에 그녀의 갭을 알아차리지 못했다. 아니, 반대다. 나도 그녀와 '동류'라서 알아차리지 못한 거다.

필요한 잔혹함 • 181

불안하고, 건드리고 싶지 않은 생각이었지만 난 그때 세연이가 죽인 아이들을 보았을 때의 감정을 되새겨 본다. 마음의 목소리를 듣는다고 해야 하나? 그때 내가 했던 생각은 그때 했던 말과 완전 다른 내용이었다.

'아~ 벌써 처리해 버렸네~'

"……"

아무리 탱커 생활로 사람이 죽는 걸 많이 봤어도, 인간뿐만 아니라 동물은 같은 종의 죽음에 아주 민감하다. 그것은 자신의 '죽음'을 투영한 모습으로 공포가 전이되고, 생리적인 혐오감으로 나타나기 때문이다. 그런 감정을 못 느끼는 건 소수의 사이코패스나 어릴 때부터 특수한 교육을 받은 자들뿐이었다.

하지만 난 적어도 사이코패스도 아니고, 어린 시절은 남들과 똑같은 과정을 평범히 밟아 온 사람이다.

'이런 망할! 어떻게 이렇게 될 수가…….'

"아저씨?"

난 그 참혹한 광경에서 어떠한 생리적 혐오감도, 불쾌감도 느끼지 않았다. 자신을 의심하듯 그 광경을 멍하니 보긴 했지만, 아무 일도 일어나지 않았다. 그 이후 내가 화를 낸 것은 21년 동안의 경험에서 마치 습관처럼 나온 인간의 행동이었다.

그리고 그제야 과거의 기억 중 일부가 들어온다. 얼마 전 정찰하다가 스캐빈저들에게 상처입고 돌아와 목욕탕에서 보았던 비늘과 털의 존재.

'설마!'

"아저씨, 왜 그래? 아까부터 말이 없고……."

"하아, 아무래도 세연아, 나… 인간을 벗어나고 있는 것 같다."

세연이의 변화와 더불어 침착하게 생각해 본 나의 모습.

아무래도 저거노트는 괴수 클래스이면서 그 자신을 변화시키는 게 확실했다.

드루이드처럼 변신 스킬이 있는가? 고민하기도 했는데 그게 아니었다. 나 자신이 괴수가 되어 가는 거였다.

도대체 어느 패시브가 영향을 미치는지는 몰라도 그동안 발동 안 했던 이유는 내가 차고 있던 방패로 인해 각종 패시브 스킬들이 막혀서였던 것이다.

"무슨 '인간을 초월할 테다. WRYYYY'도 아니고. 하아~"

사자는 하이에나 새끼를 죽이고, 하이에나도 사자 새끼를 죽인다. 이 두 관계는 자연의 섭리이며 자연스러운 것이다.

두 종 모두 그 행위에 죄책감 따위 느끼지 않고, 본능처럼 미래의 후손의 안전을 위해서 죽인다. 그러므로 그 행위에 어떠한 도덕적 잣대를 들이대고 설득하려 해도 소용이 없다.

나도 마찬가지였다. 너무도 자연스러운 섭리와 같은 일이었기에 스캐빈저 아이들의 시체를 봐도 아무것도 느끼질 못한 것이다.

"아저씨, 뭐가 그렇게 불안해?"

"…아주 조금 충격받았을 뿐이야."

21년간 인간이었는데 갑자기 인간성을 부정하게 되면 충격 안 받을 사람… 아, 이제는 사람이 아닌가? 애매하다. 어쨌든 충격이었다.

그 와중 세연이는 내 옆에 와서 내 손을 잡으면서 말한다. 여전히 차가웠지만 보드랍고 매끈한 손이었다.

"인간을 벗어나고 있는 거? 뭐 어때? 스캐빈저들은 생리적으로 인간이지만 행동은 인간이 아니잖아."

"그러네. 세연이 네 말이 맞다. 이 시대에 본질이 인간이든 아니든 무슨 상관이냐?"

난 웃으면서 세연이의 머리를 쓰다듬는다.

그래, 맞아. 괴수든 괴물이든 어떤가? 생리적으로 인간이 아니더라도! 인간만도 못한 악마 같은 금수 새끼들이 넘치는 세상이고, 몬스터와 던전이 열리는 세상이다. 나도 전에 엘로이스 씨에게 말하지 않았던가? 필요하다면 인간도 버리겠다고!

"오히려 강해져야 한다는 점에서… 내 클래스를 알아야

한다는 점에서 보면 이득이네. 좋아! 으샤! 침울하던 거 끝이다! 세연아! 가서 전해! 내일은 무조건 쉬고! 내일 저녁에 비싼 데 회식하러 간다고 해! 이번엔 내가 쏜다!"

"후후, 그래야 우리 아저씨지. 이대로 고깃집으로 간다."

그리고 안심할 수 있는 또 하나의 이유. 나와 같이 인간을 벗어난 동지와 이해자가 있다는 점이었다.

죽은 자, 살아 있는 언데드, 데스 나이트인 세연이가 옆에 있기에 고민도 고독도 훌훌 날려 버릴 수 있었다.

아마 그녀도 날 통해서 삶의 이유를 찾았던 것일 테니, 아이러니하지만 죽음의 기사와 괴수는 서로를 보완해 주면서 세상을 살고 있는 거라고 볼 수 있었다.

"…뭐가 고기야! 전에 신입 소개했던 그 레스토랑 잡아! 칼질하자고! 칼질!"

"응, 알았어."

자신의 정체성으로 고민하기엔 지금 세상은 너무 험했고, 난 지켜야 할 게 너무 많았다. 작게는 내 옆에 있는 세연이, 크게는 내 동료. 더 크게는 내가 살아가는 이 한국과 세상. 내가 무엇이건 간에! 난 이곳에 살며, 이곳을 지키기로 맹세했다. 난 지금 여기에 살아 있으니 말이다.

다음 날.

언론에서는 어제 우리가 일으킨 사건 때문에 아주 난리가 나 있었다. 신문도, 방송도 긴급 편성으로 어제 우리가 무너뜨린 14번 구역의 건물 앞에 모여서 취재하고 있었다.

[김기대 기자입니다. 어젯밤 14번 구역, 스포츠센터 건물에서 갑작스럽게 폭발이 일어났다는 제보를 받고 이렇게 사건 현장에 나와 있습니다. 보시다시피 원래 5층이었던 거대한 건물이 지금은 형체도 알아볼 수 없는 콘크리트의 산이 될 정도로 철저히 파괴되었고, 안에선 아직도 꺼지지 않는 불길이 솟아오르고 있어서 소방관들이 대거 출동해서 화재 진압을 하고 있습니다. 전문가의 분석에 따르면 철저한 인위적인 파괴로 확정이 났으며 파괴 수단은 적합자의 능력이나 몬스터의 소행이 아닌 '폭발물'이라는 점이 드러나 테러리스트나 스캐빈저의 소행으로 초점을 맞춘 가운데 경찰과 크로니클에서는 조사를 시작했습니다. 이어진 소식입니다. 어젯밤 살인 사건이 일어났습니다. 그것도 의원가(家)만을 노린 아주 잔인한 사건으로, 여당 의원인 박○○ 의원, 맹○○ 의원, 신○○ 의원의 집에서 벌어졌습니다. 이 중 박○○ 의원만 실종 상태로 다른 의원과 가족은 살해당한 채 시신이 모두 집 안에 있었고, 시체의 상태로 볼 때 사건은 어젯밤에 일어난 것으로 밝혀졌습니다. 현재 경

찰은 박○○ 의원의 수색에 나섰으며, 정부와 여당에서는 이런 암살 사태에 충격을 받고, 엄중한 대처를 하겠다고 선언했습니다. 야당에서도 민주주의 사회에서 있을 수 없는 일이라며 적극 협조하겠다고 발표했습니다. 이어서······.]

"···미친 테러리스트랑 스캐빈저가 뭐하러 저길 터뜨리냐? 언론 조작 찌는 거 보소. 저기가 스캐빈저 소굴이라는 건 하늘이 알고 땅이 아는 사실인데 말이야. 뭐, 의원들이야 당연한 반응이라 재미없군."
"뉴스로만 봐서는 두 사건을 따로 두고 관찰하고 있네요."
"안에서는 아마 알아차렸을 거야. 고위 경찰공무원급이면 박 의원이 락킹 피스트 길드와 인연이 있던 걸 알 테니까 말이지. 하지만 공개적으로는 비밀이겠지."

스캐빈저는 정부에서도 공개적으로 악의 세력으로 취급하는 놈들이다. 국익을 위해서 싸우는 길드와 일반 적합자들에게 해를 끼치는 국가 발전의 장애물이었으니까.

하지만 그럼에도 대규모 토벌이라든가 국가 차원에서 제지하지 않는 이유는 그들이 기업과 정치권에 선이 닿고, 국민들을 공포로 지배하는 데 유용한 도구였기 때문이다.

"옛날엔 북한, 이제는 몬스터와 스캐빈저를 이용한 공포 통치. 진짜 편한 일이지. 어쨌든 이걸로 정치계든 스캐빈저

놈들이든 큰 충격을 먹고 겁나서 당분간 활동 못하겠지."

 보통 잔챙이 스캐빈저가 아니라 대 적합자전에 능숙한 적합자 인원 39명에 총인원 100명급인 락킹 피스트를 하룻밤만에 무너뜨리고, 정치가들 셋을 암살할 정도의 조직.

 만약 자신이 스캐빈저나 그와 연관된 정치인이라면 공포에 떨 게 분명했다. 한동안 자중하면서 자세한 수사 결과가 나오길 기다리면서 마음 졸일 것이다.

"하지만 우리 길드는 적합자 숫자는 고작 17명에 고용 인원 4명의 아주 소규모지. 이성과 산수로 생각해 보라고. 17명으로 100명급 길드를 쳐도 새도 모르게 단 하룻밤만에 몰살할 수 있는가?"

 논리로 따지면 불가능이다. 하지만 환경, 날짜, 일부 사기 클래스의 특성, 철저한 작전 개요, 적들의 무력화 방안. 수많은 변수를 대입해서야 가능했던 그 모든 걸 계산하고, 드래고닉 레기온 한국 지부라고 특정하는 놈이 있다면 내가 절을 할 터였다.

"가능성으로 특정해 본다면 국내의 3대 길드와 중국, 일본, 러시아의 대형 길드지. 하지만 폭발물을 썼다면 그걸 입수할 수 있는 능력을 생각해 볼 때 국내 3대 길드와 일본은 제외, 남은 건 중국과 러시아의 길드로 초점을 잡고 수사를 시작하겠지. 드래고닉 레기온 한국 지부를 특정할 수 없는 이유를 또 말하자면……."

'하하하, 사우나에서 더우실 텐데 가발 벗으세요. 강철 씨.'

'으아아아! 아니, 이거 가발이라는 거 말하지 말라니까요! 으갸악! 멋대로 벗기시면 어떡합니까?'

'깔깔깔깔… 시원하시잖아요. 내가 봐도 시원하네.'

어느새 대머리 지부장이 되어 버리고, 개그 이미지가 덧씌워져 버린 드래고닉 레기온. 저 안에서 내 모습은 아무리 봐도 바보였다. 무제한도전 촬영 이후 각종 예능, 코미디 프로그램에서 대머리 지부장 청년으로 초대가 온 덕이다.

저 바보 이미지가 더더욱 드래고닉 레기온의 이미지를 투영시켜서 연막이 되었다. 곧 나갈 청문회에서도 저 이미지로 쐐기를 박아 버려야지.

"어떻게 하면 더 바보처럼 보일까? 이빨에 김이라도 붙일까?"

"너무 고전 개그인 것 같습니다만… 저로선 사랑스러운 주인님이 바보를 연출하는 게 마음에 안 듭니다."

"그래도 내가 바보 취급받는 걸로 모두가 안전하다면 싸게 먹히는 거지. 너무 그러지… 에, 엘로이스 씨? 갑자기 껴안지 마요! 다, 닿(?)고 있어? 말랑하고, 따뜻한 게 머리에 닿고 있다니까요!"

왜인지 남동생을 칭찬하는 듯한 엘로이스 씨의 포옹에 깜짝 놀란 나였다. 나야 기분은 좋지만 곤란하지 않으려나?

뭐, 알리바이도 만들었고, 수사 대상도 우리에게 향하지 않는 만큼 당분간은 안심할 수 있겠다 싶었고, 슬슬 정부에서 부른 청문회를 준비해야겠다 싶었다.

드디어 이 서류를 꺼내 보네. 젠장할! 뭐 땜에 부른 거지?

〈탱커 연합과 의사 협회의 재생 치유비 1차 협의-보건복지부&적합자관리부 주관
강철 씨에게 증인 및 참고인으로서 참석을 요구합니다.〉

"이거 청문회가 아니라 증인인데……."
"사실상 청문회죠. 이것저것 강제로 묻고 자신들 유리한 대로 의견을 이끌어 나가기 위해서 부른 걸 겁니다."

하아~ 스캐빈저 토벌도 힘들었던 마당에 이제는 청문회인가? 산 넘어 산이군.

난 자조하면서 서류를 열어 본다.

페이즈 10-1

평화의 담뱃대를 돌리게나

(Pass the peace pipe)

삶에 있어 휴식은 필요하다.

눈에 보이는 육체적 회복을 위한 휴식도 중요하지만 이 적합자 일은 정신적인 문제가 가장 심했다. 그렇기에 휴식도 길어야 했다. 물론 사람에 따라서 다르긴 했지만 우리는 이번에 전쟁이나 다름없는 싸움을 했으니 말이다.

"고로! 일주일간 '나' 빼고 다 휴일이다. 캐시키들! 1시간 안에 휴가비 입금해 줄 거니까 멘탈 깨진 거 다 수습하고! 어쨌든 내일부터 놀아!"

"야호!"

"와아! 하하하하!"

"허허, 이래서 대기업이 좋구만……."

평화의 담뱃대를 돌리게나(Pass the peace pipe) • 193

스캐빈저 토벌 다음 날 레스토랑에서 회식, 그다음 이어서 지금 본부 회의실에서 온갖 배달 음식과 술을 쌓아 두고 벌이는 2차 회식 때 난 길드원들의 휴식을 전한다.

 쉰다니 다들 기뻐서 죽으려 한다. 젠장! 난 못 쉰다고! 청문회 준비도 해야 하고, 본국에 가서 보고도 해야 해서 고작 반나절 휴일이 전부란 말이다!

 "그리고 준하 씨의 요구대로 이번 스캐빈저 토벌에서 얻은 이익, 뭐 얼마 되진 않지만 일부 정도 고아원에 기부할 생각입니다. 대신 거기에서 제대로 기부금 쓰는지 검사는 준하 씨가 전담해 주세요."

 "예. 책임지고 전담하겠습니다."

 "아, 맞다. 이거 말하기 전에 스캐빈저 토벌 이익 설명해야 했는데… 이런 젠장할!"

 순서가 어긋남에 차트를 넘기면서 머리를 긁는다. 아오! 짜증 나. 이래서 지부장 하기 싫어.

 던전에 들어간 게 아니라 토벌 임무라서 그다지 큰 이익은 기대하지 않았지만 생각보다 이익이 컸다.

〈스캐빈저 토벌 이익〉

현금 : 983만 원

귀금속 및 장물 이익 : 3,233만 원

〈적 적합자에게서 노획한 스킬 북〉

스킬 북 : 청룡 회오리-무투가 계열 영웅 등급★

스킬 북 : 반탄지기-무투가 계열 영웅 등급★

스킬 북 : 선풍각-무투가 계열 영웅 등급★

스킬 북 : 백호타-무투가 계열 영웅 등급★

스킬 북 : 신창격-창술가 전용 영웅 등급★

스킬 북 : 뇌전보법-무투가 계열 영웅 등급★

외 35개의 희귀 등급 이하 스킬 북

〈아이템〉

질풍창-영웅 등급★

선풍의 권갑-영웅 등급★ × 5

선풍의 무복-영웅 등급★ × 5

이외 희귀 등급 이하 스킬 북

 현금 및 이 스킬 북과 아이템은 죄다 세연이가 쓸어왔다. 죽은 자들을 좀비로 살리면서 그 소지품들을 몽땅 회수한 것이다.

 더불어 길드 스타일이 드러나는 이 리스트. 모두 무투가 계열 스킬 북과 아이템으로, 똑같은 종류만 5~7개씩 중복

되어 나왔다. 게임 용어로 말하면 이게 락킹 피스트 길드의 '국민 교복 세트' 같은 거겠지.

이것도 한 번에 처분하면 우리가 락킹 피스트를 토벌했다는 걸 들킬지 모르니 천천히 처분해야 했다.

"어쨌든 다 하면 2~3억은 될 것 같지만 우리가 소모한 자원이나 너네들 인건비 빼면… 한숨 나올 수준이고. 또 이 새끼들 가진 게 전부 다 무투가 계열 아이템이니까 처분도 아주 천천히 해야 해서 결론은 손해. 뭐, 그거 알고 진행한 거니까 다들 걱정은 말고. 그러니 맘 놓고 놀고먹어!"

그래도 마이너스 수치가 높지 않은 게 다행이지. 돈을 내고 안전을 샀다고 생각하면 오히려 이익인 싸움이었다.

어찌 됐든 락킹 피스트는 서울에서도 강한 스캐빈저 길드였으니까 몇 달간은 다른 스캐빈저 길드들은 눈치 보면서 살 게 분명했다. 그동안 우리는 안전하게 던전 다니면서 레벨 업에만 힘쓰면 된다.

'아, 나도 레벨 업해서 저거노트 스킬을 알아내야 하는데, 미치겠네!'

무엇보다도 가장 답답한 건 나였다.

현재 경험치 테이블을 알아보니 레벨 45에 78퍼센트 상태였다. 평소 흐름이었다면 '오! 두 달 만에 이만큼 채웠어!'라고 뿌듯해할 테지만 지금 드래고닉 레기온 본부에서 내 레벨 업을 위해 지부까지 세우고, 오만 돈을 투자했는데 레벨 업을 하지 못한 것이다.

'하아~ 내 레벨 업에다가 신입 탱커도 필요하지, PVP 세팅도 생각해야 되지, 보고서 써야 되지. 으아아아.'

"영원히 고통받는 사장님이네요. 한 잔 받으세요. 하하!"

살짝 취했는지 붉어진 얼굴로 맥주병과 잔을 들고 내 옆에 앉는 진서 형님이었다.

"아, 진서 형님, 감사요. 형님은 쉴 때 어떻게 할 겁니까?"

"하하하, 얌전히 덕질이나 하는 거죠."

백진서. 다크&카오스 나이트라는 더블 포지션의 레어 클래스. 우리 팀으로 와서는 아이템 세팅으로 슬럼프를 극복했는지 저번 토벌에서도 괜찮은 활약을 보여 주었다.

다소 소심하고, 수동적이라는 단점이 있지만 시킨 일은 제대로 하고, 나와 취미도 비슷하니까 어떤 의미로는 편하게 이야기할 수 있는 사람이기도 했다. 다만 내가 21세고, 이 형은 28세라서 나이 차가 좀 있는데 나에게 존댓말을 하는 게 부담스럽긴 했지만 말이다.

"아! 부럽다. 난 지부장 일 때문에 쉬지도 못하는데… 에휴, 진서 형님이 지부장 할래요?"

"저, 저 같은 게 무슨! 게다가 그런 자리 앉았다간 애니 볼 시간도 없어진다구요! 7월이면 신작 애니도 마구 쏟아지는데!"

"미연시도 여름에 특히 많이 나오죠. 젠장… 코믹 가고 싶었는데! 으아! 아키바! 성지여! 으아앙!"

"……."

내 반응에 진서 형님은 아무 말 없이 고개를 돌린다. 이 형님! 설마?

"잠깐, 뭐죠? 그 침묵은? 진서 형님, 설마? 덕질이라는 게……."

"하하하하, 이미 표를 사 놔서……."

"브, 브루투스! 아, 아니, 형님, 이러깁니까? 일본 갈 거면 저한테도 말했어야죠! 저희 그렇게 섭한 사이였습니까?"

"그게 아니라 표 주문하는 거 알리러 가는데 엘로이스 씨랑 세연 양이 막는 바람에……."

하아~ 그러면 어쩔 수 없지.

그건 그렇고, 난 겨우 반나절 휴식밖에 없는데 이 형님은 일본 가서 마음껏 덕질을 한다 이 말인가? 부럽군. 아, 진짜 누구 이 지부장 자리 줄 사람 없나? 너무 중책이라서 어떻게 할 수가 없는 게 문제네.

그나저나 세연이랑 엘로이스 씨는 어디 갔지? 이상할 정도군. 계속 내 옆에 있을 줄 알았는데 말이야.

"어라? 저희를 찾으셨나 봐요. 주인님."

"그야, 나 혼자 브리핑했으니까 어디 갔나 했… 으갹?"

"세연이 메이드 폼이야."

과연. 옷 갈아입으러 간 건가? 세연이의 몸엔 순백과 검정이 조화로운 메이드복이 입혀져 있었는데, 엘로이스 씨와의 차이라면 스커트가 훨씬 짧은 데다가 허벅지까지 올라오는 오버니삭스가!

난 말문을 이어 나가지 못했다. 솔직히 말해서 내 취향 직격이다. 이런 젠장! 원래 세연이가 날씬한 체형에 각선미가 돋보이는 애였는데 저런 걸 입으니… 아, 으아!

"아저씨, 어때?"

"…벼, 별로! 메, 메메이드복 따위 많이 봐서 익숙하거든?"

"사장님, 코피 나는데요?"

으아니! 말로는 거부해도 몸은 정직하다는 건가? 머리에 피가 급격히 몰려서인지 나도 모르게 코피가 흘러나오고 있었다. 이런 제기랄!

엘로이스 씨는 급히 손수건을 꺼내서 내 코를 닦아 준다. 애도 아니고! 내가 직접 하겠다고 했는데… 으악! 엘로이스 씨의 손가락과 손수건이 콧속 깊이 들어온다.

"저, 저기, 엘로이스 씨, 코가 아픕니다만?"

"후훗 경박하신 주인님은 저런 게 취향이셨습니까? 저는 매일같이 입고 있는데~"

"…그게, 엘로이스 씨 메이드복은 뭐랄까 진지하고, 너무 우아하고 성스러운 게 천사 같아서 그런 이상한 생각이 안 든다고 해야 하나?"

사실이다. 언제나 헌신적이고 상냥하게 날 돌봐 주는 그녀의 모습을 이상하게 보는 게 더 무례할 정도 아닌가?

"어머, 처, 천사라니……."

"아저씨, 나는? 나는?"

넌 다가오지 않았으면 좋겠다고! 괴롭다고, 내 취향 직격이라서! 당장이라도 끌어안고 '주인님이 맴매해 줄까?' 플레이가 하고 싶다고! 내가 하던 미연시에 비슷한 복장을 한 히로인이랑 닮아서 큰일이란 말이야!

결국 이렇게 된 이상 해야 할 건 하나뿐이었다.

"먼저 가서 잔다! 〈액티브-타일런트 대시〉!"

"아! 지부장님! 실내에서 스킬 쓰면 어떡합니까?"

"먼지 나잖아요!"

뒤에서 들리는 불평들을 무시하며 난 최대한 빨리 도망쳐서 내 방으로 돌아온다. 그리고 아무리 생각해도 세연이의 메이드복이 너무 머릿속을 맴돌아서 컴퓨터를 켜 메이드물로 자기 위로(?)를 한 다음 잠이 든다. 아무것도 안 하면 이거 백방 몽정할 정도로 심장이 두근대고 아랫도리에서 반응이 왔으니 말이다.

만약 몽정이라도 했다간 내 세탁물을 관리하는 엘로이스 씨라던가 세연이에게 들킨다던가?

설사 내가 직접 세탁하러 간다 해도! 생각해 봐! 내가 나가는 순간 엘로이스 씨는 메이드랍시고 귀신같이 나타난단 말이야. 그런데 만약 팬티를 들고 가는 내 모습을 들킨다고 생각하면 남자로서 수치심에 죽을 것 같았으니, 시원하게(?) 빼고 자는 게 낫다는 결론이 나온다.

✦ ✦ ✦

다음 날.

다른 길드원들은 집에 가거나 놀러 나갔지만 난 오늘도 사무실 출근, 컴퓨터 앞에서 집무를 봐야 했다.

더불어 엘로이스 씨도 급한 용무가 있어 영국으로 돌아가서 좀 느긋하게 혼자서 일하나 했는데, 세연이는 나와 일하겠다고 휴가도 전부 반납하고 남아 있었다. 그것도 어제 입었던 메이드복 차림으로! 크윽! 어젯밤 충분히 뺐는데(?) 또, 피가 몰리기 시작했다.

"야, 너 그 메이드복 벗으면 안 되냐?"

"응? 왜?"

"…솔직히 예뻐서 내가 일에 집중을 못하겠다."

"아저씨는 그런 데서 솔직해서 좋다니까. 알았어. 갈아입을게."

어쨌든 내가 호평을 해 줘서 만족을 한건지 아니면 정말 내 의사를 존중해 준 건지는 모르겠지만 세연이는 갈아입으러 올라간다.

자, 잡생각은 여기까지만 하고 일하자, 일! 난 스스로 뺨을 쳐서 컴퓨터에 시선을 집중한다. 보자, 가장 중요한 게…

"청문회 건은 엘로이스 씨랑 함께하기로 했으니 일단 빼 두고, 신입 탱커 모집인가? 상연이가 추려 낸 애들 좀 볼까?"

전반적으로 기본기가 좋은 탱커들을 주로 뽑아 놓은 상연이었다. 그리고 그가 낸 탱커 선출 과정 제안서가 더 웃겼다. 뭐냐, 이거? 누가 대기업 출신 아니랄까 봐 가관이었다.

1차 시험 : 필기시험
2차 시험 : 1차 면접
3차 시험 : 실습 시험
4차 시험 : 2차 면접

얼마나 대단한 사람 뽑겠다고 4차 시험까지 봐? 가뜩이나 바쁘고 레벨 업해야 하는데? 이 새끼, 어디 있어? 이거 일정 다 소화하면 한 달이나 걸린다.

난 당장 휴대폰을 두드려 놈에게 전화한다.

(여보세요?)

"야 이 미친놈아! 이게 뭐야? 무슨 시험이 4차까지 있어? 다 줄여! 못해도 2개로 줄여!"

(아, 그러면 너무 변별력이 없는데…….)

"그럼 나는 무슨 변별력 있어서 지부장 하냐? 에라이!"

고교 중퇴, 지능E+, 영어도 알파벳만 외우는 수준인 내가 지부장 하는 마당에, 얼어 죽을 변별력! 레벨, 클래스 포텐셜, 탱킹 센스만 좋으면 그만이잖아!

(원래 창립자는 오랑우탄이어도 성공만 하면 나중에 잡병들은 고스펙만 추려서 부릴 수 있는 게 한국식 대기업의 전통······)

"미쳤냐?"

(거기다 인성도 봐야 하니까 말이죠. 또, 다른 길드에서 스파이로 들어올 수 있으니 그것도 불안합니다.)

실컷 아이템 주고 레벨 업시켰더니 다른 길드의 스파이를 키운 꼴이 되어도 곤란하고, 정말 난리도 아니군. 진짜 미쳐 버리겠다.

최근 길드와 접선 내역, 던전 다녀온 내역, 혹은 예전에 스캐빈저 활동을 했는지 의심··· 아, 그냥 탱커 연합에서 한 명 데려올까? 차라리 그게 속 편하겠는데······.

(이미 공고를 내건 이상 이제 와서 접는 건 무리겠지요.)

"나도 그냥 생각만 해 본 거야. 탱커 연합에서 데려오면 완전히 정부에서 백안시되어버려. 귀찮아지지."

겉으로는 드래고닉 레기온은 오우! 우린 한국의 일 신경 못씁니다! 하는 태세다. 대신 뒤로 내가 돕는 형태. 자금 지원과 정보 제공 정도다. 하지만 국내에서만 활동하는 그들이 모르는 해외의 정보를 알려 주는 것만 해도 큰 도움이었다. 어쨌든 신입 탱커를 구하는 일은 진짜 어려운 문제라는 거다.

"세상 참 쉬운 게 없네. 야, 그냥 하루 날 잡아서 실기로 다 때우자."

(그래선 인성 면접은…….)

"어차피 인성 면접이래 봐야 누가 엘리트 연기 잘하냐잖아. 레벨별 차등을 둬서 탱킹으로 버티기. 어차피 40레벨 이상 탱커는 하나도 지원 안 했으니까 나누기 쉽네."

사실상 안 한 게 아니라 나 빼고 40레벨 넘는 탱커는 전부 탱커 연합에서 활동하는지라 지원 못 한 거지만, 그것도 다 아는 사람들이다. 아, 생각해 보니 치우 형님이 술자리 갖자 했는데 그것도 나가야 하네. 생각하면 할수록 스케줄이 늘어나는구나. 내 느긋한 일상이여…….

(어떻게 나누실 겁니까? 더구나 실습 방법은요?)

"별거 없어. 10레벨, 11~20레벨, 21~30레벨, 31~40레벨로 갈라서 바로 실력을 보는 거지. 사전에 유서랑 동의서 받아 놓고 안에서 15분 버티기, 무조건 방어 행동과 생존기를 사용해야 하고, 생존기는 레벨에 따라 차등적으로 사용하게 해서 허들을 만들어서 확인하는 거야. 그리고 진짜 죽일 기세로 공세를 펼치는 시험이지. 하하하!"

(…지부장님이 더 미친 것 같습니다만? 만약 합격자가 많으면요?)

"그땐 데미지 리포트를 검토하면 그만이지. 아니면 너랑 내가 다 보고 있을 건데 보면서 판단해도 되고 말이야."

역시나 이 적합자 바닥에서는 실력 확인이 제일이다. 괜히 내가 여기 지부장 하겠는가? 오로지 내 센스와 실력만 가지고 판단한 지크프리트 씨의 안목 덕분이다. 그러면 나도 그렇게 뽑아야 드래고닉 레기온다운 거겠지. 어쨌든 내 의사를 들은 상연이는 알아먹었는지 동의한다.

(알았습니다. 확실히 목숨을 걸고 싸울 정도의 담력이 아니면 못 해먹는 일이니, 그 정도로 미친 과정이 아니면 옥석이 가려지지 않겠죠.)

"알았으면 제안서 고쳐서 메일로 보내 놔."

(어차피 지부장님이 쓰시면…….)

"나 바빠! 아까 들은 이야기로 만들어서 보내 줘! 알았지?"

(아니, 이건 갑질 아닙니까? 저도 휴무 중입니다만?)

"나 이거까지 하면 기껏 잡혀 있는 휴가 반나절도 사라진다고! 아, 좀 제발! 너 똑똑해서 몇 시간 안 걸리잖아. 난 지금 청문회 준비랑 탱커 연합 회의, 영국 본국에 들러서 정기검진과 보고 등으로 할 일이 태산이란 말이야! 제발 하나만 도와줘!"

(하아~ 어쩔 수 없죠. 방금 들은 방안대로 제안서 만들어서 보내 드리겠습니다.)

달칵!

아! 힘드네. 진짜, 지부장 때려치우고 싶다.

고개를 돌려 보니 사복으로 갈아입고 돌아온 세연이가 파일철 하나를 가져와 나에게 보여준다.

"이건 뭔데?"

"미래 언니 연봉 계약서인데, 미래 언니는 던전은 안 가지만 적합자인데 어떻게 해야 하나 해서……."

"미래도 공학계니까 지부 공학계 담당관으로 해. 다른 길드도 다 있는 직책이잖아."

"응. 지부장 허가가 있어야 하는 거니까 물어봤어."

끄아, 미래를 만나서 일대일 면접도 봐야 하네. 계약서도 주고, 사인도 받는 겸해서 내가 직접 가야 하나? 어쨌든 그녀와 안면이 있는 내가 가는 게 나을 것 같으니, 오늘 오후로 아예 날 잡아 버려야겠다 싶은 나였다.

이거 하고, 저녁에는 영국 한 번 들러서(시차 때문) 정기 검진 받고, 내일은 제안서 재검토하고, 오후에는 다시 탱커 연합 간부들이랑 술자리 하러 가고. 어느새 깨끗하던 내 컴퓨터 바탕화면이 메모지 프로그램투성이가 되어 버렸군.

'이 일정 소화도 미치겠는데 내 자기 개발까지 해야 하다니…….'

여기서 말하는 자기 개발은 레벨 업과 PVP 스킬 습득, 아이템 세팅 문제였다.

일전에 스캐빈저 길드와 싸웠을 때 나타난 문제점으로 내 공격 스킬이 〈액티브-휩쓸기〉밖에 없다는 문제점과 레전드리 〈액티브-여래신장〉을 맞아 본 결과 더 고레벨 스캐빈저를 만나거나 또는 상성 차이를 가진 장비가 있을 경우 맞아서 버티기만 해서는 못 이기는 때가 생긴다는 걸 깨달았다. 그래서 한두 가지라도 공격 스킬을 얻자고 생각한 것이다.

 '탱커가 공격 스킬을 익힌다는 게 좀 꺼림칙하긴 하지만……'

 심적으로는 꺼림칙했지만 연구 결과 나중에는 점점 압도적으로 올라가는 딜러들의 어그로를 잡기 위해서는 공격 스킬이 필요하다고 영국 본부에서도 언급하긴 했다. 예전 그레이트 바실리스크 때야 그냥 버티기 일색이면 충분해서 드러나지 않았으니 말이다.

 그러면 특성에 맞게 내가 가진 스킬들 중에서 공격 스킬을 찍어야 하는데… 스킬 설명을 못 봐서 낭패.

 "보자. 일전에 뽑아 둔 리스트가……"

 그러고 보니 생각났다. 예전에 찾아 달라는 스킬 북 리스트가 있었지. 한 번 열어 보자. 그러니까 어디 있지?

 "세연아, 너 스킬 북 리스트 어디다 넣어 놨니?"

 "내 문서-직박구리."

 "아, 그래? …어? 직. 박. 구. 리?"

새의 이름, 모 압축 프로그램을 설치 후 새로운 폴더를 만들 때 나타나는 랜덤한 이름. 정리하기 귀찮은 남자의 비밀 창고와 같은 그 이름으로 나도 애용 중인데… 으아니! 왜 여기에 넣은 거야? 세연아? 대체 왜 여기에?

내 비밀! 내 비밀 자료가! 하나도 없고, 썰렁한 한글 파일이 남아 있었다. 젠장! 빨리 머리를 자라게 하기 위해 몰래 받은 건데!

"세연아? 여기 원래에 있던 파일들은?"

"…동양 103기가, 서양 213기가, 애니메이션 32기가."

"히익?"

"동양 것이 더 적어서 다 삭제했어."

삭제 이유가 더 이상하다만? 어쨌든 뭐, 다시 받으면 되니까! 자유이용권 끊었으니까 이 정도로 울 내가 아니다. 다시 받으면 그만! 남자의 근성을 우습게 봤군! 좋아. 그러면 일부터 하자.

"자, 그러면 스킬 북 리스트를 볼까?"

우선 내 스테이터스와 특성을 생각하면 *무기를 사용 못 한다. *지력이 엄청 낮다. *마력이 없다… 그러니까 쓸 수 있는 스킬이 엄청나게 한정이 된다. 더구나 내 클래스는 파이터에서 올라왔으니 그 계열로 인식해도 되지만… 그러면 잠깐만, 남는 게 있나? 익힐 수 있는 게 있나?

"더구나 공격 스킬이라는 필터를 걸치니 남는 게 몇 개

없었어."

> 〈액티브-블러디 스트라이크〉
> 설명 : 체력의 10퍼센트만큼 소모하고, 소모한 체력 분
> 방어 무시 데미지를 준다.
> 〈액티브-보어 태클〉
> 설명 : 뛰어들어 태클을 검
> 〈액티브-어설트 킥〉
> 설명 : 뛰어올라서 강력한 내려차기를 시전함

 다 별로고, 파이터 기본 레벨 스킬을 못 벗어난다. 그나마 블러디 스트라이크가 데미지 면에서는 괜찮아 보였지만 필살기가 되지 못하고, PVE 용으로 쓰면 좋은 스킬인 반면 PVP에선 별로였다. 그러니 기왕이면 다른 걸 익히는 게 좋을 것 같은데 말이다.
 내게 필요한 건 결정타 같은 한 방이다. 레이드에서도 선제공격으로 큰 거 한 방으로 어그로를 확 높이고 시작하면 좋으니 일종의 필살기 같은 게 필요하다.
 "뭐 좋은 방법 없을까? 하다못해 내 스킬을 읽을 수만 있었어도 젠장……."

물론 내 기본 스탯이 좋아서 저것들을 익혀도 괜찮긴 했지만 그래도 기왕 익혀야 하는 공격 스킬, 1레벨로도 효율이 나오는 걸 챙겨야 하지 않겠는가?

 결국 상담해 볼 만한 곳은 본국에 있는 세르베루아 정도인가? 괴수 판정이 있는 나와 맹약을 맺은 로드 오브 드래곤, 드래곤들을 테이밍하고 관리하는 만큼 괴수류 스킬을 알고 교련했을 테니 저거노트의 방향성에 대해서 잘 알 것이다. 다음에 정기 점검 때 만나 봐야겠다고 생각하며, 난 당장 있을 미래와의 만남을 준비하기 시작했다.

3시간 뒤.

 미래와 약속을 잡은 나는 바로 계약하고 곧장 저녁을 먹은 다음 영국에 갈 수 있게 길드 근처에 있는 카페로 장소를 정했다. 더불어 세연이는 지부에 두고 왔다. 걔가 있으면 계약이 진행이 안 되니 말이다.

 그나저나 늘 만날 때는 연구실 가운만 입고 있던 애인데 오늘은 정장 차림이니 예쁘긴 하구만. 나올 곳은 나오고 들어갈 곳은 들어간 몸매고, 사실 입만 안 열면 충분히 먹혀 주는 외모인데…

 "여자를 기다리게 하냐? 매너 없는 새끼."

"님이 여자셨음?"

"여기서 스커트 내린 다음 비명 질러 볼까? 유명 외국계 길드 지부장 성추행 사건으로 추문 뉴스가 실리겠네. 하하하!"

"제길……!"

 저놈의 입이 모든 것을 말아먹는다. 다 큰 처녀가 무슨 입이 저리 험한지. 게다가 목소리도 크고 말이야. 에휴, 하지만 10년이나 보고 들은 광경인데 이제 와서 변하길 바라는 것도 무리겠지. 저래서야 누구한테 시집이나 갈 수 있을지 걱정이다, 걱정이야.

"뭐야? 그 눈은? 불만이냐?"

"아니, 뭐 미래 너는 여전하구나 싶어서……."

"흥!"

"뭐 마실래? 일단 주문부터 하자. 그다음에 계약 조건이랑 서류 보여 줄 테니까 검토해 보고 질문 있으면 대답해 줄게."

 둘 다 달달한 걸 좋아해서인지 캐러멜 마키아토로 시킨다. 그다음엔 나는 늘고 온 가방에서 서류를 꺼내 건네주었고, 미래는 천천히 위에서부터 읽어 나가기 시작한다. 쟤는 여전히 꼼꼼하구만. 나보다 더 오랫동안 회사 일을 했으니 검토는 문제없겠군.

"야, 이거 뭐야? 지부 공학계 담당이라니, 나 분해 스킬이

평화의 담뱃대를 돌리게나(Pass the peace pipe) • 211

랑 감정 스킬은 안 찍었어. 너랑 현마랑 대재앙 때 살아남느라 사격이랑 에너지 공학만 찍었잖아."

"아! 그거. 그냥 네 직책이야. 우리 길드 공학계 많아서 너한테 분해 안 시킬 건데? 대신 적합자이면서 던전을 안 보내려면 그 직책명을 써야 하거든. 윗선에는 다 설명해 놨어."

"흐음… 그러면 되고, 구체적으로 내가 할 일이 뭔데?"

"으음~ 우리 길드 지부 2팀의 사무 보조와 각종 서포트를 부탁할 거야."

"너무 두리뭉술한데… 뭔가 이상한 거 시키는 거 아니야?"

감 하나는 좋군. 내가 미래를 영입하려는 이유는 이토록 기가 센 그녀에게 망할 공학계 자식들의 조련을 맡기려는 거다. 사실상 업무는 인원 관리라고 볼 수 있다.

"너한테 이상한 거 시킬 게 어디 있냐?"

"미안하네! 색기도 뭣도 없는 여자라서!"

'아니, 색기는 충분하지만 문제는 그 입이지. 그리고 다리 꼰 채 물을 벌컥벌컥 마시지 마.'

진짜 친구로서 걱정된다. 21살이면 아직 어리긴 하지만 저 성질머리를 고치지 않으면 큰일인데 말이지. 어쨌든 업무 부분은 대강 넘어갔다. 어차피 던전을 가지 않는 적합자인 이상에야 할일이 많지 않았기 때문이다.

"더구나 네가 뒤통수 칠 그런 성격도 아니고 말이지."

"그거 칭찬이냐? 욕이냐?"

"흥! 알아서 생각해, 바보. 그래서 여전히 그 애랑은 같이 사는 거야?"

세연이 이야기인가? 이제는 엄연히 각방을 쓰고 있다고 말해야지. 사실이기도 하고, 대신 세연이는 잠을 안 자도 되는 체질이기에 밤새도록 남은 일을 열심히 해 준다.

"아니, 이젠 안 쓰지. 지부 건물에 기숙사도 딸려 있거든~ 아, 너도 회사 기숙사 들어올래? 넌 정규직이니까 방세는 안 내도 되고, 전기세랑 수도세 정도면 될 거야."

"이제 완전히 지부장이네. 흐음~ 그 바보 멍청이, 학교에 숙박료 내고 잠만 자던 강철이 대기업 지부장인가~ 선생님이 살아 계셨으면 기겁하셨겠네."

"뭐야? 갑자기?"

"그냥 옛날 생각이 나서 말이야. 자, 계약서. 사인이랑 다 했으니까 됐지?"

갑자기 웬 옛날이야기야? 하긴 이미 계약도 끝냈고, 나도 쉴 시간이 부족했기에 이렇게 한숨 돌리는 건 좋았다. 지금 돌아가 봐야 또 청문회 준비한다고 서류나 뒤적일 테고, 저녁 먹고 난 이후에는 영국으로 소환 요청해서 날아갔다 와야 한다. 아, 그럼 아예 저녁 먹을 때까지 미래랑 놀까?

"음… 미래야, 이거 계약 다 하고 난 다음에 할 일 있냐?"

"아니, 나 지금 전의 회사 나와 있는 상태라 없는데? 진짜~ 회사 그만두고 잠을 많이 잘 수 있으니 행복하더라."

"그 회사, 용케도 널 놔줬네."

"뭐, 그거야 연봉도 연봉이지만 어차피 길드잖아. 딱히 동종 업계나 회사도 아니고, 기술 개발하는 회사랑은 다른 길을 가니까 상관없다고 했지. 근데 왜?"

몬스터 사냥을 주로 하는 길드와 기업은 같은 적합자 관련 업종이지만 세세히 파고들면 다른 길이다.

공학계라고는 해도 미래가 주로 담당하던 건 에너지 개발 부서로 새로운 에너지 자원 개발을 주로 하고, 지금 그녀가 들어오는 우리 길드의 자리는 일반 사무직이었다. 애초에 그녀가 원래 하던 개발의 기술을 유출 받아 봐야 우리에겐 전혀 소용이 없다는 말이다.

"아, 그냥 좀 놀자고. 하하하. 요즘 일에 치여서 죽을 것 같아. 이거 다 끝나고 돌아가도 서류의 산이 기다리고 있고, 그러니 좀 놀아 주세요. 너랑 있으면 일단 놀 수 있는 구실이 생기거든."

"하아~ 너다워서 할 말이 없다. 예전에도 그랬잖아. 야자 뺄 때도 맨날 나한테 핑계 대게 만들고… 흥! 넌 어째 어른이 돼도 똑같냐?"

부끄러운 과거를 되씹게 만들다니, 제길! 챌린저를 찍기 위해 늘 야자를 빠지려 발악하던 과거가 생각난다.

정말 별별 수단을 다 썼지. 화장실 창문에서 뛰어내린다던가, 택시를 불러 놓고 미션 임파서블처럼 빠져나가서 탄다거나~ 으으! 급격한 부끄러움에 열이 오른다. 과거를 떠올리니 부끄럽군.

"그, 그건 너도 마찬가지잖아! 여자면서 조신함이 하나도 없고! 와왁 소리 지르고! 성질 더럽고! 그래서야 어디 시집은 가겠냐?"

"나, 남이사! 그러는 너는… 너는……."

"하하하! 나는 이래 봬도 언제든 부르면 어울려 줄 여자가 셋이나 있다고! 하하하! 모태 처녀야!"

"세엣? 이 짐승! 잠깐만? 한 명은 세연이라고 치고, 둘은 또 어디서 난 거야? 이 짐승아!"

그 단어, 그런 의미로 쓰는 게 아닐 텐데? 아니, 나 엄연히 괴수 특성이니까 틀린 말도 아닌가? 이럴 때가 아니지. 보자 보자 하니까 사람을 쓰레기로 만들고 있어! 그나저나 나도 모르게 지고 싶지 않다는 생각에 두 사람을 집어넣었어.

"아, 아냐! 그러니까 나머지 둘 다 직무상으로 만난 사람들이고, 그러니까 뭐지? 아악! 미치겠다!"

"그러고 보니 너 학교 다닐 때도 이상하게 여자랑 인연이 많던데 여전하네."

"에이, 무슨 말도 안 되는 소리야. 겜 덕후에 폐인에 맨날 수업 때 잠만 자는 놈이 무슨… 하하하!"

평화의 담뱃대를 돌리게나(Pass the peace pipe) • 215

그런 일이 있었던가? 하고 기억을 되짚어 봐도, 고등학교 때 내 추억은 랭크 게임 최고 등급인 챌린저에 딱 올라간 그 순간이 가장 빛나고 있었다.

그날 밤 있는 돈 없는 돈 다 털어서 피시방에 있던 아저씨들에게 라면 싹 돌렸지. 그 외에… 보자, 여자랑 어울리던 기억이 있던가?

"하아~ 도대체 이런 멍청이를 왜 좋아하는 건지 이해를 할 수가 없단 말이야."

"뭐야? 어쨌든 시간 있으면 놀러 나가자. 영화든 뭐든 내가 다 쏠 테니까~"

"바보!"

뭐가 또 바보야? 참 내. 어쨌든 미래는 상대하기 편해서 좋다. 세연이는 너무 적극적이고, 엘로이스 씨는 너무 우아하고 정중해서 어울리기 힘들고, 세르베루아 양은 뭐랄까 펫을 다루는 느낌이고, 성아는 아직 많이 어울리지 않았지. 아, 그러고 보니! 걔 어디 갔으려나? 혼자 방에서 처박혀 있으려나?

"넌 금세 다른 생각 하냐?"

"어? 지부에 길드원 때문에. 미안."

"흐음~ 뭐, 너는 이상하게 책임감 하나는 실하니까. 힘들겠네."

"하아~ 지부장 같은 거, 처음부터 하고 싶지 않았는데.

내가 영어만 제대로 할 수 있었으면 영국 본국으로 갔겠지만 말이야."

"그, 그건 좀······."

응? 갑자기 미래의 텐션이 낮아진다. 뭐야? 나 또 거슬릴 만한 말을 했나? 갑자기 고개를 돌리고 있네.

어쨌든 기왕 얻은 휴식, 뭘 할까? 지금 시각이 오후 2시니까 앞으로 한 4시간은 여유가 있다.

"역시 만만한 게 영화지."

"게임방이라고 말했으면 죽일 거였어."

"게임은 안 돼. 온라인 게임은 뭐든 들어가면 다 들킨단 말이야. 젠장! 세연이도 그렇고, 엘로이스 씨도 너무해. 내 오아시스를! 흑흑."

내가 하는 게임 전부! 한 달간 동거하던 세연이가 알아 버려서인지 어느새 엘로이스 씨랑 공유해서는 내 취미 생활의 공간을 막아 버리고 있었다.

더구나 계약하러 간다고 나와 놓고 게임에 접속하면 백방! 난리 칠 게 분명했다. 지부장이라는 직책이니 땡땡이치면 치는 대로 엘로이스 씨도 엄하게 대하니까 말이야.

"풉! 좋은 사람들이네! 나도 못 고치는 네 게임 중독을 고쳐 주다니."

"딱히 게임 중독 아니거든? 애당초 떳떳한 직장도 가지고 돈도 잘 버는데 왜 게임 좀 한다는 이유만 가지고 날 병자

평화의 담뱃대를 돌리게나(Pass the peace pipe) • 217

취급하는 건지 모르겠단 말이야."

"PC방을 가기 위해 야간자율학습을 도망친 네 전설들을 들으면 중독이 아니라고 할 수가 없을 텐데? 그 있잖아. 3층에서 뛰어내린 일도 있고, 분신술이라고 하면서 체육복을 모래주머니로 채워서 사람 형상을 만들어 두고 도망갔다던가, 전례 없는 또라이 짓들 천지였지. 아마 학교의 전설로 남아 있을걸?"

"그, 그때는 어쩔 수 없었다고! 시즌 종료가 코앞인데! 챌린저를 가야 했단 말이야!"

"그게 중독이라는 거야! 멍청아!"

"주, 중독은 아닌데! 끄으."

제, 제길! 반박할 수 없는 자신이 슬프다.

가슴이 쓰리군. 아직도 추억하고 있는 젊은 시절의 과오가! 이게 흑역사의 고통인가?

"하아… 어쩌다가 이런 바보를 좋아하게 된 건지."

"어? 지금 뭐라 했어?"

뭔가 나에 대해서 중얼거린 것 같은데 추억에 잠겨 못 들었지만 뭐, 별거 아니겠지. 그보다 영화~ 영화~! 제일 번화한 1구역답게 영화관도 꽤 가까웠다.

도착한 우리는 포스터들을 보며 뭘 볼지 고민한다.

"아, 아냐! 멍청아! 그럼 영화 뭐 볼 건데?"

"그냥 무난한 액션 블록버스터 같은 거 어때?"

"여자를 데려와서는 그런 걸 보려고?"

"그치만 너도 좋아하잖아. 쾅! 쾅! 콰직! 부와앙! 같은 거. 예전에도 헐리웃에서 만든 로봇물 보고는 나한테 부하 역할 시키곤 '또 날 실망시키는구나! 스타스크림.' 하면서 날뛰었잖아. 난 그거 연기하느라 굴러다녔고 말이야."

"끼야아아악! 여자의 과거를 들추다니! 변태 아냐?"

"너부터 시작했잖아!"

그래서 결국 옥신각신하다가 프랑스에서 나온 로맨스 영화를 보게 되었는데… 와, 음악만 들어도 졸린다. 더구나 무드 깬다고 팝콘도 못 사게 하고, 콜라만 사 들고 왔는데 이거 어떻게 잠을 참나?

"…으윽!"

"하아~ 벌써 졸리냐?"

"아, 아냐! 안 졸려! 안 졸린다고!"

"야, 영화관 안이잖아. 조용히 해."

미래 이 녀석, 자기가 보자고 해 놓고는 영화 시작 10초도 안 돼서 졸린 눈이다. 에휴, 이 바보 같은 여자야. 네 취향은 내가 다 알고 있거늘! 어째서 무리한 거야?

"지금이라도 나가서 딴 거 볼래? 재미없는데 시간 낭비 말자."

"아, 아냐. 나 괜찮아. 그냥 보자고."

"에이, 네 취향 아닌 거 아는데. 표 값보다 시간이 중요하잖아."

"그냥 보자고……."

왜 이래? 그렇게 보고 싶었나? 로맨스 영화가? 음… 뭐, 학생 때랑은 다르니까. 미래의 생떼에 난 고개를 끄덕이고는 그냥 보기로 했다.

영화는 2차세계대전 직전 시대 프랑스를 배경으로 한 로미오와 줄리엣 식 스토리로, 부모가 서로 적대하는 귀족 가문에서 태어난 남자와 여자가 주인공이었는데 남자 쪽 가문에서 여자에 대한 마음을 버리게 하기 위해서 남자를 2차세계대전의 병사로 보낸다.

'근데 이상하네. 분명 프랑스는 저때 혁명 성공하지 않았나? 왜 귀족 가문이지?'

영화라면 영화다운 오류와 함께 나름 남성층도 지루하지 않도록 전쟁 장면도 심심치 않게 보여 줘서 견딜 만했다. 그리고 이게 해피엔딩일지 배드엔딩일지도 살짝 궁금해져서 집중해서 보기 시작했다. 하나 더 만족스러운 거라면 금발 여배우 가슴이 커서 집중도가 올라간다. 저 가슴은 반칙이지.

"코오……."

"내 너 이럴 줄 알았다. 에휴……."

"처라, 철아……."

도대체 뭐 때문에 내 이름까지 불러 가며 자는지는 모르지만 결국 비싼 시간 들여서 잠자러 온 게 되었군. 이럴 거면 순순히 크레이지 맥스 같은 신나게 쾅쾅 터뜨리는 액션이나 볼 것이지. 일단 깨우자.

"야, 일어나. 여기가 여관방이냐?"

"어음? 아! 아차차, 벼, 별로 안 졸았어. 쭈웁… 쭈웁… 꿀꺽."

"야, 그거 내가 먹던 콜라야. 너 아직 잠이 덜 깼냐?"

"으, 읍! 우웅! 우웅!"

투닥투닥.

야, 왜 때리는 거야? 내가 먹던 콜라에 손댄 건 너면서. 그리고 기분 나쁘면 내 빨대에서 입 뗄 것이지, 끝까지 쭉쭉 빨아 마시고 있네.

"바보, 바보, 바보!"

"야, 아파. 그리고 넌 바보밖에 말 못하냐?"

"시, 시끄러."

원래라면 좀 더 심한 소리 했을 텐데? 이상하긴 하군.

병신아! 등신아! 이상으로 심한 욕도 했을 텐데 '바보' 같은 가벼운(?) 욕이라니, 조금 귀엽게 볼 뻔했잖아.

결국 자신의 행동이 총체적으로 부끄러웠는지 고개를 푹 숙이는 미래였다.

'우리 지금 영화 보러 온 거 아니었나? 이게 뭐하는 짓이래. 뭐, 나야 정신적 환기가 돼서 좋았지만 말이야.'

평화의 담뱃대를 돌리게나(Pass the peace pipe) • 221

"뭐야? 왜 변태 같은 미소를 짓는 건데? 서, 설마 너 내가 네 콜라 마셨다고 해서 이상한 생각하는 거 아니겠지?"

"네 머릿속이 더 궁금하다. 영화나 마저 보자. 해피인지, 배드인지 궁금하단 말이야. 넌 쿨쿨 자느라 못 봤겠지… 우욱!"

아오, 왜 남의 입은 막고 난리야. 게다가 이거 네가 먹던 콜라 컵이잖아! 야! 뭐, 입을 대진 않았다 쳐도 제복 안 셔츠 속으로 흘러들어가서 기분 나쁘다.

"아, 미안해. 나, 나도 모르게 잤다고 하니까… 다, 닦아 줄게."

"너 그런 거야 한두 번이 아니니까 난 상관없는데, 내가 해도 되는데……."

"있어 봐. 아, 어떡해……."

손수건을 꺼내서 내 목과 쇄골 쪽을 닦아 주는 미래.

뭐랄까? 이렇게 보면은 또 평범한 여자애 같아서 귀엽기도 하고, 이젠 여자의 향기가 진하게 느껴지고 있었다. 아, 아냐! 여자의 향기는 무슨! 이, 이건 그냥 향수 냄새라고!

결국 그 이후 나도 영화에 집중 못해서 다시 보니, 이미 연합군의 파리 해방과 함께 두 사람이 개선문에서 포옹하고 키스하는 장면으로 끝난다.

"결국 영화는 보지도 못했네."

"네가 그런 잠 오는 영화 보자고 해서 그렇잖아."

"미안."

"됐어. 나도 덕분에 오랜만에 마음 놓고 쉴 수 있어서 좋았으니까. 그리고 출근은 다음 주 월요일부터 하면 돼. 숙소는 안 쓸 거지?"

"응. 집에서 다니니까. 그, 저녁은 같이 못 먹는 거야? 우리 부모님도 너 오랜만에 보고 싶어 하던데……."

아, 미래네 부모님인가? 거의 1년째 못 뵙긴 했지. 그러고 보니 성공하고 나서 안 온다고 서운해하시겠네. 이거도 날 잡아야 하나. 미쳐 버리겠군.

"어. 길드 지부 돌아가서 계약서 낸 다음에 곧장 영국 가야 돼서, 밥은 가면서 먹여야 할 판이야. 너희 집 가는 건 나중에 한 번 시간 잡을게."

"응. 그, 그럼……."

"월요일 날 보자. 아, 오자마자 내 사무실로 와야 돼."

"응. 나중에 보자."

왠지 기분이 좋아서 미소 짓는 미래에게 인사한 뒤 헤어졌다. 아! 정말 기분 좋네. 이제 돌아가서 옷 갈아입고, 보고서 낸 다음에 영국행이로군. 정기검진도 받고, 세르베루아 님과 만나서 새로운 스킬을 나에게 익히게 해 줄 수 있는지 물어보고 토의하는 스케줄이다. 뭔가 득이 있었으면 좋겠는데…….

"어라? 세연아, 왜 그런 눈이니?"

평화의 담뱃대를 돌리게나(Pass the peace pipe) • 223

"……."

세연이의 눈이 푸른 불꽃으로 빛나기 시작한다. 무표정이지만 눈빛으로 보아 화가 났다는 걸 알 수 있었다. 왜 그러지 싶었는데, 세연이는 자신의 인터페이스를 열더니 무언가를 나에게 던진다.

〈밴드 리스트〉

Lv.45 쇠돌이-드래고닉 레기온 한국 지부 입구 메시지 : 아, 바빠 죽겠네.

Lv.46 레저스-일본 아키하바라 메시지 : 일본 갔다 옵니다.

Lv.43 머라우더-H 전자 본사 건물 메시지 : 신입 탱커 누구로 해야 하나?

"이, 이게 왜?"
"미래 언니랑 계약 끝나고, 어디 갔어?"
큭! 여자란 왜 이렇게 난감한 생물인가? 이미 밴드 시스템창으로 내 움직임을 알아차렸으면서 나에게 압박을 주다니!
"그냥 영화 한 편 보고 왔어. 그게 그리 화날 일이냐?"
"미래 언니랑?"
"어, 둘이서 그냥 재미없는 영화 봤어. 젠장, 걔는 영화 보다 잘 거면서 왜 그런 걸 보자고 했는지."

"흐음."

"뭐, 땡땡이치고 영화 본 건 미안한데 나 이대로 영국 가야 하니까 숨 좀 돌려도 되잖아. 청문회 준비는 맨날 할 필요도 없다고. 그러니 그 눈에 불 들어온 것 좀 꺼라. 무섭다. 내가 미래랑 무슨 일이 있을 리가 없잖냐."

그제야 화가 풀리는 건지 푸른 불꽃이 사라지는 세연이였다. 이거 살 떨려서 살겠나. 진짜로 이러다가 식칼 맞는 거 아닌지 고민이다. 아니지, 미래랑 바람피운 게 아닌데 내가 왜 이렇게 무서워해야 하는 거지?

"어쨌든 나 바로 옷 갈아입고 영국 가야 하니까~"

"그럼 아저씨, 오늘 밤 못 와?"

"아마~ 그리고 내일 아침쯤에 와서 오전에 자고 오후에 출근해야겠지."

낮과 밤도 어긋나고 힘든 일상이다. 이렇게만 보면 완벽한 한국인 근무자군. 낮과 밤 없이 이리저리 불려 다니니까 말이다. 사실 우리 길드에선 나만 이렇게 바쁘지만.

그렇게 혼자 생각하고 있는데 세연이가 내 손을 잡고 날 바라보며 말한다.

"그럼, 오늘 밤 아저씨 방에서 지내도 돼?"

"나 없는데?"

"다른 길드 사람들도 나갔고, 일도 다 했는데 혼자 있으려니 외로워서. 하다못해 아저씨 방에서 지내면 덜 외로울 것 같으니까……."

"큭! 알았어."

혼자 남으니 외롭다는 걸로 내 양심을 찌르다니, 제법이군. 더구나 미래랑 영화 보러 갔다는 거에 화났으면서도 추궁 안 한 것도 있고, 이건 거절하기 힘드네.

어쩔 수 없다는 듯 내 방의 비밀번호를 알려 준 뒤, 방으로 돌아가서 옷을 갈아입고 세르베루아 님에게 전화를 걸어서 소환 요청을 한다.

(아, 예. 지금 바로 소환 요청할게요. 오랜만에 만나겠네요. 후훗~)

"예이."

['세르베루아 님'이 소환 요청을 하셨습니다. 승낙하시면 '영국-드래고닉 레기온 본부'로 이동합니다.]

역시 편하다니까! 비행기로 수십 시간이나 걸릴 영국행이 단숨에 소환 한 번으로 끝난다.

내가 간 시각은 서울에서 오후 6시지만 영국으로 오니까 오전 10시였다. 눈이 따가울 정도다. 소환된 곳은 드래고닉 레기온의 본부인 성 드래고니아였다. 자세한 위치는 보안 때문에 나에게도 불명이었지만, 어쨌든 산으로 둘러싸인 이 성의 공기는 서울과 달리 매우 신선했다.

"후아~ 안녕하세요? 하하."

"강철 니임~ 오랜만이에요."

"오셨습니까? 주인님."

"오랜만에 보니 반갑군요, 미스터 아이언."

날 맞이해 주는 건 세 사람이었다. 마스터 지크프리트, 세르베루아 양, 엘로이스 씨. 그나저나 엘로이스 씨는 거의 비행기로 타고 가자마자 날 맞이하는 걸 텐데 여독을 풀고 오는 게 낫지 않나 걱정이 된다.

"주인님의 신변을 모시는 것은 메이드로서 당연한 일입니다."

"에이, 그래도 한숨 자고 나오지. 쉬다가 와요. 오늘 한 12시간 정도 머물다가 갈 거니까 좀 주무셔도 돼요."

"그럴 수는 없습니다."

"내일 또 비행기를 타셔야 하는데 걱정돼서 그래요. 주인에게 걱정을 끼치는 메이드는 실격이나 다름없죠? 네? 누나?"

"윽! 알겠습니다. 쉬고 오도록 하겠습니다."

음, 이거 누나라는 말이 엄청 잘 먹히네. 엘로이스 씨는 얼굴을 붉히더니 나에게 인사를 하고 사라진다. 그 광경에 지크프리트 씨와 세르베루아 양이 엄청 놀란다.

"오! 세상에! 냉혹한 천사, 심판의 천사라서 세라프라 불리는 엘로이스를 조교하다니! 대단합니다, 미스터 아이언!"

"저도 그녀의 저런 모습 처음 봐요. 어, 어떻게 하신 거예요?"

어떻게 하긴 뭘 어떻게 해? 그냥 평범하게 대하니까 저렇던데? 나로선 이분들의 반응이 더 이상하다고 느껴질 따름이다. 때론 엄하지만 상냥한 누나 같은 엘로이스 씨인데 무슨?

난 어이없다는 얼굴로 둘을 바라보았고, 어쨌든 일부터 진행시켜야 한다는 생각에 말을 바꾼다.

"우선 정기검사부터 받도록 하죠. 오늘 할 이야기도 많을 테니 성 밖에 따로 식사 자리를 마련하지요."

"예. 하아~ 기, 기왕이면 메뉴 선정을 좀 잘해 주세요. 하하."

"하하하! 예전의 느끼하시던 그거랑은 다를 겁니다. 걱정 마십시오."

"정말 그랬으면 좋겠네요."

그렇게 다시 저번에 갔었던 지하 연구실로 향하며 난 지크프리트에게 근황을 하나하나 이야기하기 시작했다.

우선 길드의 인원을 모두 모았고, 순조롭게 레벨 업을 하고 있다는 소식부터 알린다. 구성원과 조합은 이미 보고서로 알렸지만 구두를 통한 분위기 파악과 소통도 중요했기 때문이다.

"길드원들의 던전 보고서는 흥미롭게 봤습니다. 그 아틸러라이저(Artillerraiser)와 다크&카오스 나이트, 데스 나이트와 마지막으로 당신 저거노트. 새로이 꾸려진 길드에 레어 클래스가 넷 다 모두 대단한 OP(Over Power) 클래스라서 미스터 아이언의 인재 복이 얼마나 큰지 알 수 있었습니다."

"인재 복이라니, 그냥 우연이지요."

"정말 한국 길드들은 안타깝기 짝이 없군요. 이만큼 가능성이 큰 인재를 하나도 아니고 넷이나 놓치다니. 저희 길드로선 이득이지만 말입니다."

"하하하."

사실 성아(아틸러라이저) 빼고는 셋 다 탱커 기반이라서 탱커를 사회 발전의 희생으로 삼은 한국 사회에서는 애초에 발굴이 불가능한 인재지. 나 자신은 인재라고 하기엔 좀 미묘했지만, 다른 진서 형님이나 세연이는 충분히 사기 클래스의 면모를 보여 주었다.

"특히 흥미로웠던 건 세연 양입니다. 설마 언데드 군단을 스스로 일으켜서 싸울 수 있었을 줄이야."

"원래는 그럴 생각이 아니었다고 했는데, 어째서인지 알 수 없지만 사령술 트리를 타겠다고 하더군요. 뭔가 감을 잡아서 그런 것 같습니다. 다크&카오스 나이트 쪽은 한 번 슬럼프가 있었지만 지금은 아이템 세팅으로 극복했고요."

"흠, 말 그대로 순풍에 돛단배군요. 그 여쭙고 싶은 게 있습니다만, 최근 스캐빈저 토벌에서 지부장이면서 일대일 결투를 하셨다고 들었습니다. 지부장이라는 위치와 리더라는 자각이 없는 게 아닐지 조금 우려스럽습니다만?"

웃으면서 이야기하지만 말은 차가운 칼날 같군. 이른바 '지금 자신의 위치를 망각한 거 아닙니까?'라는 이야기다. 스캐빈저 토벌 자체는 나쁘지 않았지만 내가 일대일로 PVP를 했다는 게 문제였다. 즉, 이제 장수가 아니라 지휘관이니 마음대로 설치지 말라는 소리다. 음, 반박을 할까? 그냥 수긍하고 말까? 당연히 반박이지!

"하하, 저도 승산 없는 싸움은 하지 않습니다만. 더구나 상대 리더의 기세를 꺾는 것도 중요하죠. 보고서에서 보여드렸듯이 상황적으로 봐도 무조건 이길 싸움이었죠. 거기에 직접 나선 것은 상대가 레전드리 〈액티브-여래신장(如來神掌)〉을 지니고 있었기에 가장 단단한 제가 싸움에 나선 겁니다."

"보고서에는 골절이 9개가 넘는다고 나왔습니다만?"

"하하하하! 저, 저니까 중상으로 끝났죠. 하하하하!"

웃음으로 얼버무린다. 근데 사실 내가 우리 길드에서 체력도 제일 높고, 물리와 마법 방어가 가장 높은 건 사실이다.

더구나 이제야 안 사실이지만 그 여래신장은 망할 스캐빈저에게 어울리지 않는 '성(聖)' 속성 공격이라서 세연이나 진서 형님이 맞았으면 형체도 없이 사라졌을 스킬이다. 결국 내가 맞았으니 다행이라는 거다.

"흠, 다음부턴 주의해 주세요. 그나저나 그 전설 스킬 보유자인 그는 어떻게 되었습니까?"

"어떻게 되긴요? 죽였죠. 그래도 스캐빈저로 상당히 사람들 등쳐먹었던 개새끼인데요."

"뭐, 악인(惡人)은 참(斬)해야 제맛이지만요."

"한자어 상당히 잘 쓰시네요, 지크프리트 씨."

"이래 봬도 바람의 검심 전권, DVD를 모두 가지고 있습니다. 일본어도 그것 때문에 배운 거죠."

어쩐지 〈액티브-악룡파멸참〉을 혀도 한 번 안 꼬이고 잘 외치시더라. 이렇게 보니까 나중에 유카타라던가, 전통 의상 입고 나오는 거 아니야? 이 아저씨!

이렇게 떠들다 보니 벌써 연구소군. 전에 보았던 연구원 월터 씨도 날 반겨 준다.

"오랜만입니다, 저거노트 씨. 정기검진 받으러 오셨죠? 우선 그동안 이변 사항이 있는지부터 말씀해 주세요."

"이변이라."

이변이라면 있지. 상처에서 털이랑 비늘이 튀어나온 것도 있고, 마스터 스킬들을 풀어 보니까 외부에 장비가 한 세트씩 더 붙는다는 것. 월터 씨에게 이것을 다 말하자 그는 깜짝 놀란다.

"털이랑 비늘요?"

"예. 그러니까… 씻다가 보니까 털이랑 비늘이 튀어나오더라구요."

"그 표본이라던가, 몸에서 나온 걸 가지고 계십니까?"

"아, 지금은 아니요. 샤워하다가 나온 거라. 그냥 버렸지만 어쨌든 사실입니다."

그는 철저히 메모하고, 사실을 적어 둔다. 음, 나중에 또 나오면 갖다 드려야겠군.

"흠, 저번 검사 이후 방패를 꽤 오랫동안 빼고 다니셨나요?"

"뭐, 그렇죠. 자주 빼고 다녔죠. 상승한 능력치에 익숙해져야 한다고 해서서 말이죠."

"레벨 업은요?"

"길드 지부원들을 돌보느라 제 레벨 업은 하나도 못했네요. 대신 경험치가 이제 78퍼센트라서 곧 1레벨 업하겠군요."

"그러면 새로운 스킬 때문에 벌어진 일은 아니라는 거군요. 특별히 이상한 장비를 얻거나 누군가의 스킬로 저주, 약품 공격 같은 걸 받은 적은?"

"없습니다."

역시 연구진이라서 그런가? 질문이 엄청 꼼꼼하군.

새로운 장비라곤 해도 인증받은 PVP 중갑 세트로 세연,

나, 진서 형님 모두 같은 걸 찼으니 해당 사항이 없다. 저주나 약품도 딱히 디버프 뜬 게 없으니 무효고. 역시 문제는…

"방패 해제로 인한 저거노트의 패시브 특성들이 발휘되기 시작하는 것 같네요."

"뭐, 저도 그런 것 같습니다."

"그러면 미스터 아이언이 점점 괴수와 같은 모습으로 변한다는 건가요?"

"어머~ 그럼 알프스에 친구가 늘어나겠네요."

세르베루아 양만 이상하게 좋아하고 있었고, 나를 포함한 세 사람은 심각했다. 즉, 나는 인간이 아니라 점점 괴수로 변하고 있었다. 그 완성 형태는 짐작 못하겠지만 말이다.

비늘과 털이 동시에 있는 생물이라? 비늘은 어류, 파충류, 조류에게서 나타나는 특성이고, 털은 포유류의 특성이다. 물론 조류의 깃털도 털이긴 했지만 나에게 난 것은 긴 직모다.

"즉 포유류, 어류, 조류, 파충류, 어떤 걸로 갈지 갈피가 안 선다는 건데……."

"아니죠, 미스터 아이언. 동방의 용(龍)이 있잖습니까!"

"아, 확실히 용은 비늘과 털인 용염(龍髥)을 같이 가지고 있네요. 어쨌든 결론은 제가 어떻게 하면 됩니까? 방패를 계속 차고 싸워야 할까요? 아니면 힘에 적응할 수 있도록 싸울 때는 빼야 할까요?"

평화의 담뱃대를 돌리게나(Pass the peace pipe) • 233

내 질문에 월터 씨는 이때까지 적은 사항을 보면서 고민한다. 음, 이때까지는 저거노트의 포텐셜에 익숙해지기 위해서 방패를 빼라고 처방했지만 상황이 변했다. 내가 인간의 모습을 잃을지도 모르는데 말이지. 아니, 이성이 남아 있을 거라는 보장도 없다.

"어째서 이런 특성을 지닌 클래스가 되었는지 모르겠군요."

"하아~ 결국 난 망클인가?"

"아, 아니에요. 여차하면 저와 계약을 맺었으니 알프스에 거주하실 수도 있고, 암컷 비룡도 소개시켜 드릴 수 있어요."

세르베루아 양, 그거 전혀 위로가 안 됩니다만?

어쨌든 괴물, 괴수 특성인 내 성장에 비상이 걸린 게 문제다. 그렇다면 비상시가 아니면 다시 방패를 끼고 싸우는 게 나으려나? 최소한 스킬의 해석을 할 수 있게 되는 〈패시브-몬스트러스 크리처 아이〉를 얻고 난 다음 스킬을 모두 해석한 뒤 하는 게 좋을 듯했다.

'흠, 이래서야 공격 스킬을 얻으러 온 것도 헛수고려나?'

"우선 혈액 채취와 X-레이 등 검진부터 시작하죠."

"예. 그래야겠습니다."

그렇게 약 1시간, 혈액부터 해서 전신 스캔까지 포함한 종합 검사를 끝냈다. 그리고 결과는 저녁 이후에나 나온다고 월터 씨가 말했기에 연구소를 나온 난 이제 별도의 용무를 보기 시작했다. 바로 세르베루아 양에 대한 업무.

"아~ 스킬 말씀이신가요?"

"예. 헌터, 포레스트 가디언, 데몬 테이머 등… 각종 테이밍과 소환계 직업은 소환수 강화 이외에도 소환수에게 특별한 기술을 전수할 수 있다고 알고 있습니다. 즉, 로드 오브 드래곤인 세르베루아 양도 엄연히 소환수 취급이 가능한 저에게 무언가 전수 가능한 기술이 없습니까?"

당연한 이야기다. 소환수를 사용하는 직업들은 소환수의 강화뿐만이 아니라 다양한 소환수를 사용하기 위한 기술을 가르쳐 줄 수도 있다. 그렇기에 소환수들을 위한 스킬북도 존재하리라.

"음~ 물론 강철 님 말씀대로 가능하긴 합니다만, 필요하신가요?"

"그간 너무 퓨어 탱커이기도 했고, 저희 지부 딜러들이 다 만만치 않아서 이리저리 공격 스킬 하나둘 정도 필요할 것 같아서요. 제 도발 스킬 쿨 다운이 13초인데 그거보다 더 폭딜이 들어가니 딜 스킬이 필요한데, 알다시피 지금은 맹약 버프로 지능이 B+(0.9계수) 랭크까지 올랐지만 마력이 제로라서 익힐 수 있는 기술도 없고……."

무투가 계열 기술이든 마법이든 전부 다 기(氣)와 마력을 기반으로 한다. 즉, 마력 없음인 나는 그쪽 관련 스킬들을

평화의 담뱃대를 돌리게나(Pass the peace pipe) • 235

배우지 못한다. 그 외 체력 코스트라던가 쓸 수 있는 스킬북을 찾아보지만, 제대로 쓸 만한 것들이 보이지 않았다. 그래서 결국 왔는데…

"보자, 강철 님은 속성 판정이 '드래곤&괴수&혼돈'으로 나오거든요. 이 타입에게 제가 가르쳐 줄 수 있는 기술이 많네요."

"많다구요?"

"아, 그런데 필터링 한 번 더 해야 하는구나. 마력 없음이어도 쓸 수 있는 기술은 많은데, 일단 다 보여 드릴게요."

"예에."

잠시 동안 인터페이스를 열어 이리저리 낑낑대더니 나에게 스킬 창을 하나씩 던져 주시는 세르베루아 양이었다. 오, 이거 많은데?

〈액티브-깨물어 부수기〉
설명 : 적을 물어 방어력 및 내구도를 감소시킵니다.
〈액티브-도발의 포효〉
설명 : 적의 공격을 자신에게 향하게 합니다.
〈액티브-광란(Rampage)〉
설명 : 근력, 민첩성이 각각 1랭크씩 상승하며 방어력이 30퍼센트 감소됩니다.

> ⟨액티브-그라운드 포스(Ground Force)⟩
> 설명 : 대지의 힘을 불러 상대를 공격합니다.
> ⟨액티브-드래곤 피어(Dragon Fear)⟩
> 설명 : 반경 5미터 내에 있는 대상들을 2초간 공포 상태로 만듭니다.
> ⟨액티브-드래곤 대시(Dragon Dash)⟩
> 설명 : 강한 힘으로 적에게 부딪친다. 드래곤 판정 공격
> ⟨액티브-석화의 응시⟩
> 설명 : 바라본 상대를 석화시킨다.

"아, 아직 안 끝났어요. 으샤, 으샤."

이거 한도 끝도 없이 나오네?

세르베루아 님이 던져 준 스킬은 모두 합쳐서 배울 수 있는 기술만 27개나 되었다. 이거 다 익힐 수 있기나 한 건가? 아니, 익혀도 문제인데? 이 많은 스킬들을 관리하고 다룰 센스도 아니라서 너무 많아도 소용이 없었다.

"세상에, 이거 다 배울 수 있는 건가요?"

"아, 아뇨. 소환수 레벨에 따라서 횟수가 한정되어 있어요. 소환수는 10레벨당 1개씩 스킬을 배울 수 있으니까 강철 님은 총 4개의 스킬을 배울 수 있는 거예요."

"4개도 감사한데요."

이거 생각해 보니 무시무시해지네.

내 자체 스킬뿐만 아니라 소환수 판정으로 추가 스킬을 가지게 되니까 저 〈액티브-도발의 포효〉를 생각해 봐도 난 도발 기술이 2개가 되어서 탱커로서의 안정성이 올라간다. 나도 충분히 OP군. 단적으로 같은 레벨 같은 직업이라고 쳐도 스킬을 10개나 더 얻을 수 있으니 말이다.

"더불어 소환수 스킬이라 전부 다 1레벨 마스터예요. 마스터 효과는 없지만요. 대신 공격 계수의 딜량은 나쁘지 않아요."

"이거 진작 이야기해 볼 걸 그랬네요."

"그치만 강철 님이 메두사 퀸 잡을 때 모습이 너무 임팩트가 컸고, 무지막지해서 저도 생각할 겨를이 없었어요."

"아하하하, 저도 생각이 안 났거든요. 근데 저 그때 다른 건 없었나요?"

내가 기억하지 못하는 메두사 퀸 레이드. 나 혼자서 잡았다고 하는데 정작 나는 어떻게 잡았는지가 기억나지 않는다. 다만 다들 말을 꺼리는 걸 보면 어지간히 난리쳤겠지. 그 모습을 보니 어땠는지 알고 싶기도 했다.

"다른 건 없고, 그냥 메두사 퀸을 무지막지하게 폭력을 가하시던데……."

"그렇군요. 아, 이 기묘한 폭주 조건이 되는 스킬을 알아야 하는데 답답할 노릇이네요. 참 문제가 많은 클래스네요."

스킬 설명도 못 읽어, 일정 능력치 이상 올라가면 정신을 잃고 제어 불가능한 폭주 상태가 되어 버리질 않나, 거기에 엎친 데 덮친 격으로 어떤 스킬이 문제인지는 모르지만 스스로를 괴수화(化)시키기까지 하니, 여러모로 자신의 능력을 쓰는 데 있어서 제한이 너무 많아 짜증 났다.

"그래도 그만큼 혜택이 있잖아요."

"뭐, 잃는 게 있으면 얻는 것도 있어야죠."

반대로 그 어떤 클래스도 능가하기 힘든 엄청난 오버 스테이터스, 그리고 마스터 스킬들로 소환해서 덧씌우는 추가 방어구 장착으로 스탯 증강과 추가 효과를 누릴 수 있으며, 마지막으로 소환수 스킬을 얻어 남들보다 더 많은 스킬을 추가로 얻을 수 있는 게 강점이었다.

'근데 방어 상성을 보면 명속, 용살인 이런 거에 약할 테니 철저히 정체도 감춰야지. 어우! 특히 지크프리트 씨를 적으로 두면 난 무조건 작살 날 거야.'

대 용족 최종 병기급인 지크프리트. 비슷한 바실리스크에게 61만의 데미지를 준 기억이 아직도 뇌리에서 잊히지 않았다.

어쨌든 지금은 세르베루아 님에게 추가 스킬을 얻는 게 중요하다고 생각한 난 그녀가 준 27개의 스킬 가운데 네 가지를 선택해서 습득한다. 익힌 스킬은 바로…

〈패시브-두꺼운 비늘〉

설명 : 마법 저항력을 높입니다.

〈액티브-단단해지기〉

설명 : 전신을 경화시켜서 물리 방어력을 올립니다.

〈패시브-전율의 응시〉

설명 : 바라본 대상의 공격력을 낮춥니다.

〈액티브-도발의 포효〉

설명 : 대상을 도발합니다.

"강철 님, 이거 전부 다 탱킹용 스킬인데요?"

"아차, 나도 모르게!"

 습관이란 진짜 무섭네. 나도 모르게 탱킹 스킬들만 정확하게 집어내다니. 그나저나 저거 진짜 아깝다. 끄응! 다 좋은 스킬인데. 다시 정신 차리고 하나씩 집자. 딜링, 딜링. 짱센 딜링 스킬. 이거다!

〈액티브-추격의 일격〉

설명 : 다음 공격을 무조건 명중시키는 버프를 겁니다.

〈패시브-역린(逆鱗)〉

설명 : 자신에게 걸리는 상태 이상 숫자 비율로 공격력 증가

나름 생각하고, 선택한 기술들이다.

추격의 일격. 민첩이 높긴 했지만 일반적으로 민첩 기반 딜러들은 회피율이 높은 만큼 딜링 스킬을 보조해 줄 수 있는 스킬이 하나 필요하다 싶어서 잡은 거고, 역린은 효과만 봐도 사기 냄새가 나서 바로 집었다.

난 원래 탱커니까 상태 이상도 잘 걸린다. 일전에도 막 9개, 10개도 걸린 적 있으니 이건 일발 역전으로도 좋고, 어쨌든 좋은 스킬이니까 집었다. 그리고 2개는!

〈액티브-얼티메이트 아머드 크래시(Ultimate armored crash)〉
설명 : 다음 공격을 자신의 방어력에 비례한 공격으로 바꾼다.
〈액티브-캘러머티 스트림(Calamity Stream)〉
설명 : 자신의 생명력을 대량(전체의 70퍼센트)으로 소모하여, 그에 비례한 매우 강력한 광역 마법 데미지를 준다.

"으음~ 좋았어. 물리 공격 하나, 마법 공격 하나, 밸런스도 좋고! 데미지도 좋고!"

특히 캘러머티 스트림이 제일 마음에 든다.

메커니즘 자체는 예전의 블러디 스트라이크와 같다. 체력을 소모한 공격이지만 이건 광역 마법 공격이다. 물론 코스트가 체력의 70퍼센트나 되는 점이 압박이었지만, 그만큼 데미지도 올라가니 더 좋다! 익히려면 이런 고져스한 걸로 익혀야지! 암! 그리고 물리 공격 기술도 탱커에게 딱 맞는 방어력에 비례한 물리 공격 기술이었고. 진짜 딱이야. 아주 좋아!

"크으! 강함에 취한다!"

"이렇게 보니 드래곤 나이트, 저거노트, 로드 오브 드래곤. 3인 팀을 구성하는 것도 좋은 것 같군요. 흐흠~"

지크프리트 씨는 내가 정한 스킬들을 보면서 서로가 서로에게 시너지를 주고 장점을 증폭시킨다고 말하고 있었다.

확실히 나, 지크프리트 씨, 세르베루아 양은 서로에게 이득을 줘서 클래스의 잠재력을 증가시킨다.

우선 나는 저거노트로서 드래곤 판정을 받아 지크프리트 씨의 '드래곤 탑승'이라는 조건을 채워 줄 수 있다. 예전에 그레이트 바실리스크 때는 많이 굴욕스러웠지.

'그리고 세르베루아 양은 드래곤을 테이밍해서 지크프리트 씨에게 제공. 나는 테이밍 형식의 맹약을 맺어서 스킬을 알려 줄 수 있고, 나와 지크프리트 씨는 세르베루아 양의 검과 방패가 되어서 싸우는 형태가 되는군. 어쨌든 이런 특성은 확실히 좋아. 나 혼자서는 못 얻을 스킬들을 이렇게 받

았잖아. 더구나 앞으로 레벨 업을 하면 더 많은 스킬을 얻을 수 있겠지?'

본래 내 클래스로는 얻을 수 없는 스킬들을 보충할 수 있다는 점이 얼마나 매력적인가?

흔히 상상하지 않는가? 검사가 마법을 얻으면? 또는 특정 캐릭터가 다른 캐릭터의 스킬을 1개만 가져와도 완전 OP 캐릭터가 되는 경우 같은 거 말이다. PC게임에 그런 게 많았지. 에디터라던가? 트레이너를 써서 사기 조합을 만드는 그런 원리다.

"정말 강철 님의 안목은 대단하시네요. 이 스킬들 전부 영웅 스킬 북으로, 일반적으로 얻기 어려웠던 건데 말이에요."

"에이, 영웅 스킬이라서 좋은 건 아니죠. 저에게 필요해서 택했을 뿐인데……."

"어쨌든 스킬을 가르쳐 드리기 위해선 소재가 필요하니까 좀 기다려 주세요."

"아, 그렇구나! 가르치는 데 소재가 필요한가요?"

"예. 이것들은 영웅급 스킬들이니까 전부 계산해 보면 드래곤 본 100개, 용의 비늘 30개, 드래곤의 피 3리터, 유황, 각종 보석류에 돈 1만 달러가 들어가네요."

뭐냐? 오벨리스크! 너 너무한 거 아니냐? 아니! 소재는 그렇다 쳐도 왜 스킬 익히는 데 현찰이 들어가? 소재 가격만 해도 천문학적인데! 세상에, 1만 달러라고? 이거 쉽게 익힐 거라고 안심했더만 그만큼 소재가 빡세네? 역시 현실은 만만치 않다는 거군. 제기랄!

"하아~ 이거 스킬 학원비 열라 비싸네요."

"저 소재의 양이면 관련 포션이나 이런저런 물건을 엄청 만드는 건 둘째 치고, 공급 처리하기엔 좀 힘들 것 같습니다만. 가뜩이나 미스터 아이언과 약 40만 달러짜리 계약을 맺어서 지출이 크다고, 길드 내부에서 불만이 엄청나거든요. 그런데 또 대량의 소재를 투자한다면 제 입장이 좀 난처해져서 말입니다."

음, 확실히 내 몸값부터가 비상식적이지. 지크프리트 씨는 납득한다고 해도 이 드래고닉 레기온이라는 조직이 납득하지 못할 것이다. 더구나 고작 4개의 스킬을 추가하겠다고 거금을 들이는 건 확실히 눈치 보이는군. 하지만 이 스킬들은 그만한 값어치를 하는 물건들이다.

"그럼 제 사비로 지불하죠. 어차피 1분기 분 계약금이 들어왔을 텐데……."

"저, 정말입니까? 미스터 아이언?"

"제가 생각해도 소환수 스킬 4개를 익혀 주겠다고 길드의 돈을 쓰는 건 좀 그렇죠. 더구나 제 '스킬'이고 제 자산이 될 거니까 자기 개발한 셈 치죠."

어차피 돈이 엄청 쌓여 있어도 난 쓸 줄도 모르고, 쓸 시간도 부족하니까 이런 기회에 팍팍 써 버리는 게 낫지. 자산 관리니 뭐니 하는 소리 듣는 거보단 낫다.

그러고 보니 5레벨만 더 올리면 하나 더 배울 수 있군. 어쨌든 돈 모아야 할 이유가 늘었다. 좋은 스킬을 익히기 위해선 돈이 필요하다니, 정말 리얼하게 한국적인 시스템이다.

"그러고 보니 미스터 아이언, 지금 경매장에 '전설 등급 : 멸망의 버스트 스트림(Burst stream)' 소환수 스킬 북이 있는데, 이거 배우실 생각은 없습니까?"

"그거 제가 배우는 게 아니라 세르베루아 님이 배워야 하는 겁니다만? 게다가 뭡니까? 이 기회에 기세를 타서 제 연봉 다 털어 버릴 생각이십니까?"

"어쨌든 결국 미스터 아이언의 스킬이 되는 거잖습니까? 하하하."

"게다가 저 푸른 눈도 아니고, 백룡도 아니고, 성이 '카'로 시작하지도 않아서 그거 못 배웁니다."

"벌써 조건을 알고 계신 겁니까?"

예산 문제를 겪는 길드는 아닌 걸로 알고 있지만 그래도 역시 쓸데없는 지출은 안 하는 주의인가 보군. 뭐, 당장은 큰돈 쓸 일도 없으니 말이다. 그리고 여차하면 세연이에게 빌리면 되려… 헛! 나도 모르게 세연이 생각을!

어쨌든 약 20분 정도 기다리자, 세르베루아 양이 웬 종이 뭉치 같은 걸 들고 온다.

"아, 기다리셨죠? 이 스크롤 받으세요."

"스크롤? 재료가 필요하다고 하지 않으셨나요?"

"로드 오브 드래곤(Lord of Dragon)도 엄연히 마법사 계열이라서 스크롤 작성 스킬을 배울 수 있거든요. 이것 덕택에 레이드 던전이나 고레벨 필드에서 위급할 때 테이밍한 용족에게 필요한 스킬을 바로 익히게 해서 싸움에 대비할 수 있어요."

과연, 그건 몰랐다. 소환 계열도 마법사군에 들어가서 저렇게 할 수 있구나.

하긴 내 스킬 4개만 해도 저 엄청난 양의 재료가 필요했으니, 어떤 용족을 테이밍할지도 모르는데 전투 상황에서 스킬을 가르치기란 힘든 일일 것이다. 반면 스크롤로 작성해 두면 익히기도 편하군.

"오! 영웅 등급 스크롤 '스킬 : 역린(*소환수 전용)'. 이렇게 나오는구나. 이거 어떻게 쓰는 거예요?"

"스크롤을 펼치고, 룬 도장을 인터페이스가 인식하면 승인을 누르고 스크롤을 찢으면 돼요."

"보자… 이러면 되나?"

[〈패시브-역린〉 스킬을 배울 수 있습니다. 배우시겠습니까?]

당연히 '예.'지. 그걸 누르고, 스크롤을 찢자 불 같은 것도 안 붙였는데 스크롤일 불타올랐다. 동시에 내 나노머신 인터페이스가 빛나더니 스킬창에 배운 스킬로 등록이 된다.

같은 방법으로 남은 3개의 스킬도 마저 익힌 나는 인터페이스를 보며 히죽히죽 웃고 있었다.

"드디어! 나에게도 제대로 된 공격 스킬이! 쿠헬헬헬헬."

"아하하, 그리고 강철 님, 몇 가지 유의사항이 있는데……."

"아, 뭐 중요한 게 있나요?"

"그 스킬들은 엄연히 로드 오브 드래곤과의 맹약으로 얻은 것이기 때문에 당연히 맹약을 끊으면 사라지지는 않지만 비활성화가 돼서 쓸 수 없어요."

뭐, 당연하겠지. 이건 내 스킬이자 내 스킬이 아니라는 거군.

"그리고 만약 제 판단에 강철 님이 그 스킬을 쓰지 않는 게 옳다고 생각될 경우 제가 사용 불가하게 제재할 수도 있습니다."

"아, 그렇군요."

"뭐, 강철 님이라면 옳은 일에 사용하시겠지만요."

원래 소환수용 스킬이다. 당연히 가르쳐 준 세르베루아 양이 제재할 수 있다는 거다. 음, 막강하지만 여러 가지 제한 조건이 따라붙는다. 후, 옳은 일이라. 얼마 전 있었던 스캐빈저 토벌의 내막을 알고 하시는 소리인가? 분명 엘로이스 씨가 보고했을 텐데…….

"하하하, 미스터 아이언, 큰 힘에는 책임이 따르는 법입니다."

"후~ 좋다가도 그런 소리 들으니 착 가라앉네요. 아, 배고프다."

"아, 벌써 점심때군요. 스킬도 익히셨으니 그럼 식사하러 가시지요."

꼬르르륵~

검진 받으려고 저녁도 안 먹고 왔으니까 뭐라도 먹어야겠군. 이곳 영국 시간으로도 거의 12시가 다 되었으니 점심과 함께 먹으면 될 것 같았다.

그렇게 드래고니아 성의 식당가로 향하는 우리였다. 성의 식당이라고 해서 촛불이 켜진 중세풍의 긴 테이블에 앉아서 먹는 걸 예상하겠지만, 현실은 지하에 연구실도 만드는 곳이겠다. 그냥 평범한 고급 레스토랑 풍경이었다.

"하하하, 그러고 보니 저번엔 여기 못 오셨었죠?"

"예. 바로 귀환 탔으니까요. 아, 냄새 맡으니까 더 배고프다. 주문하면 되나요? 이럴 땐 뷔페 같은 형식이 더 나은데. 가서 와구와구 퍼 오면 되니까요."

"강철 님답네요. 후훗."

진짜 배고픈데. 어쩔 수 없이 주문을 받고 기다려야 하는 신세군. 지크프리트 씨가 웨이터에게 뭐라 뭐라 주문을 하는 듯하다. 뭐, 알아서 맛있는 거 시켜 주시겠지.

"미스터 아이언, 술은 어떻게?"

"대낮부터 술인가요? 뭐, 한국에서라면 먹을 수 있는 시간이긴 했지만요."

"반주 정도는 좋지 않습니까?"

"그러면 맥주로……."

"맥주는 술이 아니잖습니까? 와인으로 부탁하겠습니다."

아니, 댁, 영국인이잖아. 무슨 독일인 같은 말을 하고 난리여? 아니지. 지크프리트라는 코드 네임을 보면 의외로 독일 출생일 수도 있군. 그 이전에 내 입맛은 싸구려고, 바이킹처럼 와구와구 먹는 게 좋다고. 아, 정말 배고프다.

어라? 누군가 우리 테이블에 다가오고 있었다.

"오우! 마스터, 그가 40만 달러짜리 원숭이입니까? 흐음~ 생긴 건 참 희귀해 보이는데… 세르베루아 님, 애완동물이 너무 비싼 거 아닙니까?"

"메디치군요. 그리고 같은 길드원에게 원숭이라는 표현은 삼가십시오."

뭐야, 이 무례한 놈은? 갈색 머리, 곱상한 외모에 큰 키. 나랑 같은 드래고닉 레기온 제복을 입고 있는데 왜 이 사람한테서는 빛이 나는 걸까? 내가 입으면 무슨 비루한 중공군 같은데 말이야. 크흑! 한데, 이상하게 날 보는 시선이 그리 곱지 않음을 깨달을 수 있었다.

"뭘 보나? 원숭이."

"저기요."

"뭐냐? 동양 원숭이. 원래라면 네놈은 말을 섞을 가치도 없는……"

"그 있잖습니까? 설마 저한테 그런 말하시려고 한국어를 익히신 건가요? 진짜 가치가 없다면 그냥 무시하면 그만일 텐데, 길가의 강아지가 마음에 안 든다고 개의 언어를 익힌 거나 마찬가지네요."

"이 자식이! Shit! Th… asdsankol."

우끼우끼거리면서 다시 영어로 뭐라 나불거리는 메디치인지 뭔지 하는 녀석이었다. 쳇! 하나밖에 못 알아먹는 내 두뇌는 놈이 무슨 말을 하건 인식하지 못하니 소용없었다.

귀티 풍기고 잘나 보이는데 이 녀석, 왠지 허술하다. 결국 도련님 캐릭터인가? 이런 녀석들 참 많이 봤지. 내가 자주 하는 미소녀 연애 시뮬레이션 게임들에 주인공을 방해하는 역할로 자주 나오는데! 재수없는 경우, 내가 노리던 히로인도 빼앗아 간다.

"근데 메디치라는 거 결국 코드 네임 아닙니까? 설마 콘셉트인가요?"

"아, 아뇨. 강철 님. 비록 직계는 아니더라도 알베르토 씨는 메디치가의 혈통 자체는 맞아요."

이 영어로 우끼우끼거리는 하얀 원숭이의 정체는 알베르토인 것 같다. 아직도 영어로 우끼끼거리네. 나 영어 못해서 벽에다 대고 말하는 느낌일 텐데.

"아하! 그래서 직계가 아닌 상실감을 채우기 위해서 그런 코드 네임을 쓰는군요."

"하아~ 강철 님, 이 타이밍에 그런 직격을……."

"이건 크리티컬 히트군요. 하아~"

퍽!

아니, 왜 둘 다 한숨이지? 생각하는 순간 얼굴에 뭔가 날아왔다. 새하얀 장갑? 난 어리둥절한 얼굴로 두 사람을 바라본다.

"후, 알베르토 씨, 정말 이래야겠습니까? 결투라니……."

"그도 엄연히 드래고닉 레기온의 길드원. 즉, 기사 클래스에 준하는 능력을 지닌 거고, 내부 규정상 아무 문제없습니다만?"

유럽 전역을 활동하는 길드고, 구성원들도 유럽 전역에서 모아온 만큼 분쟁이 없을 수가 없다. 우리나라만 해도 한, 중, 일 서로 싸우고 아주 난리 났던 역사가 있고, 국민들끼리 안 좋은 감정을 가지고 있는 걸 이해하면 쉽다.

그래서 그런 내부 분열을 피하기 위해서 차라리 가스를 뺄 수 있게 결투라는 방식으로 PVP 제도를 마련해 둔 드래고닉 레기온이었다.

'프랑스, 독일, 영국만 봐도 역사를 보면 아주 진저리 나게 싸웠지. 그나저나 그럼 나 저 양반이랑 결투해야 돼?'

"알베르토 씨는 레벨 67의 세이버 나이트. 반면 미스터 아이언은 45레벨이고 탱커입니다. 더구나 세이버 나이트는 말을 타고 싸우는 기병 특화 클래스잖습니까? 아무리 봐도 공평하지 못한 싸움입니다만?"

"그럼 제가 말을 타지 않고 싸우도록 하죠, 마스터. 아시다시피 말이 없으면 제 스킬과 패시브의 절반을 버리는 거나 마찬가지인 거 아시죠?"

세이버 나이트. 기승 특화 클래스로 말을 타고 싸우는 데 전문화된 클래스다. 특히 기병답게 돌진 스킬이 전문인 딜러 클래스였다. 저 양심도 없는 새끼. 아무리 패시브를 버린다고 하지만 22레벨이나 낮은 사람한테 PVP를 걸고도 당당하다니 어이가 없군.

"흐음~ 이를 어떻게 할지. 미스터 아이언은 어떻게 하시겠습니까? 일단 저런 조건을 달아 주면 저라도 막무가내로 반대하기 힘듭니다만……."

"뭐, 받아들이죠."

"하! 도망가지 않는 그 용기만은 칭찬해 주도록 하지!"

'칭찬이고 뭐고, 사실 딱 좋지 않은가? 당분간 던전 갈 일도 없고, 청문회에 바쁜 일상뿐이라서 실전 테스트 할 기회도 없었으니 말이야. 단순한 딜링 테스트보다도 더 좋은 실전 테스트 기회가 왔는데 버리기도 아깝고…….'

딱히 난 다칠 명예니 그런 게 없고, 이걸 핑계로 영국에 올 일이 적어지면 오히려 이득이다. 져도 얻는 게 많은데 거절할 이유가 없지! 하하하하! 난 실익파다. 지면 그걸 빌미 삼아 귀찮은 정기회의 같은 거 다 엘로이스 씨 보내 버리고, 지부장 바뀌어도 좋다. 이쯤 되면 지는 게 나으려나?

'딱히 잃는 게 없으니 대충 스킬 테스트 한다 치고, 그냥 도련님의 비위나 맞춰 준다고 생각하면 속 편하겠군.'

"하하하! 동양 원숭이 녀석! 네놈을 없애고, 한국 지부에 잡혀 있는 세라프 엘로이스 씨를 돌려받도록 하지."

"뭔 소립니까, 이거? 아니, 왜 남의 지부 사람을 멋대로 잡혀 있다느니 개소리를 해 대는 거죠?"

"이익! 시치미 떼지 마라! 우리 드래고닉 레기온의 여신이자 천사인 엘로이스 양을 훔쳐간 네놈이 개소리라니!"

아무래도 엘로이스 씨는 이 길드의 아이돌 같은 느낌이었나 보다. 미연시에서도 가끔 나오지. 학교의 아이돌로 선망받는 여성에게 손을 댔다가 그 친위대를 자청하는 놈이 나서는 장면. 딱 그거네.

즉, 이놈은 단순히 가치 이상의 고액 연봉을 받는 나에 대해 비아냥거리기 위해서만 한국어를 익힌 게 아니라는 사실이다. 이제야 마각을 드러냈군.

'쳇~ 이겨야 할 이유가 생겨 버렸네. 엘로이스 씨가 없으면 곤란하니 말이지.'

그 상냥한 누님을 잃는 건 대손해지. 젠장! 이겨야 할 이유가 생겨 버렸으니 빡세게 싸워야겠구만!

"자! 어쨌든 승낙했으니! 결투장으로 와라!"
"지금은 곤란하다. 조금만 기다려 달라."
"뭐라고? 어째서냐? 이제 와서 겁먹은 게냐?"
"아니, 밥 좀 먹게. 어제저녁부터 검진 때문에 쫄쫄 굶어서 배고파 뒤지겠다."

정확히는 '오늘' 저녁 이후 첫 점심이었지만, 영국 와서 시차 때문에 마치 어제저녁부터 완전 굶은 사람으로 보이는군.

녀석은 김이 팍 새서 짜증 난다는 표정을 지었지만 굶주린 상대와 싸울 수 없으니 흔쾌히(?) 시간을 바꿔 준다. 아, 배고파. 일단 먹고 생각해야지.

페이즈 10-2

탱커의 싸움법 (1)

〈드래고닉 레기온 길드 내부 분쟁 결투 룰〉

1. 결투할 두 사람은 각자 입회인 1인을 포함하여, 국가 지부장 이상급의 승인 및 참관 하에 결투를 할 수 있다.
2. 결투는 드래고니아 성에 마련된 결투장에서만 할 수 있다.
3. 결투자 제한 시간은 신변의 보호를 위한 성기사 및 사제의 유틸 주문 '〈액티브-생명 구호〉 설명 : 제한 시간 내의 죽음을 1회 회피한다.'의 지속 시간인 10분이며, 만약 10분이 지날 시엔 자동으로 결투를 중지한다. 이후 재결투를 신청할 수 있다.

4. 양측 결투자는 소모품을 사용할 수 없다. 단, 자신의 클래스 고유 스킬로 생성한 소모품은 가능(Ex : 플라즈마 런처의 스팀 팩)
5. 양측 적합자의 장비는 하위 레벨 사용자의 레벨 제한에 따른다(Ex : 52레벨 VS 60레벨의 경우 50레벨 제한 착용 가능).
6. 하위 레벨 결투자는 상위 레벨 결투자의 정보를 요청, 확인할 수 있다.
7. 장비 아이템은 공정한 결투를 위해서 선택된 사용 리스트에 적힌 것에서만 사용해야 한다.
8. 결투 중 한쪽이 패배 선언 시 즉시 중지한다.
9. 결투 결과엔 양측이 무조건 승복한다.

음, 상당히 제한이 많군. 하긴 나뿐만 아니라 드래고닉 레기온의 사람들은 다 비싼 몸값을 자랑하는 이들이다. 사사로운 결투로 죽어 나가면 엄청난 손해겠지. 그래서 이렇게 철저히 룰을 준비해 둔 것 같다.

현재 나는 결투장 대기실에서 이 룰을 확인하고 있었다.

"결투 룰이 참 세세하네요."

"예. 한 해에 평균 20회 정도의 결투가 일어나는데, 정말 난처할 정도입니다. 다들 능력 있고 유능한 사람들이라서 그런지 자존심도 강하죠. 더구나 과거부터 유럽의 유력 가문 출신들도 많아서 바람 잘 날이 없습니다."

"그건 어디라도 같은 문제죠."

난 세르베루아 님이 번역해 준 결투 룰을 바라보면서 사용할 수 있는 장비들을 떠올려 본다. 전부 다 희귀 등급으로 딱히 OP성인 건 없었다.

흠, 장비도 지정해 준 걸 써야 하니 난감하군. 원래 쓰던 사룡의 저주 갑옷 세트가 너무 좋았었는데 지금 눈앞에 나타난 것은 세트 아이템인 '희귀 : 검은 전투 중갑 세트'로 수수한 옵션이었다. 착용하니 나쁘지 않은 능력치였긴 했지만, 역시 사룡의 저주 갑옷보다는 모자라다고 해야 하나?

강철　코드 네임: 쇠돌이

레벨 : 45　클래스 : 저거노트

근력 : S-(60)

민첩 : A+(45)

마력 : 없음

지력 : B+(40.5)

체력 : 66,300

물리 방어력 : 68퍼센트

마법 방어력 : 60퍼센트

여기에 스킬 추가도 없으니 무언가 안습했다.

아, 생각해 보니 사룡의 저주 갑옷엔 모든 스킬 +1이라는 세트 아이템이 붙어 있었지? 그것도 분명 스킬이라서 내가 익힌 소환수 스킬에 적용될 텐데, OP에 OP를 끼얹는 이 부조리함! 이 될 뻔했지만 지금은 결투 세트를 차야 했기에 어쩔 수 없군. 물리 방어력도 많이 낮아졌네. 제기랄!

'방패 빼고 싸울까? 아, 근데 갑자기 싸우다가 미쳐 날뛰면 어떡하지?'

불안감은 이미 비늘과 털이라는 증거로 나타나 있었다.

아직 검진 결과가 나오지 않았고, 확실하지도 않은데 더 이상 괴수화를 진척시킨다는 불안을 더 얹고 싶지 않았다. 그러니 결국 방패를 들고 저 능력치로 싸워야 한다는 결론이 나온다.

'아, 진짜 망할 의사 양반!'

뭐라고 해야 하나? 마치 늘 똥 묻은 팬티를 입고 있어서 자각하고 못하다가 갑자기 남한테 '야, 너 똥 묻은 팬티 입고 있어!'라고 지적당한 느낌이라고 해야 하나?

검진 결과가 나올 때를 기다리고 있던 터라 더욱 신경 쓰였다. 가뜩이나 탱커는 스트레스에 약한데! 미쳐 버리겠네!

'크윽! 그래도 결투 룰 덕택에 방패 끼고도 할 만하긴 한데……'

다행히 이 결투엔 하위 레벨을 위한 밸런싱이 많이 마련되어 있었다. 다만 레벨 차이가 좀 마음에 걸렸다.

알베르토　코드 네임 : 메디치

레벨 : 67　클래스 : 세이버 나이트

근력 : S+(134)

민첩 : SS-(183)

마력 : B+(61)

지력 : A+(67)

체력 : 57,880

물리 방어력 : 41퍼센트

마법 방어력 : 32퍼센트

체력을 제외한 모든 스탯이 열세군. 당연한 말이지만 탱커라서 내가 더 단단할 수밖에 없다.

세이버 나이트는 말을 타고 싸우는 게 전문인 기사. 그렇기에 경갑을 입는다. 무기는 당연하게도 기병도(세이버)를 주로 사용하고, 방패는 사용 가능하지만 전용 패시브나 관련 스킬이 존재하지 않아서 쓰지 않는 경우가 많다고 한다.

'시험한다고 승낙하기는 했는데 이거 좀 빡세겠네.'

패시브 반절쯤 제외한다고 해도 레벨이 22나 차이 난다. 그레이트 바실리스크나 메두사 퀸 때보다도 더 높은 레벨이었고. 전에 만났던 권성, 문서와는 차원이 다른 상대다.

시정잡배인 길거리 스캐빈저와는 다른 아이템과 레벨이 모두 빵빵한 딜러 클래스와의 PVP. 공정이라는 이름하에 마련된 결투 룰이니 더 힘든 게 사실이다.

'소환수 스킬이 없었으면 백방 못 이길 판이지만······.'

나는 엄연히 PVE 전문가이며, 스킬도 그 위주로 찍혀 있다. 하지만 상대는 아이템만 조금 바꿔 주면 되는 딜러 클래스. PVP 전문 기술이 없어도 탱커를 상대하는 정도는 무리가 없었다.

게다가 민첩 수치만 봐도 4배 이상 차이 난다. 거의 모든 공격이 빗나갈 테고, 기동성까지 뒤처져서 철저히 유린당할 게 분명했지만 다행히 소환수 스킬을 배운 덕에 가능성이 생긴 정도였다. 바로 다음 1회의 공격을 명중시키는 '추격의 일격' 덕이다.

'추격의 일격 쿨 다운은 1분. 즉, 난 1분에 한 번씩밖에 공격 못한다는 이야기.'

원래 가지고 있던 공격 스킬인 휩쓸기는 쿨 다운 30초, 캘러머티 스트림은 2분, 얼티메이트 아머드 크래시는 3분이다. 캘러머티 스트림은 어차피 코스트 소모가 엄청나서 생존기와 연계해야 한다.

전투 시간은 오직 10분. 그 외 가지고 있는 상태 이상 기술을 생각하면 내 고유 액티브인 〈액티브-내 앞에! 무릎을 꿇어라.〉 정도뿐이다.

'음 이 딜링 스킬들 계수가 각각 엄청나고, 방어력과 체력 비례로 들어가니까 근력이 낮다고 해서 딜이 모자라진 않을 것 같으니 우선은 방패를 껴도 충분하겠지.'

"시간 됐습니다. 슬슬 나가시지요."

가장 불안한 건 난 세이버 나이트가 대략 기마전 전용 기사 클래스인 것만 알고 있을 뿐, 그 이상의 자세한 내용은 모른다는 거다. 물론 그것은 상대도 마찬가지였지만 상대가 나보다 레벨이 높기에 큰 부담은 없을 것이다. 하위 레벨인 내가 더 부담이 크지.

어쨌든 부르는 소리에 난 일어나서 결투장으로 향한다.

드래고닉 레기온 결투장.

가로 50미터, 세로 50미터로 대리석이 깔린 경기장은 성벽으로 둘러싸인 마치 중세의 투기장 같은 모습이었다.

적합자끼리의 싸움인 만큼 크게 제작되었고, 관중석도 마련되어 있어 결투 당사자뿐만 아니라 다른 길드원들도 대(對) 적합자 전에 대한 견식을 쌓을 수 있게끔 배려가 된 곳이었다. 큰돈을 주고 관중석 쪽에 무려 보호 마법 인챈트까지 걸어 놓은 걸 보면 말이다.

"휴우~ 여기 본부는 결투가 끊이질 않는군요."

"아! 엘로이스 님, 일어나셨습니까?"

 엘로이스는 여전한 메이드복 차림에 피로가 가신 얼굴로 결투장의 관중석에 있는 지크프리트에게 다가오고 있었다. 그녀의 반응으로 보아 이곳에서 일어나는 결투가 일상적인 행사임을 또다시 알 수 있었다.

"또 어떤 바보가 싸우는 건진 모르겠지만 한심하네요. 그런데 저의 주인님은 어디 갔습니까? 세르베루아 님."

"그게, 저기~ 저 밑에……."

"어째서 주인님이 저기에 계신 겁니까?"

 검은색의 중갑을 입은 강철이 경기장에 서 있는 걸 보고 깜짝 놀라는 엘로이스였다. 한숨 자고 오니 어째서 갑자기 이런 상황이 펼쳐진 것인가? 그녀는 지크프리트를 노려보면서 따지는데…

"그게, 메디치 님이랑 시비가 붙는 바람에……."

"메디치 님이라면 그 시대를 착오한 애송이 말입니까? 긍지도, 용기도 없으면서 자존심만 세서 저보고 자꾸 자신의 메이드가 되라던 그 인간이 왜 저의 주인님과 결투를 벌이게 된 겁니까? 아니, 설사 시비가 붙었어도 그걸 말리는 게 길드 마스터의 할 일 아닙니까?"

"그게, 미스터 아이언도 승낙한 일이라서 어쩔 수 없었습니다. 그가 거부했다면 저도 막을 명분이 생겼겠지만……."

강철이 직접 승낙했다. 그러므로 아무리 길드 마스터라고 한들 결투를 중지시킬 이유가 없었다.

 엘로이스는 우려가 섞인 얼굴로 결투장에 서 있는 강철을 바라본다. 어느 쪽이든 귀한 드래고닉 레기온의 인력이었으니까 말이다.

 "메디치 님이면 67레벨 딜러인 세이버 나이트, 강철 님은 아무리 레어 클래스라곤 해도 45레벨. 이거 너무 불공평한 결투 아닌가요?"

 "예. 그래서 페널티를 뒀습니다. 메디치 님은 말을 타고 나오지 않는다는 조건으로 타협했습니다."

 유일하게 세이버 나이트에 대해 모든 걸 아는 지크프리트는 그가 말을 안 탔을 때 어느 정도 실력이 떨어지는지 대략 알고 있었기에 허락한 것이었다.

 말을 타고 빠른 기동력으로 움직이면서 딜과 돌진 스킬을 사용하는 세이버 나이트다. 그만큼 기동력이 강하기에 기사 계열 클래스 중에 이례적으로 중갑을 입지 못한다. 그런 클래스가 말을 타지 않을 시 심히 약해지는 건 당연했다. 방어력도 낮고, 방패도 차고 있지 않아서 그야말로 물렁살이었다.

 그 말대로 상대인 메디치는 가벼운 경갑에 세이버 한 자루를 든 채 서 있었다. 레벨 제한은 똑같이 40레벨이고, 같은 계열인 희귀 : 검은 전투 경갑 세트였다.

두 사람은 가운데에 마주 보고 서서 인사를 한 다음, 준비된 성기사와 사제가 주는 생명의 구호를 받는다. 그다음 중간에 있는 사회자가 두 사람에게 동시에 질문한다.

"두 사람은 드래고닉 레기온 내부 규범에 적힌 대로 이 결투의 결과에 승복할 것이며, 서로가 합의한 사항을 지키겠다고 맹세합니까?"

"예."

"물론입니다. 훗."

질문에 대답하는 두 사람. 관중석에 있는 엘로이스는 무언가 이 결투에 걸려 있다는 걸 짐작하고는 지크프리트에게 묻는다.

"주인님은 그와 무엇을 합의한 겁니까?"

"후, 사실 이건 말씀드리고 싶지 않았는데 어쩔 수 없군요. 아무래도 메디치 님은 당신에게 호감을 갖고 있었고, 그로 인해 한국어까지 익혀 가며 일부러 강철 님에게 시비를 걸어 이 싸움을 유도한 것 같습니다. 합의 내용은 바로 메디치 님이 이길 경우 엘로이스 님을 이탈리아 지부로 발령하라는 것입니다. 강철 님이 이길 경우엔 거액의 손해배상금과 인도, 아시아, 아프리카 3개 대륙에서 '다시는 인종 차별을 하지 않겠습니다.'라는 피켓을 걸고 봉사 활동을 하라는 조건입니다."

"어째서 주인님은 그런 걸 승낙한거죠?"

"뭐, 질 생각이 없으니 그런 거겠죠? 더구나 미스터 아이언이 무모한 거야 하루 이틀 일도 아닌데……."

"주인님."

딱히 멋대로 자신을 결투의 상품으로 내건 것에는 마음 쓰지 않는 엘로이스였다. 다만 22레벨이나 더 높은 사람을 상대로 PVP에 나선 것이 불안했다. 가뜩이나 던전에서도 늘 다치고 상처 입는 게 일상인 사람인데, 이런 데서 PVP로 다칠 게 걱정되는 거였다.

결투장.

생각해 보면 이런 본격 일대일 PVP는 생전 처음이었다.

저 엿같이 기분 나쁜 자식이 마치 엘로이스 씨를 내가 뺏어간 것처럼 이야기해서 열이 받아 조건에 응했고, 나도 그에 상응하는 조건으로 놈의 체면을 구길 준비도 해 놓았다. 그 이전에 엘로이스 씨는 싫어하겠지만 말이지.

'그나저나 상당히 결투를 좋아하는군.'

"와아아아아!"

죄다 영어로 말해서 무슨 뜻인지는 하나도 모르겠지만 관중석에 꽉 찬 사람들이 자신과 눈앞의 메디치를 바라보고 있음이 느껴진다. 더불어 높은 곳에는 전광판까지 달려서 둘의 HP와 마력을 보여 줌으로써 더욱 실감나게 결투를 느낄 수 있도록 해 놓았다.

이 정도면 단순히 내부 분쟁 해결뿐만 아니라 새로운 오락거리 수준인걸? 혈기 넘치는 젊은이들의 분쟁도 해결하는 동시에 다른 이들의 스트레스도 풀고자 하는 의도가 느껴졌다.

"그럼 시작하도록 하지."

"마음대로……."

"그럼 양측 물러나서 준비해 주십시오."

난 방패를 들고 자세를 잡은 채 놈을 바라본다. 레벨 차이는 22나 나지만 녀석은 딜러, 나는 탱커다. 같은 양의 딜을 주고받으면 유리한 건 나지만, 나는 1분에 한 번만 놈을 공격할 수 있다. 즉, 딜 교환에서 내가 압도적으로 불리하다는 이야기다. 물론 명중률이 0퍼센트는 아니었지만 민첩 차이가 4배나 돼서, 거의 안 맞는다고 보는 게 속 편하다.

"자, 시작!"

"……."

"……."

나도 녀석도 일단은 자세를 잡은 상태에서 움직이지 않았다. 제길, 보통 이런 싸움에선 레벨이 높은 놈이 방심하고 먼저 웃으면서 달려오는 게 정석인데……. 도련님이긴 하지만 PVP에는 익숙한 걸까? 놈은 날카로운 눈으로 날 바라보고 있었다.

10여 초 지났을까? 여전히 놈은 꼿꼿이 선 채 세이버를 쥐고서 오만하게 날 바라보고 있었다.

'먼저 크게 가 볼까? 모든 버프를 둘러서 큰 거 한 방을 치는 게 좋을 것 같은데…….'

전투 시간은 10분으로 제한된다. 딜을 더 하려면 쿨 다운이 돌아오는 시간을 고려해서 되도록 먼저 빨리 써서 데미지를 주는 게 중요하다. 애초에 나는 탱커라서 딜이 낮다. 그러면 쓸 수 있는 시간을 최대한 활용해서 딜을 해야 한다. 이렇게 된 거, 시작하자마자 한 번 크게 가 보자 생각한다.

"〈액티브-추격의 일격〉."

디링!

'인터페이스가 다음 공격은 무조건 명중합니다.'라고 알려 준다. 그리고 이어서!

"〈액티브-티아메트의 본능〉."

"흐음? 버프인가? 재주를 부리는구나!"

샤아아아아!

체력이 대폭 증가하는 내 생존 스킬. 피해 감소도 붙지만 지금은 그 용도로 쓰는 게 아니다. 내 목적은 바로 오늘 익힌 〈액티브-캘러머티 스트림〉의 최대 데미지를 올리기 위함이었다.

〈Lv.45 쇠돌이〉
체력 178,322/178,322

'좋았어. 간다.'

설마 처음부터 필살기를 쓰리라 예상은 못하겠지. 아니면 레벨 차이가 나는 탱커의 기술이니까 그냥 맞거나 가벼운 방어기로 흘릴 생각을 할 것이다. 자, 그럼! 받아 봐라!

"〈액티브-캘러머티 스트림(Calamity Stearm)〉!"

쿠우웅!

내 현재 체력의 70퍼센트(124,825)가 빠져나간다. 검은색 갑옷의 양손이 붉어지고, 난 주먹을 부딪치는 걸로 〈액티브-캘러머티 스트림〉을 발동시킨다.

"받아라, 백돌."

"설마? 초장부터?"

파아아아아아아아아앙! 까득까득까득!

붉은 파동이 퍼져 나가고, 결계가 내 공격에 저항하는 소리가 들린다.

내가 익힌 캘러머티 스트림의 레벨은 소환수 거라서 1. 붙은 계수는 내 근력을 따라 빠져나간 체력의 160퍼센트로 적용한다(근력 10당 10퍼센트 추가). 즉, 마법 데미지 약 19만의 광역 딜, 적의 마법 방어력은 단 32퍼센트. 적어도 14만의 데미지는 들어간다는 거다. 하지만 놈의 체력은 단 5만. 후폭풍이 사라지면 시체가 있어야 정상이겠지만…

'역시 생존기는 있군.'

힘겹게 서 있는 메디치의 모습과 전광판에 나타난 놈의

체력 상황이 보인다. 놈의 체력은 45,221/57,880인가? 빠진 체력의 양으로 볼 때, 받을 데미지를 또 한 번 거의 10분의 1로 경감시킨 것 같았다.

"큭! 믿을 수가 없군! 하아… 하아… 〈액티브-소드 실드〉로 경감시키지 않았으면 아무것도 못할 뻔했어."

놈의 검은 부러져 있었다. 아무래도 놈이 말하는 〈액티브-소드 실드〉는 자신의 검을 희생해서 한 번 생존하는 스킬이라는 생각이 들었다.

"하! 빠지는 체력량을 보고 큰 게 올 것 같아서 써 놓길 잘했지!"

'제길! 저놈의 전광판이 내 기술을 알려 준 거나 마찬가지인가? 진작 끝났을 거였는데…….'

마력이 없는 나이기에 상대는 내가 기술을 쓰면 견식이 없는 한 그 기술의 규모를 알지 못한다. 따라서 마력 감지가 불가능하다는 건 오히려 역으로 장점이다. 〈액티브-티아메트의 본능〉도 생존기인데, 처음에 사용했다고 버프로 생각할 정도였으니 말이다.

"쳇, 〈액티브-베히모스의 재생력〉!"

난 체력 회복 생존기를 틀고서 뒤로 물러난다. 체력이 소모되었고, 소모품으로 회복하지 못하기에 빠르게 다시 채우기 위해서였다. 앞으로 1분. 다시 '추격의 일격'이 돌아올 때까지 시간을 벌 생각이었다.

장외는 없는 게임이라서 구석진 데 서 있어도 불안할 게 없군. 그나저나 검이 부러졌으니 놈의 공격력은 별 볼일 없겠군. 다시 추격의 일격이 돌아오면 공격하면 될 뿐이다.

"검이 부러졌는데 어떻게 할 셈이지? 결투 중에 무기 교체나 보급은 허락지 않는다고 했는데 말이야."

"기사는 맨손으로 쓰러지지 않는 법이지."

순간, 너도 달타입 회사 게임하나? 라고 물을 뻔한 나였지만 여기는 유럽이고 영국이다. 기사의 고장이니까 원탁의 기사에 관한 고사는 자연스럽게 인용할 수 있다는 게 생각났다. 녀석은 오른팔을 뻗더니 무언가 외친다.

"〈액티브-오러 블레이드(Aura Blade)〉."

"과연, 검기(劍氣)인가?"

샤아아!

놈의 오른팔에 백색으로 된 무형의 검기가 나타난다.

비단 세이버 나이트뿐만이 아니라 모든 검술 스킬 트리에서 배울 수 있는 스킬로, 데미지가 지능에 비례했던 게 생각난다. 비슷한 종류로는 공학계의 블레이드 라이저가 사용하는 빔 소드가 있는데, 2개의 차이는 저 오러 블레이드는 사용자의 마력만큼 지속 시간이 정해져 있다는 점이고, 공학계의 빔 소드는 배터리로 움직인다는 점이다.

"기습으로 날 어찌하려 했겠지만 안 통해서 아쉽군. 비겁한 원숭이다운 발상이지만! 소용없지! 하하하하하!"

'그래그래, 실컷 떠들어라.'

역시 도련님은 도련님이다. PVP 경험으로 센스는 있지만 저놈의 주둥이가 문제지. 저 기묘한 포즈를 잡고 검기 뽑고 게다가 주둥이까지 나불거리는 걸로 벌써 30초 넘게 시간을 벌었다. 완전 개이득이군.

전광판에 나타난 내 체력은 이미 60퍼센트 가까이 회복되었다.

"자, 그럼 이제 내 차례인가? 어디 한번 그 몸에 받아 봐……."

"〈액티브-추격의 일격〉."

또 나불거리기에 난 그냥 돌아온 내 스킬을 시전하고, 달려들어서 배웠던 다른 스킬을 시전한다.

"뭣? 제길! 〈액티브-기사의 투혼〉!"

"〈액티브-얼티메이트 아머드 크래시(Ulmate armored crash)〉!"

"크억!"

콰앙!

방어력에 비례하는 공격 스킬! 뻗어나간 내 주먹은 놈의 명치에 제대로 꽂힌다. 그리고 충격량에 놈은 뒤로 나가떨어진다. 좋았어. 맞았구나! 이게 데미지가 얼마더라? 내 물리 방어력이 지금 11,320이었고, 계수가 10.6배(근력 10당 10퍼센트 추가), 즉 데미지량은 12만이고, 적의 물리 방어력을 생각하면 약 7만 2천이다. 후, 역시 좋은 스킬이라니까!

 인터페이스에 나타난 데미지에 감탄한 나는 전광판을 올려다보는데…

 "어?"

> ⟨Lv. 67 메디치⟩
> 체력 : 13,661/57,880

 아까 뭔가를 시전했는데 그게 또 다른 생존기였나 보다. 기본적으로 탱커인 견습 기사에서 시작해서 올라온 클래스라서 찍을 수 있는 건 알고 있었지만, 그 타이밍에 쓸 줄이야.

 어쨌든 생존기 2개를 이른 타이밍에 사용하게 했다는 건 이득이지만 나도 이제 공격 스킬 중에 남은 거라곤 ⟨액티브-휩쓸기⟩뿐이었다. 이런 제길!

 "크윽! 감히 이야기하는 중에 공격하다니 비겁한 동양 원숭이 놈이! 이 몸을 땅에 구르게 해?"

 "결투 중에 한눈판 게 잘못이지."

 "가만두지 않겠다! ⟨액티브-소드 왈츠⟩, ⟨액티브-라이트닝 스파이럴⟩!"

 화가 났는지, 녀석은 버프와 액티브 스킬을 아낌없이 쓰면서 나에게 달려오고 있었다. 역시 스캐빈저랑은 수준 차이가 심하게 나는군. 더구나 레벨도 67로 나보다 훨씬 높다.

젠장! 생존기도 모두 썼고, 공격 스킬도 현재 쿨 다운이 가장 가까운 캘러머티 스매시가 앞으로 1분이지만 70퍼센트라는 체력 코스트 때문에 사용 불능! 실제 기다려야 하는 건! 〈얼티메이트 아머드 크래시〉뿐!

난 방어 자세를 가다듬으며 녀석의 공세를 버틸 각오를 한다.

'제길, 이럴 줄 알았으면 그냥 방패 빼고 극딜 넣을 걸 그랬나? 아니야. 어차피 뎀감기 있어서 이러나저러나 같아!'

"하하하하하! 짐승답게 엎드려서 자신의 주제를 깨달아라!"

내 잘못이라면 저 전광판의 존재와 적이 가진 PVP 센스를 무시한 것과 자신이 탱커라는 점을 감안해서 혹시나 딜이 모자랄 걸 걱정해 너무 대담한 첫수를 둔 것이었다. 더불어 생존기를 쓸 건 알았어도 가지고 있는 개수도 파악 안 했고 말이지.

'아니면 그냥 방어 스킬을 빼고 위협적인 공격을 했으면! 제길! 첫 단추부터 잘못 끼웠어!'

이제야 늘 내가 벌이던 대(對) 적합자전과 지금 이곳에서의 싸움의 차이를 깨달았다.

난 탱커였고, 딜링 스킬이 부족했기에 이길 수 있는 판을 깔아 두거나 아니면 장소를 옮기거나, 기습하거나, 도우미를 부르는 식의 대응을 하고, 가지고 있는 카드를 초장에 몰아쳐서 빠르게 이기는 선택지를 고집해 왔다.

하지만 이런 결투장에서 벌어지는 방식의 PVP는 다르다. 공정한 조건과 일정량의 정보를 서로가 알고 시작하는 바람에 난 내 공격 카드를 허무하게 소비한 것이다.

"하하하하! 어딜! 금방 끝내 주지! 이걸로 이제 엘로이스, 그녀는 내 것이다."

치지지직! 촤악!

저지르고 나서야 하는 반성과 분석. 이런 공개적인 자리에서 치르는 첫 정규 PVP를 예전 스캐빈저 때처럼 생각한 나의 잘못이었다.

나는 최대한 놈의 오러 블레이드에 받는 상처를 줄이면서 도망치려고 했지만 애초에 놈의 민첩 수치는 나보다 3배 이상! 아니! 4배나 높았다.

"하하하하하!"

⟨Lv. 45 쇠돌이⟩
체력 : 54,312/178,322

그나마 다행인 건 놈의 오러 블레이드는 방어력을 일부 무시하지만 데미지 자체는 사용자의 지능이 결정하고, 마법 데미지로 분류되어서 마법 방어력의 영향을 받아 생각 외로 체력이 빨리 깎이지 않는다는 점이다. 레벨 차이는 있지만 녀석의 평타 자체는 맞을 만했다.

'이대로 버티면서 다시 기회를 봐야……'

"제길! 큭! 아직도 주제를 모르는군. 망할 탱커 아니랄까 봐 쓸데없이 단단해 가지곤! 그럼 이걸 한 번 받아 봐라! 〈액티브-스타라이트 슬래시〉!"

필살기는 모르겠지만 젠장할! 생존기 다 뺀 상황에서 내가 할 수 있는 건 방패를 들어 올리고 자세를 낮추어 그 공격을 받아 내는 것뿐이었다. 아! 오늘도 열라 아픈 인생이구만!

하지만 수세에 몰림에 있어서도 내 정신은 점점 더 또렷해진다.

페이즈 10-3

탱커의 싸움법 (2)

"아하하하하! 이 쾌속의 공격을 막을 수 있으려나?"

'저놈의 주둥이 좀 다물었으면 좋겠군.'

휘이이잉! 푹! 촤악! 촤악!

녀석의 움직임이 바람처럼 빠르다. 은빛 잔상이 지나가면서 새하얀 오러 블레이드가 내 몸을 베고, 찌른다. 다행히 물리력이 있는 칼이 아니라서 HP의 소모는 예상외로 적었고, 더구나 아직 내가 시전한〈액티브-베히모스의 재생력〉과〈액티브-티아메트의 본능〉이 유지되고 있었다.

현재 결투가 시작된 뒤 3분째, 놈이 스타라이트 슬래시인지 하는 필살기를 시전했지만 아직 지속되고 있는 생존기 덕에 살 만은 했다.

〈티아메트의 본능 : 최대 체력 증가 및 받는 데미지 감소,
남은 시간 1분 40초〉
〈베히모스의 재생력 : 체력 회복력 증가, 남은 시간 45초〉

Lv. 45 쇠돌이
체력 62,363/178,322

'어, 어째서? 어째서 체력이 내려가질 않는 거야? 이익! 쓸데없이 단단해 가지곤! 오러 블레이드만 아니었어도! 아니! 말을 탔어도! 소드 실드를 쓰지 않을 수도 있었는데!'
'당혹스러워하는 눈이군.'
탱커의 생존기가 살아 있으니 당연히 체력이 안 깎이지.
앞으로 최대 2분. 그래도 희망적인 건 내 공격 스킬을 받아 낸 놈의 체력이 1만 3천대에서 유지중이라는 것이었다.
이윽고, 놈의 스타라이트 슬래시인가 하는 기술이 끝나고 나서도 내 체력은 여전히 4만이 넘게 남아 있었다. 그리고 동시에 내 생존기들이 모두 종료가 되었다.
"질긴 놈! 후우~ 후우!"
'큭!'

남은 재사용 시간은 각각 베히모스는 2분, 티아메트는 20분이다. 사실상 티아메트는 다시 못 쓰고, 캘러머티 스트림은 봉인이나 마찬가지다.

녀석은 필살기의 반동 때문인지 물러나서 숨을 고르고 있었다. 어차피 민첩 수치의 차이 때문에 사정거리를 잡지 못하면 아무리 '추격의 일격'을 걸어도 시전조차 힘들다.

'첫 방은 광역이라서 그냥 범위에 들어가 있으니 된 거고, 두 번째는 시야를 돌려서 기습한 거라 거리를 잡은 건데!'

"제법이군, 원숭이. 특별히 고릴라로 등급 업시켜 주지!"

'젠장! 성가셔! 썩어도 이 길드에 들어올 만한 인재라는 건가? 철저히 거리를 유지하면서 날 놀리는군.'

기습이란 웬만해서는 두 번 통하지 않는다. 환경도 탁 트인 경기장이라서 어디 숨을 공간도 없다.

민첩성의 차이 때문에 거리를 안 잡으면 공격도 안 들어가는 상황. 그러면 거리를 잡고 싸우려면 어떻게 해야 하는가? '타일런트 대시'는 그저 상태 이상 면역이라 따라잡을 것 같지 않다.

"크윽!"

"하하하! 괴로운가 보군! 땅을 기면서 고통받는 그 모습이 네놈 같은 동양 원숭이에게 걸맞은 모양새지."

주르륵…….

베이고 찔린 자리에서 피가 배어 나오기 시작한다. 전신의 갑옷 틈새로 피가 흘러나와 대리석을 적시고 빨갛게 물들였다. 이미 인터페이스창에는 출혈 상태라는 디버프가 한 4개쯤 보이고 있었다.

그보다 계속 끝까지 사람 개무시하고, 족같이 구는 저 새끼의 태도에 슬슬 열이 오르고 있었다.

난 더듬더듬 게임에서 배운 영어로 놈에게 낮게 으르렁거린다.

"I… Must! Kill You!"

결투 시작 후 6분경, 현재 상황.

쇠돌이 63,233/66,300 VS 메디치 14,553/57,880

관중석.

"첫 두 수 이후, 미스터 아이언은 계속 방어만 했군요."

"아무래도 민첩 스탯의 차이 때문에 어쩔 수 없는 것 같습니다. 주인님의 민첩 수치는 45, 반면 저 남자의 스탯은 183이니까요."

단적으로 봐도 거의 4배가 넘는 수치 차이. 강철이 거북이면 메디치는 토끼 수준의 속도였다.

강철은 두 기술을 펼친 이후 제대로 된 반격도 못하고, 메디치의 움직임을 좇지 못해서 몸을 돌려가며 방어하는게 전부일 정도였으니 말이다.

"그래도 첫수에 상대의 검을 파괴한 덕에 버틸 만은 한 것 같긴 하지만, 그답지 않게 서둘러서 공세를 펼쳤군요."

"아마도 딜이 모자랄지도 모른다는 걱정 때문에 처음부터 큰 기술로 밀어붙인 거겠죠. 재사용 대기 시간은 돌아오까요."

"음, 그렇다고는 해도 싸움의 여부를 지켜보고 나서 사용했어야 하는데, 새로운 기술을 써 보고 싶다는 조급함이 나타난 거 같군요."

지크프리트는 강철의 상태를 보며 오늘 얻은 새로운 필살기를 써 보고 싶은 마음이 판단에 오류를 준 것이라는 결론을 내린다. 그리고 방패를 끼고 있는 건 오전의 검진이 신경 쓰여서이기도 했지만, 평소 신중하던 것과 달리 신경질적이라는 느낌이 든다.

"그러고 보니 오늘 미스터 아이언은 평소보다 더 예민해 보이던데, 최근 저렇게 된 겁니까?"

"예."

"엘로이스 님, 당신도 아시다시피 탱커들은 탱커 생활이 길고, 전투 횟수가 많으면 많을수록 정신적으로 망가지기 쉽습니다. 그래서 탱커들마다 특유의 스트레스 해소법이 있지요. 아니, 애초에 최근에 개인적인 휴식을 취한 적은 있습니까?"

"근래엔 없습니다. 최근 스캐빈저의 일, 한국 정부에서 요청한 청문회, 새로운 탱커 모집 등 각종 업무가 많으셔서 말입니다. 더구나 아! 아아아아!"

그제야 무언가를 떠올리는 엘로이스.

생각해 보면 최근 강철의 스케줄은 하드 그 자체였다. 하지만 그는 그저 농담조로만 불평할 뿐 맡은 일은 끝까지 책임지고 있었다. 더불어 자신이나 세연이 불결한 취미라고 생각하는 스트레스 해소법을 뺏은 점도 있었지만, 결정적인 건 근래에 권성 문서(文書)와 스캐빈저들을 상대하고 난 이후라는 점이다. 그러한 격전을 치르고 돌아왔는데 아무리 생체적으론 치유를 했어도 정신적인 후유증이 안 남는 게 이상한 일이리라.

'아니, 더구나 몸의 상처는 메디컬라이저로 완치도 시키지 않은 상태야.'

거기다 아침에 일어나 하루를 보내고, 저녁쯤에 갑자기 영국으로 날아와서 다시 일과를 시작하는 시차가 어긋난 생활이다. 즉, 하루 12시간을 보내고 휴식 없이 연장된 하루를 보내고 있는 거나 마찬가지였다. 그런 상태를 본인 스스로 말하지 않고 태연한 척 보냈기에 눈치채는 게 늦었던 것이다.

다만 메이드를 자부하는 엘로이스의 가슴은 더욱 무거워진다.

'난 그것도 모르고, 주인님께서 쉬라고 하는 걸 곧이곧대로 듣고 그냥 가 버리다니, 이 무슨 추태란 말인가?'

"과연, 엘로이스 님의 반응을 보니 미스터 아이언은 평상시 상태도 아니었다는 거군요. 지부장으로서의 책임감, 탱커로서의 부담과 누적된 피로가 평소의 그가 아니게 만들었다는 거네요."

"그렇다면 강철 님은 지금 위기라는… 어?"

[결투의 승자는 한국 지부의 탱커 강철]

"와아아아아아아아!"

다들 우려를 내뱉는 순간, 전광판에서 체력 바가 사라지고, 승자의 모습을 비춘다.

한쪽 어깨에 손을 올린 채 숨을 쉬고 있는 강철과 땅에 엎어져 있는 메디치의 모습이 눈에 들어왔다.

메디치는 높은 곳에서 떨어진 떡처럼 땅에 눌어붙어 있었고, 강철은 한 손을 번쩍 들고 집게손가락과 중지로 V자를 만들어 보인다.

참고로 여기는 영국이다. 그는 바닥에 쓰러져서 부들부들 떨고 있는 메디치를 향해서 무어라 외치고 있었다.

"개조까튼 새끼! 다시는 깝치지 마라! 택틱만 제대로 했어도! 그냥 이기는 건데! 개씨발!"

"하아… 그답군요."
"그나저나 도대체 어떻게 이기게 된 거죠? 눈치채지도 못했는데……."

약 4분 전 결투장.
'그럼 볼까?'
녀석은 나보다 민첩 수치가 높아서 난 아예 사거리를 잡는 것조차 쉽지 않다. 하지만 녀석도 결국 근접 딜러. 상대에게 가까이 접근해서 저 오러 블레이드를 가지고 딜을 해야 한다. 아니면 아까 전에 쓰던 스타라이트 슬래시 같은 필살기를 쓰러 오던가.
"후우, 하! 무슨 생각을 그리 하는 건지 모르지만 슬슬 끝장을 볼 때가 왔군."
'근데 저 자식 말하는 거 들으면 들을수록 짜증나네. 아, 씨발. 아가리로 싸우지 않으면 성에 안 차는 건지?'
내 무슨 수를 써서라도 저 새끼 아가리는 반드시 찢어 버릴 거다. 재생 치유 받으면 그만이지만, 평생 날 보면 붓고 시리고 피가 나서 지리게 해 주지.
그러기 위해서는 끌어들여야 한다. 그냥 끌어들이는 게 아니라 도발을 해서 틈을 만들어야 한다. 보통은 스킬을 쓰면 그만이지만 저놈에게는 필요 없다. 이미 약점을 알고 있으니까.

"야, 그러고 보니 너 엘로이스 씨를 노리는 놈이었지?"

"뭐냐? 죽고 싶은 거냐? 감히 동방 원숭이주제에 그녀의 이름을 입에 올리다니!"

"뭐, 엘로이스 씨는 굉장하지. 아름답지, 몸매도 좋지, 다재다능하지, 차가운 듯 엄격하면서도 상냥한 여성이지. 거기에 고레벨 힐러이기도 하고 말이야."

"하! 이제 와서 그녀에 대한 찬양으로 결투를 얼버무릴 생각인가? 훗! 가소롭군. 그녀처럼 아름다운 보석은 격이 맞는 상대가 가지고 있어야 가치를 발하는 법이지. 너 같은 동방 원숭이가 지녀 봐야, 말 그대로 돼지 목에 진주일 뿐이다. 허튼소리로 시간 낭비할 생각 마라! 후후!"

와, 웃음이 다 나온다. 저거 진심으로 하는 소리인가? 아마 진심이겠지. 오죽했으면 나에게 시비를 걸기 위해서 그 멸시하는 한국어까지 익혀서 저 지랄을 하고 있겠어?

"아니, 참고로 엘로이스 씨는 밤 시중도 쩐다는 이야기도 해 주려 했는데? 그거 알아? 엘로이스 씨, 침대 위에서는 엄청 소녀틱하다는 거? 침대에서는 스탠드 켜 놓는 것도 부끄러워한단 말이지. 하하하하하!"

"…이 망할 원숭이 새끼가아아아아아아아! 네놈만큼은 반드시 죽인다아아아아!"

반응 죽이는군. 미연시는 역시 인생이야. 저런 멍청이를 도발하는 데 필요한 레퍼토리를 제공해 주니 말이지.

참고로 난 엘로이스 씨랑 동침은커녕 가슴도 못 만져 봤다. 지금 건 전부 다 구~ 라.

하지만 효과는 확실했다. 저 메디치가 피눈물을 흘리며 오러 블레이드를 발동해서 뛰어오고 있었다.

'오타쿠한테 최애캐의 능욕은 금기이지만, 도발로 쓰면 거의 가드 불가 패턴이지.'

저 메디치라는 놈도 결국 엘로이스 씨를 가지고 덕질하는 오타쿠, 결국 같은 남자라는 소리다.

이리저리 대단한 척해도 꼬추 단 우리는 다 똑같은 법이지. 이건 나이와 경험에 상관없다. 동경이든 사랑이든! 마음에 든 여성을 다른 수컷에게 빼앗긴다는 상실감과 절망은 최고의 도발 소스니까 말이다.

"으아아! 반드시 네놈을 쓰러뜨리겠다. 〈액티브-오러 랜스〉! 〈액티브-썬더 차지〉! 〈액티브-궁그닐 피어스〉!"

'와우! 장난 아니네? 액티브를 3개씩이나?'

"3개의 액티브 스킬을 연계해서 펼치는 나 메디치의 절기! 〈하이퍼 액티브-라이트닝 임팩트〉다. 생존기든 뭐든 꿰뚫어 주마! 도망칠 수 없는 이 돌진의 창격을 받아 봐라!"

"〈액티브-베히모스의 재생력〉."

콰르르릉!

3개의 액티브를 조합한 랜스 차징!

 메디치는 한 줄기의 번개가 되어서 나를 덮쳐 온다. 인간이 썩어도 적합자로서는 역시 드래고닉 레기온에 있을 만큼 유능하군! 하이퍼 액티브라? 단순한 액티브의 조합이라고 말하는 것보단 멋있긴 하군. 나도 '티아메트의 본능'과 '캘러머티 스트림'의 조합을 따로 말하지 말고, 하나로 말할까 고민되긴 했지만!

 '우선 이게 먼저지!'

 "받아라!"

 "〈액티브-추적의 일격〉."

 "하아아아!"

 "으차! 피해야지?"

 "하! 소용없다!"

 쿠르르릉! 푹! 지지직! 부우우우웅!

 난 수직으로 점프했으나 놈의 창은 직각으로 궤도를 수정해 내 복부를 찔러 들어온다. 갑주는 뚫리고, 오러 랜스는 날 관통해서 내 등을 뚫었다.

 그리고 너무도 강력한 액티브 스킬을 추진력으로 삼은 메디치와 궤도가 바뀐 나는 수직으로 날아오른다.

 "이익! 놓지 못할까?"

 둘이 같이 말이다.

 찔리는 순간 오러 랜스를 거두기 전에 난 놈을 잡았고(추격의 일격 효과로 다음 공격 명중 100퍼센트), 꽉 잡은 상태로 같이 약 10미터 정도를 날아오른다. 그리고 추진력이 떨어지자 당연하게도 나와 놈은 서로를 붙잡은 채 떨어지기 시작한다.

"하! 서, 설마? 고작 생각한 게 그거냐? 이 원숭이가?"

"그래! 낙하 데미지다. 하하하!"

알다시피 아무리 체력이 많이 남아 있어도 상태 이상이 많으면 무력화나 마찬가지. 이 정도 높이에서 떨어지면 제대로 착지나 낙법을 하지 않으면 필시! 골절이나 중상, 혹은 그 고통으로 인해 정신을 차릴 수 없게 되겠지.

하지만 녀석은 당황하지 않고 오러 랜스를 해제한 다음 나를 차더니 멀어지면서 외친다.

"멍청이! 민첩 수치가 높으면 높을수록! 착지와 기민한 행동에 보정이 있는 걸 몰랐구나! 하하하!"

"아니, 나도 그건 알고 있었어."

방패를 빼고서 압도적인 스탯 수치로 쌩쌩 뛰어다녔으니까 말이야.

서서히 대리석으로 된 지면이 보이자 나도 메디치 놈도 공중에서 자세를 바꾸며, 착지할 준비를 마친다.

하지만! 잊고 있던 게 있다. 그래, 난 저거노트고, 원래 탱커라서 상태 이상 기술을 걸 수 있었다. 그리고 약 3미터 정도 남았을 때 난 놈을 향해 말한다.

"멍청이는 너다. 〈액티브-압도하는 포효, 설명 : 내 앞에! 무릎을! 꿇어라!〉!"

"…뭐, 뭣? 아, 아니?"

착지 자세를 취하려던 놈은 갑자기 자세가 무너지면서 허우적거리기 시작한다.

"모, 몸이? 몸이 멋대로 움직이고 있잖아."

저거노트 클래스 고유 액티브 스킬. 약 2초간 주변에 있는 적 상대를 무릎 꿇게 만드는 괴수의 포효다.

당연히 공중에서 무릎 꿇는 자세를 잡을 수 없기에 메디치 놈은 허우적대고, 그런 불안한 자세로 땅에 떨어지고 있다.

나는 그런 놈의 뒤통수를 꽉 잡고 아래로 향하게 만들면서 중얼거렸다.

"오늘 저녁부터는 죽만 처먹게 될 거다."

"이, 망할 자식이!"

쿠우우우우우웅!

낙하 완료.

난 떨어지자마자 앞으로 데굴데굴 구르면서 충격을 완화시킨다. 그래도 전신이 떨리는군. 상처에서 피도 계속 나오고 말이야. 어쨌든 이걸로 재생 치유 시설에 갈 수 있게 되었으니 상관은 없겠지.

"크허억… 으억… 꽥!"

옥상에서 떨어진 개구리처럼 움찔움찔거리는 메디치. 그야 10미터 높이에서 떨어져 안면을 그대로 대리석 땅에 처박으면 암만 레벨이 67이어도 무사하긴 힘들 거다. 물론 다행스러운 건 결투용 보호 마법 덕택에 살아남긴 했다는 건가? 어쨌든 나는 발목이 지잉거리는 느낌이 들었지만 애써 참으면서 일어난다. 결국 내 승리군. 에휴, 초반 전략 잘못 짜서 완전 망할 뻔했네. 휴~ 진짜!

"개조까튼 새끼! 다시는 깝치지 마라! 택틱만 제대로 했어도! 그냥 이기는 건데! 개씨발!"

결투의 승자는 한국 지부의 탱커 강철.

진짜 겨우겨우 이겼군. 마지막에 녀석이 차징 스킬을 기반으로 한 게 아니라 스타라이트 슬래시를 썼으면 이렇게 깔끔하게 못 이겼을 거야. 하지만 그런 도발을 듣고 필살기를 꺼내지 않을 놈은 없었을 테니 어차피 결국엔 내가 이겼을 것이다.

관중석에서 환호성이 들리기 시작했고, 위에 있던 세 사람(지크프리트, 엘로이스, 세르베루아)이 여기로 오려는 듯 관중석을 내려오고 있었다.

나도, 메디치 놈도 상당한 부상을 입었지만 역시 세계 굴지의 길드답게 재생 치유 시설도 본부에 마련되어 있어서 치료 자체는 어렵지 않았다. 생각해 보면 나 너무 자주 부상 입는걸? 탱커라서 그런 건 알고 있지만 부상률이 너무

높군.

✦ ✦ ✦

어쨌든 현재 나는 이 드래고니아 성에 있는 의무 시설 침대에 누워 있었다.

"과출혈, 무리한 착지로 인한 다리의 골절상, 장기 파열 및 내장에 상처."

"그래도 난 그 정도라서 다행이지, 그 메디치인지 메딕인지 하는 놈은 훨씬 더 심하잖아."

불안정한 자세로 추락, 거기에 안면부터 땅에 박았으니 고통은 둘째 치고 뇌에도 손상이 갔을 거다. 재생 치유가 좋긴 하지만 머릿속을 맴도는 트라우마와 고통, 상처의 경험은 치료가 안 되지. 아마 한동안은 자이로드롭은커녕 높은 데 가기도 싫을 거다.

"휴우~ 제가 계속해서 모시기만 했더라면 이런 일은 없었을 텐데. 정말 죄송합니다."

"아냐, 하하. 그놈의 결투에 응한 내가 잘못이지."

"맞습니다, 미스터 아이언. 패기 넘치고 용맹한 건 좋지만 그 무모함은 고치셔야 할 겁니다. 애당초 결투에 응하지 않았으면 이런 일도 없었잖습니까?"

하긴, 이건 모두 내가 자초한 결과다. 결투도 내가 응했고,

그저 열심히 싸운 건 사실이니까 인정해야지.

"사실 그게 맞지만 공격 기술을 얻었으니 써 보고 싶은 욕망도 생기지 않습니까? 딱 봐도 패 주고 싶은 상관이었고 말이죠. 아, 그러고 보니 세르베루아 양은 그놈 쪽에 갔나요?"

"예. 길드의 간부가 한쪽만 일방적으로 편든다는 인상을 주면 안 되니까요. 길드 마스터란 피곤한 자리입니다. 좀 이따 저도 그쪽으로 갈 예정입니다. 그래서? 이 결투로 뭔가를 얻어 낸 게 있습니까?"

"아주 많죠. 우선은 결투장 같은 데서 진행하는 PVP가 제가 늘 하던 적합자전과 얼마나 다른지와 제가 얻은 스킬의 사용법이죠. 일단 추격의 일격은 저에게 꼭 필요했던 기술이에요. 이건 아주 자주 사용할 것 같네요. 그리고 역린, 이건 제대로 체크를 못했네요. 분명 출혈, 골절 등등 이것저것 걸렸을 텐데 공격력 상승치를 제대로 못 봤으니까요. 다음 남은 스킬은 캘러머티 스트림과 얼티메이트 아머드 크래시인데 말이죠. 이건 좀 잘 생각해서 써야 할 것 같아요."

강력한 위력의 스킬을 가지게 됐다는 것과 단순한 탱커인 나에게 있어 비장의 수가 생겼다는 점은 마음에 든다.

하지만 둘 중에서 캘러머티 스트림은 하이 리스크 하이 리턴 스킬로, 평상시엔 쓰지 못하는 기술이다. 내 자신의 체력의 70퍼센트를 사용하기에 사룡의 저주 갑옷 세트를 기준으로 총 HP가 9만대, 사용한다면 대략 6만의 체력이 소모되는 것이다. 즉, PVE에는 절대 못 쓰며, 쿨 다운도 길다. 거기다 DPS로 나누면 전문 딜러가 사용하는 딜링의 발끝에도 못 미치니, 그냥 난 탱커 일을 여전히 하면 될 뿐이다.

"음, 풀 아이템 상태에서 티아메트 올리고 사용한다고 해도 대략 20만 체력의 70퍼센트니까 14만, 그리고 계수 증폭을 보면 방패 안 뺀 상태에선 사룡의 저주 갑옷을 입었을 때 근력이 90, 즉 1.9배니까 대략 26만 데미지이지만 그걸 120초로 나누면 초당 약 2,166의 딜량이네요. 내가 다른 딜링 기술로 사이클을 돌리지 않는 이상 이 이상의 DPS 증가는 없죠. 즉, 이번에 얻은 기술들은 탱커인 저를 딜러로 만들 정도의 스킬은 아니라는 거예요. 비장의 일격이죠."

"이상하게 미스터 아이언은 저돌적이고 용맹하지만 또 다르게 보면 머리가 비상하게 돌아가는군요. 전 그런 강한 스킬들을 얻어서 딜러와 탱커를 같이하실 수 있다고 생각했는데……."

"무슨 개소리예요? 무리죠. 딜러가 되려면 연계 기술, 크리티컬 증폭, 방어력 무시와 같은 공격적 능력의 배합이 중요하다구요. 이때까지 천생 탱커로 커 온 제가 갑자기 이 4개의 기술을 얻었다고 해서 포지션이 바뀌진 않아요. 다만 그동안 대처하지 못한 상황에 대처할 수 있는 방안과 추가적으로 어그로를 얻을 수 있는 수단이 생긴 셈이죠."

물론 이거면 예전에 상대했던 그레이트 바실리스크의 총체력 40만을 생각했을 때 엄청난 데미지였지만, 이것저것 나누고 나면 결국 한계가 있다. 아까 결투에서 보았듯이 상대가 방어 기술을 시전해서 경감시킬 수 있기 때문이다. 마법 데미였지기에 마법사나 특정 클래스가 사용하는 마나 보호막에 막힐 가능성도 있고 말이다.

거기에 체력 소모도 컸고, 스캐빈저 자식들을 뭉갤 때나 쓰면 좋은 기술 같다. 몰려오는 놈들을 '쾅!' 하고 쓸어버리는 용도 정도?

'압도하는 포효-추격의 일격-캘러머티 스트림. 이렇게 콤보로 맞출 수도 있고 말이지. 이거 어딘가 로봇 RPG 게임에서 하던 패턴 같군.'

단 2초라곤 해도 광역으로 무릎을 꿇게 만드는 상태 이상기를 걸고서 무방비 상태에 적중률을 올리는 추격의 일격 후에 터뜨리는 광역 스킬. 나도 이 콤비네이션을 '하이퍼 액티브'로 만들까? 그 메디치라는 녀석이 시전한 하이퍼 액티브-라이트닝 임팩트가 너무 간지났는데 말이야.

'뭐, 작명은 나중에 하고, 이제 남은 건 얼티메이트 아머드 크래시인가? 그냥 방어도 비례 데미지라는 실드 파이터들의 〈액티브-버스터 실드〉와 같은 기술이라 별로 새로운 느낌은 없지만! 아! 〈패시브-현무의 갑옷〉 메카니즘만 알면 좋은데 말이야.'

"얻은 게 많으셔서 그런지 생각이 많으시군요. 뭐, 그런 모습을 보니 결투가 헛된 일이 아니라서 다행입니다. 다만 잠시 그 생각을 멈추셔야 할 중요한 문제가 생겼습니다. 검진 결과 나왔습니다, 미스터 아이언."

"…그새 나왔나요?"

"검사받은 이가 단 1명이었고, 길드 마스터가 직접 중요 사안으로 강조했으니까요. 보시죠."

〈드래고닉 레기온 연구팀-정밀 검사 결과〉
검사 대상 : 강철
코드 네임 : 쇠돌이   나이 : 21
키 : 178센티미터   체중 : 90킬로그램   혈액형 : O형

음, 영국이지만 친절하게도 한글로 나와서 다행이군.

어라? 나 이렇게 살쪘나? 무슨 90킬로그램이나 되는 거지?

같이 내 검사 결과를 읽어 나가던 엘로이스 씨도 의아한 얼굴로 바라보고 있었다.

"흠흠, 생각 외로 주인님, 체중이 많이 나가는 편이시군요. 겉보기엔 그렇게 살쪄 보이지 않는데, 식사의 칼로리를 조절해야 하려나요? 우선 튀김류부터 끊어야 할 것 같은데……."

"아, 안 돼. 치, 치킨은 내 삶의 원동력이라고!"

"아닙니다, 엘로이스 님. 미스터 아이언이 무거운 이유는 다른 데 있습니다. 계속 보시지요."

어디 보자, 자질구레한 부분은 빠르게 눈으로 읽고 넘긴다. 병 같은 거 있을 리 없고, 담배도 안 하니까 뭐 암의 기색이나 이런 거 없는 시답지 않은 내용이다.

문제는 이제 X-Ray 부분이었다.

검은 화면에 나타난 내 전신의 뼈 상태. 보통 신체는 같은 뼈의 색깔이 나타나는 게 정상이었다.

"이상하네요. 이 왼팔에 어깨 쪽이랑 팔의 뼈가 달라 보이는데요. 생물학적으로 이런 게 가능할 리가 없는데……"

두께에 따라 X-Ray의 투과도가 다른 걸 감안해도 이 색의 차이는 너무 심했다. 더구나 팔뿐만 아니라 늑골, 척추 등 전신 여러 곳에서 이러한 현상이 나타나고 있었다.

"이건 무슨 체스판도 아니고 말이지. 왜 이런 거야?"

같은 팔인데 팔꿈치를 기준으로 어깨와 가까운 쪽은 하얀색이 더 연했고, 아래는 하얀색이 짙었다. 그러고 보니 이쪽, 분명 내가 폭주해서 재생한 부위였던 것 같은데.

이건 마치 팔의 뼈를 갈. 아. 끼. 운. 듯. 한 느낌이다. 갈아 끼워? 그리고 체크된 쪽에는 영어로 'Dragon Bone'이라고 쓰여 있었다.

"예. 바로 그겁니다. 뿐만 아니라 그 팔 부분의 근밀도도 다를뿐더러 체온도 다릅니다. 이상하지요? 같은 육체인데

온도 차, 뼈의 구성이 다른 생물이 있을 수가 없습니다."

"…그야 그렇지. 그럼 내 몸이 이렇게 된 이유는?"

"저거노트(Juggernaut)의 패시브겠지요. 세연 양을 생각하면 될 겁니다. 그녀는 '죽은 자'라는 패시브를 지녔기에 살아 있지만 살아 있지 않은 언데드 상태가 되었다는 것. 즉, 당신 또한 어떤 패시브가 있어서 원래라면 육체가 괴수화되어야 했지만 어떤 이유 때문에 진행되지가 않았고, 중간중간 방패를 빼고 싸울 때마다 조금씩 변화해 왔다는 겁니다. 보이는 것과 다른 체중이 바로 그걸 증명하고 있습니다."

"하아~ 그러면 결국 몬스트러스 크리처 스킬 시리즈는 어떻게 된 거죠? 젠장! 맨 처음 가진 이 몬스트러스 크리처 핸드는 결국 무기를 못 쓰게 하는 개망 스킬이라는 건데? 잠깐? 그럼 나는 자연스럽게 그냥 스킬을 읽을 수 있다는 거잖아요."

이렇게 되면 세연이가 생각한 공식이 틀렸다는 이야기가 된다. 즉, 애초에 몬스트러스 크리처 스킬은 그저 괴수 특성 강화 스킬이었고, 난 이 저거노트의 클래스를 얻은 직후부터 자연스럽게 스킬을 읽을 수 있는 구조가 되었다는 것이다. 그럼 이제 앞으로 이 방패를 빼고 생활하면 시간이 지나면 읽혀지는 날이 온다는 거다.

"한두 번이라도 병원에 갔더라면 진작 알아낼 수 있는 내용이었을 텐데……."

"제가 워낙 병원을 싫어하거든요. 애니메이션이든 드라마든 절대 의료 관련은 안 보고, 게임뿐만 아니라 아동도 의사, 간호사물은 죽어도 안 봐요. 특히 백의 입은 놈들은 죽일 수만 있다면 죽여도 죄책감이 없을 것 같아요."

"후… 진정하시죠, 미스터 아이언, 어쨌든 이걸로 당신이 굳이 레벨 업을 강요받지 않고, 시간이 지나면 스킬을 읽을 수 있다는 게 밝혀졌습니다. 다만 우려가 되는 점이 있다면……."

"제 인간성이 남아 있느냐 그 말이죠? 세연이를 봐서 압니다."

세연이는 언뜻 보면 멀쩡한 사람처럼 행동하는 것 같지만 그건 오로지 나와 살기 위해서 따라 하는 거다. 그 외에는 어떤 것에도 가치를 두지 않았고, 스캐빈저 토벌에서도 자비 없이 아이들을 베거나 가족끼리 서로 물어뜯어 죽게 만드는 잔혹함을 보였다.

지크프리트 씨는 핵심을 찌른 내 발언에 동의하며 계속 말한다.

"즉, 미스터 아이언이 방패를 빼고 싸울 때 몬스터화된다는 건 사실이고, 아직은 해석할 수 없는 스킬들 가운데 그 비밀이 감춰져 있다는 거군요. 그러면 당신은 선택의 기로에 선 거나 마찬가지네요."

"선택의 기로인가요?"

"인간과 괴물. 사실 당신은 방패를 들고 있을 때도 충분히 1인분 몫을 하는 유능한 탱커입니다. 대 몬스터전의 경험도 풍부하고, 그 상태에서도 생존기를 사용할 수 있으니 탱커로서도 충분히 강합니다. 반면, 괴물의 길은 분명 압도적인 스탯과 포텐셜이 잠들어 있지만 그만큼 위험부담도 가지고 있지요."

그렇다. 지난 3년간 난 저거노트로 클래스 체인지를 했음에도 방패를 껴서 패시브 스킬들을 틀어막았기에 변이를 막은 거나 마찬가지였다. 이때까지 비슷한 기로는 많이 느꼈으나 난 결국 강함을 택하고, 모두를 위해서 싸우기에 적절한 것을 선택했었다. 마스터 지크프리트에게서 나오는 말들은 마치 나에게 '이게 마지막 선택이야. 어떻게 할래?'라고 묻는 것 같았다.

'이대로 충분히 좋은 직장에서 내가 가졌던 경험과 능력을 가지고 방패를 든 탱커로 살아가는 것도 괜찮겠지.'

세르베루아 님을 통해 괜찮은 스킬도 얻었고, 앞으로 아이템도 쭉쭉 업그레이드하고 레벨 업해서 스테이터스도 올리는 동시에 동료들과 합심해서 싸운다면 지금처럼 스킬에 대해서는 해석 못해도 이름으로 어떻게든 유추해 낼 수 있을 터였다. 지금에 와서 위험부담을 지고 나아갈 필요 없이, 이대로 살아가도 충분할 것이다. 이 험한 시대에 안정된 길을 갈 수 있는 건 얼마나 큰 축복인가?

'하지만 찜찜해. 그리고 알아내고 싶어. 내 스킬들! 내 클래스의 가능성. 도대체 뭘까? 궁금해 미치겠어! 그리고 아까워. 이걸 버려야 한다고?'

 하지만 반대로 일정 마스터 스킬 효과로 인한 장비 착용도 해 본 결과, 내 저거노트도 세연이나 성아만큼 강력한 클래스가 될 자질이 있었다. 그런데도 그런 가능성을 버려야 한다니, 아깝다는 생각도 들었다. 위험하다는 것도 알고 있지만, 강력함을 얻으려면 그만큼 부담을 져야 하는 건 당연하지 않은가? 먼치킨이라는 게 그냥 되면 말도 안 되지. 제길!

"하아~"

 인외의 강함이냐? 아니면 인간이냐? 이제 확실히 정해야 할 때다.

 상식적으로는 이런 때에 당연히 '전 인간으로 살 겁니다!' 하면서 인간 찬가를 내뱉는 게 정상이겠지만, 지금 세상은 상식만으로 살아가기도 어렵다. 수라와 같은 강함이 필요하다. 하지만 무섭다. 나에게도 인간적으로 좋아하는 사람도 있고, 행복해지고 싶은 생각도 있다.

'미현 누나!'

 생각의 마지막 기로에서 만난 나만의 천사를 통해서 결정되었다.

 그래, 맞아. 난 언제나 던전에서 싸우기만 하는 사람이 아니다. 내 삶이 있고, 인생이 있다. 좋아하는 사람과 함께 살고 싶고, 고백하고 싶고, 아이를 낳는다던가? 행복해지고 싶을 따름이다.

'나, 일전에는 사람을 실컷 죽이면서 괴물이 되고 싶다고 해 놓고 완전 제멋대로구만! 아니, 근데 딱히 방패를 안 빼도 충분히 괴물이지 않나? 나? 한정적이긴 해도 탱커가 막 10만, 20만의 데미지를 줄 수 있는 기술을 가지고 있는 자체가 대박이었으니까……'

스캐빈저 토벌 때의 나와 만나면 웃기지도 않는 일이겠군. 원래 인간이란 이율배반적이니까 크게 상관없을 것이다. 어쨌든 결론은 방패를 낀다, 였다. 이 이상 변하는 건 사절이다!

"주인님?"

"휴우, 지크프리트 님, 영웅 등급 방패 하나 가져가도 되겠습니까?"

이게 내 결정의 표현이었다. 인외마경의 힘을 가질 기회기 있어도 내가 싫고, 나의 행복을 방해하면 필요 없는 물건이다. 내 의사를 깨달은 지크프리트 씨는 고개를 끄덕이며 긍정의 제스처를 표한다.

"예, 알겠습니다. 뭐든 하나 골라 가십시오. 후후, 더불어 지부장이라고 너무 스트레스 받으며 일에 집중하지 마시고, 좀 쉬면서 하십시오. 주 2일은 무조건 쉬세요. 그럼 저는 메디치 님 쪽에도 가 봐야 하니, 푹 쉬십시오."

"아하하, 알겠습니다."

그렇게 가 버리는 지크프리트 씨였다.

흠, 휴식인가? 하지만 한동안은 진짜 바쁜데 말이지. 청문회도 해야 하고, 또 신입 탱커도 뽑고 할 일이 천지다. 그나마 다행인 건 내 몸 안에 어떤 현상이 일어났는지 대략 확인했다는 점이려나? 안심할 거리가 생긴 건 좋은 일이다. 이렇게 하나하나 해 나가는 게 인생이지.

'한숨 더 자고, 몸 회복하는 대로 돌아가야지. 끄응… 세연이 기다리겠지.'

"주인님, 드릴 말씀이 있습니다."

"어? 엘로이스 씨, 왜?"

끙~ 역시 할 일이 남아 있나? 엘로이스 씨의 말에 난 일어나서 그녀를 바라본다. 뭔가 눈빛이 그윽한 그녀는 치유 시설 침대 밑에서 무언가를 꺼내 내 앞에 올려놓는다.

"어라? 이건……."

〈액티브-캘러머티 스트림〉! 아, 결투 영상이네. 서로의 맹세부터 담겨 증거로 남기려는 점도 있지만, 길드 내부 자료로 사용하기 위해 찍었나 보다.

근데 멀리서 내 모습을 보니 묘했다. 더불어 메디치라는 녀석은 엄청 빨라서 영상에 잘 보이지 않고, 오로지 내가 가드 올리고, 대응하는 모습만 잘 찍혀 있었다.

"근데 이건 왜? 내 전략이 잘못되었다는 걸 이야기하고 싶은 건가? 나도 대강 알고 있었어. 젠장, 그놈의 전광판을 늦게 생각해 버려 가지고. 오늘 왠지 이상하게 집중이 안 돼서, 머리에 열이 올라서 그런 탓이니……."

"아뇨, 그보다는 이 부분입니다, 주인님."

[아니, 참고로 엘로이스 씨는 밤 시중도 쩐다는 이야기도 해 주려 했는데? 그거 알아? 엘로이스 씨, 침대 위에서는 엄청 소녀틱하다는 거? 침대에서는 스탠드 켜 놓는 것도 부끄러워한단 말이지. 하하하하하!]

도대체 무슨 마이크를 썼는지 몰라도, 영상 안에는 내가 크게 웃으면서 메디치에게 한 도발 멘트가 노이즈 하나 없이 녹음되어서 흘러나오고 있었다. 깨알같이 한국말을 모르는 사람들을 위해 영어로 깔리는 사믹은 덤이다.

"어, 음, 그러니까 이건 말이죠."

"아무리 결투에 이기기 위해서라고는 해도 시집도 안 간 처녀의 신변을 그렇게 말하시다니, 이렇게 되면 저는 이제… 훌쩍."

아차차! 큰일 났다. 저 쿨한 엘로이스 씨가 고개를 숙이면서 눈물을 훔칠 정도면 내가 얼마나 큰 사고를 친 거지? 여기 드래고닉 레기온 본부 정도면 유럽의 유명한 길드 마스터라던가 길드 요인들이 다 있을 거고, 결투에도 참관했으리라.

아니, 그런 게 아니라도 저 결투 자료가 교육용으로라도 쓰이는 날에는 난 멀쩡한 여성의 혼삿길을 막아 버린 거나 마찬가지인 거다.

"으아아아! 저, 정말 죄송합니다. 그러니까 싸울 땐 저도 머리에 피가 몰려 가지고 생각할 겨를이 없었습니다. 그, 그러니까 이걸 어떻게 해야 좋지? 아, 미치겠네. 진짜!"

"이렇게 된 이상 저는 이제 주인님께 평생을 바쳐야 할 처지가 되어 버렸습니다."

"에? 아, 아뇨. 그건 좀 너무 비약이 심하신 게?"

"결국 주인님도 평범한 남성들과 똑같으시군요. 편한 대로 실컷 이용하고, 상황이 불리해지면 금세 버리실 줄이야. 훌쩍, 괜찮습니다. 이런 일, 익숙하니까요."

끄아아!

유럽의 문화는 모르지만 이거 완전히 내가 나쁜 놈이 되어 버린 느낌이다. 젠장! 놈을 붙잡아서 귓속말로 도발했어야 했는데! 어쩌다가 이렇게 영상으로 남겨 가지고 완전히 약점 잡히다니… 어쩔 수 없지. 나도 남자다. 책임은 져야 하니 순순히 인정하자.

"하아~ 알았어요. 쩝, 제가 한 실수이니 제가 책임져야죠. 그래서? 뭘 하면 되나요?"

"여기 이 서류에 사인을 부탁드립니다."

어디선가 많이 본 듯한 서류를 내미는 엘로이스 씨였다.

이거 예전에 세르베루아 님에게서 본 것 같은데? 뭐였지? 기억이 안 나네. 설마 내가 이럴 거 알고 미리 준비하셨나? 어느새 눈가의 물기도 사라졌어? 설마 연기도 일류인 건 아니겠지? 잘 모르겠지만 어쨌든 책임을 져야 하니까 서류를 작성하려는 순간, 누군가가 우리 병실에 들어온다.

"강철 님, 괜찮으신지? 어? 엘로이스! 뭐하는 거야? 꺄아! 그거 예전에 제가 드렸던 혼인 신고서잖아요! 강철 님에게 무슨 짓을 시키는 거야?"

"쳇! 언니군요."

에? 언니? 그러고 보니 세르베루아 양이랑 엘로이스 씨, 둘 다 머리색이 같아서 그런 느낌이 들긴 했는데 진짜 자매였나? 그런 것치고는 둘의 분위기와 온도 차가 엄청나서 거기까지는 생각이 미치지 못했다. 포근하고 따뜻한 세르베루아 양이랑 침착하고 정적인 엘로이스 씨가 자매라니?

"두 분, 자매셨어요? 오전에는 그런 분위기가 아니던데?"

"보시면 알겠지만 엘로이스는 좀 딱딱한 성격이라서요. 자, 일단 이 서류부터 처리해야겠네요. 에잇!"

"큭, 앞으로 한 발짝이었는데!"

쫘악!

엘로이스 씨가 내민 서류를 가차 없이 찢어 버리는 세르베루아 양이었다.

그것을 보는 엘로이스 씨는 참 드물게도 분해하는 표정을 짓는다. 둘이 온도 차는 심한데 이상하게 잘 어울린다. 그래도 자매라는 건가? 자매가 동시에 적합자가 되는 일은 흔하지 않은데 말이지.

"강철 님이 영어를 잘 모른다는 걸 노리고, 어떻게 이런 짓을 할 수가 있니?"

"…흥."

"아, 생각났다. 저 서류, 분명 세르베루아 양에게서도 받았었지. 그러니까 리뽀트 머시기였는데?"

그레이트 바실리스크 잡기 전이었지? 세르베루아 양도 나에게 무슨 서류 같은 걸 줘서 결혼 낚시를 꾸몄었는데, 어디 쓰레기통을 보려는 순간 세르베루아 양이 날 제지한다.

"가, 강철 님, 아, 안정을 취하셔야지요. 후후훗."

"엑?"

"과연, 언니도 같은 방법을 썼던 겁니까? 똥 묻은 개가 겨 묻은 개보고 뭐라 하는 격이군요."

신경전을 벌이는 두 사람.

그나저나 이렇게 되면 묘한데? 난 엄연히 세르베루아 양과 로드 오브 드래곤의 맹약으로 맺어진 사이고, 엘로이스 씨랑은 주종 관계다. 근데 그 두 사람이 자매이니, 인간관계가 완전히 꼬이는 현상이 발생해 버린다. 그건 그렇다 쳐도 이 두 사람, 이상한 데서 자매 싸움을 시작해 버렸군.

"너, 너보단 나아! 난 그래도 이런 영상을 가지고 협박하진 않았어."

"뭐, 티아 언니에겐 그런 일 자체가 무리니까요. 그런데 용케도 주인님께 혼인 서류를 내밀 배짱은 있으셨군요. 학교 다니실 적엔 맨날 제 뒤에 숨어 계셨으면서 말이죠."

아, 세르베루아 양의 본명은 티아구나. 왠지 귀여운 이름이네. 확실히 세르베루아는 영국인이 쓰는 이름이 아니니까 말이지. 그럼 이제부턴 티아 양이라고 해야 하나?

"그, 그건 그때고! 지금 로드 오브 드래곤인 나로선 일반 인간 남성은 두근거리지 않거든… 근데 강철 님은 용종 특성을 가지셔서 궁합도 맞는 것 같고, 또 좋은 사람이잖니. 잘됐네, 엘로이스. 좋은 형부가 생겨서 말이야."

"헛소리 마시죠, 언니. 그는 저의 주인님입니다."

"에잉~ 형부이자 주인님도 좋잖?"

"절대 언니에게만은 줄 수 없습니다. 좋은 제부가 생긴 거나 축하해 주시지요."

도대체 무슨, 내가 소유물이야? 백금발 영국인 자매가 날 두고 싸우는 건 좋지만, 난 맘에 둔 여성이 따로 있다고!

"저기, 두 분? 전 엄연히 좋아하는 여자가 있습니다만?"
"골키퍼 있다고 골 안 들어가는 거 아닙니다. 주인님."
"아, 괜찮아요, 강철 님. 어차피 저와 강철 님이 맺은 맹약만큼 깊은 관계는 더 없을 테니까요."

세연이도 그렇고, 요새 여자들은 싫다고 해도 꿈쩍도 안 하냐? 아니, 여자들이라서 더 당돌한 건가? 아니면 두 분 다 자신감이 넘쳐서 그런 건가? 세연이 하나도 감당하기 힘든데 여기 두 사람까지 이러다니, 나 같은 게 어디가 좋아할 요소가 있다는 건지 이해를 못 하겠다!

"일단 두 분 그만하시고, 세르베루아 양, 뭔가 용무가 있어서 여기 오신 거 아닌가요?"
"아, 있긴 한데 얘가… 우으!"
"언니, 메롱."

푸크흡! 평소에는 쿨한 엘로이스가 메롱이라니, 귀여워. 젠장! 갭모에 메이드 누님인 데다가 평소엔 쿨하면서 나한테만 상냥하니, 진짜 이건 미연시 설정이잖아. 아! 미치겠다. 취향 직격이야! 코피 날 것 같아.

"부으으! 너 진짜!"
"훗, 〈액티브-빛의 수호〉! 언니는 어차피 용이 없으면 무능한 마법사일 뿐이죠."
"우으으! 강철 니임! 동생이 괴롭혀요. 훌쩍."

우우웅!

아, 애교 떨면서 칭얼대는 세르베루아 양도 가슴이 흔들릴 정도로 귀엽구나. 이, 일단 진정하고 이 두 사람을 말린 다음 용무부터 진행하는 게 우선이다.

"두 분 다 진정하시고, 우선 세르베루아 양의 용무부터 듣죠. 엘로이스 씨, 조용히 안 계시면 맴매할 겁니다."

"주인님께 맞는 맴매면 환영입니다만, 조용히 있겠습니다."

"크흠! 그러면 별도로 부마스터인 제가 의사 및 드래고닉 레기온 컨설턴트의 분석을 종합한 피드백을 전하겠습니다. 강철 님은 스트레스가 매우 심각한 수준이니 앞으로 필히 최소 일주일에 하루의 휴식을 가지시고, 연차는 꼭 사용하시라네요. 그리고 클래스 저거노트의 발전 방향에 대해서 마스터와 이야기를 나누셨을 텐데, 혹시 괴수 특성을 강화하는 방향이면 로드 오브 드래곤인 제가 제어 가능하니까 물으시라는 점."

"아, 그건 일단은 괴수 특성을 억제하고 싸우는 걸 택했는데, 그러고 보니 세르베루아 양이 있었네요."

엄연히 테이밍 클래스. 소환수의 심기를 다스리고 진정시키는 스킬이 존재할 터였다. 용종은 대부분 포악하고, 흉포한 종이 많다. 그런 드래곤들을 제어하려면 단순히 맹약만 맺는 게 아닌 마법적으로 다른 스킬이 있어야 한다는 거군.

흠, 그럼 딱히 괴수 특성 쪽으로 가도 상관은 없다는 이야기네. 하지만 그래도 싫어.

'그랬다간 왠지 정신 차리고 보면 목줄 채워진 채 성 앞에서 길러지는 애완동물이 될까 무섭다.'

"그다음에는 강철 님의 전투 센스나 전략 자체는 나쁘지 않지만, 대인전(對人戰) 능력이 떨어진다고 하네요. 더불어 인간의 몸으로 너무 야성적인 싸움법을 사용하니, 전문적인 전투 기술이나 무술을 배우라고 합니다. 프로게이머들의 추천으로는 브라질리언 유술, 유도 정도 하시는 게 좋다네요. 민첩성보다는 근력에 맞추어진 스테이터스도 그렇고, 방어적인 포지션에 익숙하시니 반격과 서브 미션 위주로 익혀 두시면 스캐빈저와의 싸움에서도 유용할 거라고 합니다. 더구나 무술이나 무예 등을 하면서 스트레스 해소 효과도 덤으로 건질 수 있다네요. 원한다면 전문 무술인을 섭외해 준다고 합니다. 이상입니다."

와, 역시 거대 길드는 뭐가 달라도 다르구나! 결투 하나 가지고 이런 철저한 분석에, 앞으로 지향해야 할 점까지 지적해 주다니. 물론 나한테뿐만 아니라 그 메디치라는 놈에게도 했겠군. 공식적으로는 같은 길드인데, 이거 내부에 적이 생긴 건 아닌지 모르겠네.

"아, 이제는 여기 오지 말아야 하려나요? 하하하, 그 귀족 도련님인지 뭔지에게 개쪽을 줘 버렸으니. 쩝……."

"아뇨. 다들 새로 뽑은 한국 지부장이 어떤 인물인가 궁금하던 차에 나온 거고, 탱커 지부장이라서 걱정하고 우려를 표했는데 남자답다고 마음에 든다네요. 더불어 메디치 경도 자신의 패배를 인정하고, 몸이 낫는 대로 이탈리아 지부부터 시작해서 약속을 이행하겠다고 합니다."

당연히 약속 지켜야지. 그 허여멀건 놈, 양심은 있군. 하긴 자부심이 높은 만큼 떼써 봐야 아무 소용없다는 걸 잘 알 테지. 나도 나름 지부장이니, 동급 상대에게 진 셈이라 크게 명예가 다칠 일은 아니다. 더구나 세이버 나이트면서 말도 안 타고 싸웠으니 말이지. 다만 이때까지 가축 같은 존재로 생각하던 유색인종에게 굴복해야 한다는 점이 굴욕이겠지. 하지만 안 지키자니 자존심이 다칠 테고, 아마 다른 드래고닉 레기온의 기사 클래스들이 비웃을 것이다.

"휴, 그렇군요. 그럼 이걸로 일단락인가요?"

"예. 다만 몸의 상태가 있으니 한국엔 내일 돌아가시는 게 좋다고 합니다."

"그래야겠죠. 사실 저도 지금 매우 잠이 와서… 하아암~"

"자장자장 해 드리겠습니다, 주인님."

에? 에엑? 어느새 엘로이스 씨가 다가와서 내 머리를 쓰다듬고 있었다. 아, 따뜻한 손길에 금세 잠이 오는 것 같다. 그에 질세라 세르베루아 양도 내 손을 잡고 환자복 사이 배쪽을 쓰다듬는다. 으갸악?

"자장자장 하면 저라구요. 용들은 참고로 배를 만져 주는 게 최고랍니다. 후훗……."

"주인님은 사람입니다만? 언니, 그런 건 그냥 알프스 산에 가서 애완 도마뱀들에게나 하시죠."

"아! 엘로이스, 너무해!"

 또 이 두 사람, 투닥거리기 시작했다. 가족이라서 그런가? 다 컸는데도 이리 유치하게 싸울 줄이야. 뭐, 그래도 이런 떠들썩함이 나쁘진 않다. 가족 간의 말다툼. 이 사이에 있으니 나도 가족이 된 느낌이었다.

 조금 시끄러웠지만 따스한 공기가 좋다고 생각하며 잠이 든다.

 다음 날 새벽 2시, 한국 드래고닉 레기온 지부.

 크으! 역시 집이 좋아. 고작 하루 머물렀을 뿐인데 한국이 낫다는 생각이 든다.

 그나저나 이거 시차 적응 너무 힘드네. 분명 난 영국에서 오전 10시에 식사를 마치고 인사하고 왔는데, 귀환 크리스털을 쓰니 새벽 2시군. 엘로이스 씨는 본부에 남은 일정이 있기에 같이 오질 못했다. 아, 어쨌든 내일은 일 다 하고, 정규 휴식이다. 쉬고 싶다.

 난 1층에 마련된 귀환실을 나와서 내 방으로 돌아간다.

아, 세연이가 있는다고 하긴 했는데 설마 지금까지 있으려나?

"아저씨, 왔어?"

"넌 지금까지 내 방에 있었냐? 뭐, 휴일이긴 했지만."

나 빼고 전원 일주일 휴식 중이다. 길드의 정상화는 정확히 다음 주 월요일부터다. 하지만 나는 내일도 일해야 된다. 크흑! 주 1회 쉬라고 했지, 일하지 말라곤 안 했으니 말이야.

그리고 쌓인 일부터 처리하려고 나는 옷도 벗지 않은 채 컴퓨터를 켜고 의자에 앉는다.

"습하… 습하… 아저씨 냄새, 아저씨 체온 충전."

"넌 언데드지, 메카닉이 아니지 않냐? 무슨 얼어 죽을 충전이야."

"애정 에너지를 충전해야 돼."

내 등 쪽에 달라붙어서는 이리저리 쿵카쿵카하는 세연. 너 엄연히 호흡을 안 하니까 냄새도 못 맡지 않냐는 태클을 걸까 하다가, 얘는 얘대로 나 없이 지낸 게 외로웠을 테니 참아 준다.

내 머리를 쓰다듬고, 볼을 찌르고, 꼬옥 껴안는 등 애인이나 할 법한 행동을 하는 세연이를 애써 모른 체하며 우선 메일 확인부터 한다.

"에휴, 보자. 어? 메일 왔네. 한국 주재 영국대사관이네.

왜지? 아, 일 늘어나는 건 싫은데……."

"아저씨 청문회 문제 때문에 그렇다네. 내일 중, 아니 오늘이구나. 어쨌든 오늘 국정원 직원이 온대. 이거는 한국 정부의 요청 사항이고, 한국 탱커들의 처우 개선 문제에 관한 거라서 허락할 수밖에 없었대……"

국정원 직원이라. 이런, 안 좋은 기억이 떠오르네. 보나마나 정부 청문회의 증인으로 채택되고, 이제는 외국에까지 영향력을 끼치게 된 탱커니까 포섭해서 탱커 연합의 기를 꺾을 생각이군. 아! 개새! 근데 왜 일정을 미리 연락 안 하고, 갑자기 내일 온다고 난리야. 진짜야! 영국 문제와 내 클래스 문제를 해결하니 다음 산이 나타난다.

"인생, 정말로 산 넘어 산이구나! 이 망할 새끼만 보내고 무조건 쉬어야지. 씨발!"

"그래, 세연이랑 러브러브한 데이트를 하기 위해서라도 힘내! 아저씨."

얘는 은근슬쩍 내 휴가 일정을 만들려고 하는군. 하지만 안 돼. 내 휴가는! 이번엔 무조건! 미현 누님에게 데이트를 신청할 거다! 너희가 내 마음을 알고도 대시하듯! 나도 내 마음에 솔직해져서 이번에야말로 고백할 거야!

그 전에 일단 그 망할 국정원 직원 문제부터 해결해야 하니…

"나 잔다."

"응, 잘 자."

"잘 때 이상한 짓 하지 마라."

머리싸움해야 할 상대이니, 어젯밤 느긋하게 잤지만 좀 더 자 두자고 생각한다. 누가 보면 잠꾸러기로 알겠지만 국정원 직원이 오는 시간은 오후니까 새벽 시간대인 지금부터 깨어 있으면 그 망할 독사 같은 놈들이랑 머리싸움을 못하기에 자 두는 거다. 그리고 난 세연이에게 나 자는 동안 이상한 짓 못하게 못 박아 두는 것도 잊지 않는다.

"어디까지가 이상한 짓인데?"

"일단 만지지만 마라."

"동영상 찍어서 나중에 아저씨 출장 갈 때 무한 반복 재생해야지."

"그것도 하지 마."

"사진 하나만 찍으면 안 될까? 안는 베개 만들고, 아저씨 굿즈 생산을… 후후후."

"하지 말고 나가!"

겨우겨우 세연이를 방에서 내보낸 나는 한숨을 내쉰다.

내가 무슨 남자 아이돌도 아니고 그런 건 왜 만들어? 설마? 애 방, 혹시 내 사진으로 도배되어 있는 건 아니겠지? 생각만 해도 소름 끼친다.

생각해 보니 애 돈도 많이 받으면서 쓰는 데는 별로 없는 판국인데, 진짜 날 가지고 덕질하는 거 아니야?

'나중에 세연이 방을 몰래 압수수색해야겠네.'

 가뜩이나 일도 많은데 사생활 방어를 위해서 해야 할 일까지 생각하며, 알람을 맞춘 난 눈을 감는다.

6권에 계속

www.mayabook.co.kr

www.mayabook.co.kr

www.mayabook.co.kr